陈浩基 著

图书在版编目（CIP）数据

气球人 / 陈浩基著. -- 广州：花城出版社，2021.5
　　ISBN 978-7-5360-9368-3

　　Ⅰ．①气… Ⅱ．①陈… Ⅲ．①幻想小说－小说集－中国－当代 Ⅳ．①I247.7

中国版本图书馆CIP数据核字(2021)第072883号

版权合同登记号：图字 19-2020-159 号
原 书 名：《氣球人》　陳浩基　著
中文简体字版 2021 年由广东花城出版社有限公司出版发行
本书由城邦文化事业股份有限公司奇幻基地出版事业部经光磊国际版权经纪有限公司授权出版中文简体字版本。非经书面同意，不得以任何形式任意重制、转载。

出 版 人：肖延兵
策划编辑：张　懿
责任编辑：欧阳佳子　陈诗泳
技术编辑：凌春梅
装帧设计：姚　敏

书　　　名	气球人 QI QIU REN	
出版发行	花城出版社 （广州市环市东路水荫路 11 号）	
经　　销	全国新华书店	
印　　刷	佛山市迎高彩印有限公司 （佛山市顺德区陈村镇广隆工业区兴业七路 9 号）	
开　　本	880 毫米 ×1230 毫米　32 开	
印　　张	11　1 插页	
字　　数	210,000 字	
版　　次	2021 年 5 月第 1 版　2021 年 5 月第 1 次印刷	
定　　价	59.80 元	

如发现印装质量问题，请直接与印刷厂联系调换。
购书热线：020-37604658　37602954
花城出版社网站：http://www.fcph.com.cn

＊本作品纯属虚构，与现实的人物、地点及团体均无关。

序

各位好，我是陈浩基。这篇作者序是受编辑邀请为简体中文版读者新撰的，因为书末也有收录繁体中文版后记，为免内容重复，我就暂且不谈本作的创作缘起，若各位读毕拙作再看后记，自然会了解这部"写作过程跨越九年的短篇连作"的来龙去脉。既然不提写作背景，那我就借此机会聊一下本书的类型定位，让各位在开卷前多一点心理准备。

我在一些书评心得里看到一个很微妙的说法：有人认为《气球人》是我在推理类型以外的尝试。我的确有写非推理的作品，但创作《气球人》时一直没考虑过它不是推理——如今回想，我猜这牵涉定义问题。

大众读者心目中，大抵认为推理小说格式必然为"描写谜团→调查推敲→解决事件"，不管是本格推理还是社会派推理、冷硬侦探或警察小说，架构上也不会跟这格式相差太多。然而推理迷都很清楚，即使上述模式是主流大宗，我们还是不时看到某些推理作品采取反向操作——以犯人角度来叙事，描写犯案过程的推理小说。这类作品往往被归类为"犯罪小说"，但当中也有称为"倒叙推理"的子分类，读者要留意犯人犯案过程中留下的线索，而这些伏笔会成为结局中侦探破案的关键。借用吾友宠物先生的说法，"倒叙推理"和"犯罪小说"的界限模糊，前者倾向注重结果（破案），后者较重视程序（犯案经过）。

《气球人》大概就是踩在两者之间那条界限上的作品。

因为主角是杀手，所以每篇都可当成犯罪小说，不过个别故事的视点放在气球人以外的角色身上，所以也有篇章接近传统推理小说的格式。加上一个带点科幻或奇幻的设定，有读者认为本作是"非推理"，我也颇能理解，纵使以我个人的标准而言，这部有点另类的作品仍在"推理类"范畴内。

这类犯罪小说通常会为读者甚至作者自己带来疑问：我该不该代入主角？主人翁是坏蛋，正在做坏事，这是毋庸置疑的，但阅读和写作往往让人投入主角身份去思考，对有强烈道德心的人来说这可能相当困扰。我的意见是，"代入"和"认同"是有差异的，就像我们可以理解却不必认同他人的行为。事实上，假如一个人能设身处地以反方角度来思考，更能反思自己的立场和看法——若然有人读过一部以犯罪者为主角的小说或电影便意图模仿，那有问题的不是该作品，而是那个居然会被轻易影响行为的读者或观众。

虚构作品之所以伟大，就是它容许创作者运用想象力，去思考种种几近不可能存在的问题，和他人分享概念，拓展现实的边界——当然我写本作时没有那种宏大的意图，满脑子想的只是如何用一些不常见的手法来写一些有趣的推理故事而已。更重要的是，如果气球人这个杀手角色存在于现实，那铁定是一场灾难，但放在虚构作品里嘛，我们尚且可以放下执念，嬉笑怒骂一番。

我想，这正是流行娱乐小说的可贵之处吧。

陈浩基

二〇二一年一月十日

目 录

0. 气球人 / 001
1. 这样的一个麻烦 / 024
2. 十面埋伏 / 058
3. 傅科摆 / 082
4. 远在咫尺 / 134
5. 谋情害命 / 177
6. Shall We Talk / 207
7. 最后派对 / 254
8. 与你常在 / 293

后记 / 339

/ 0. 气球人 /

我没想过，我的能力会令我置身险境。

我瞄了一眼墙上的时钟，时间是下午三点二十六分。还有三十四分钟，我便会被自己弄出来的"气球"波及。

而我却无法逃离这个环境，妈的。

事情要从五年前的七月二十六日说起。

在那天，该死的老金忽然啪的一声倒地，脖子扭转了半圈，身体俯伏地上，脸孔却朝天向着我们。他那双充满血丝的眼珠从眼眶里掉出大半，腮帮子鼓起来，像只牛蛙。

老金这种死法，模样有够滑稽的。这不正好吗？身为派对服务统筹公司的老板，死时也不忘为他人带来欢笑，才称得上是敬业乐业嘛。

办公室里，本来滔滔不绝地训斥我们的老金，在众目睽睽之下，就这样子突然断了气。胆小的女同事发出杀猪般的惨叫。拜托，不过是死了只猪狗不如的畜生，有什么好惊讶的？

好吧，我承认我当时也有一点讶异。不过让我错愕的并非老金死在我们面前这个事实，而是他的死法跟我脑袋中妄想的情景一模一样。

老金这家伙不是什么好东西。他整天对女同事毛手毛脚，对我们男同事又颐指气使，时常一边用手指戳我们的额头，一边骂"蠢货""白痴""人渣"之类的话。

在他死之前，他正因为我搞砸了前一个工作而破口大骂。我的工作是在派对上扭"气球动物"，就是把那些长条状的气球扭成小狗呀，小熊呀，小兔呀，一些逗小孩子的无聊玩意儿。这工作有够讨厌，整天对着那些死小孩，给他们弄猫猫狗狗，不但没有半句感谢，他们还叽叽歪歪地批评说我扭出来的动物不像真的。妈的，这是气球，你要是能用气球变出一只活生生的小狗出来，我给你吞下去也行！

上次的派对中，有个七八岁的小鬼老是在找碴。如果她是男生，我便会趁着没人看见时K他一顿；可是对女小鬼出手，搞不好会被拉上警局。于是，我用一种幽默的方式教训她。

我用气球扭了一根像男性生殖器的东西给她。

她一看到，瞬间涨红着脸，嚣张的态度消失得无影无踪，然后惊慌地跑去向她的老妈告状。我当然打死不承认那"东西"是那话儿，辩称说是"火箭"，是那小鬼想歪；又讥讽那个老妈的老公没有这"火箭"那么"伟大"，晚上不满足，连火箭也可以想成是那个。

她们的脸色难看得让我打从心底笑出来,可是翌日我便被老金教训了。

"你疯了吗?扭这鬼东西干啥?你知不知道这客户有多重要?就算你这个人渣死十遍,也抵偿不了公司的损失!"

老金用他那根短小肥大的食指,抵着我的额头骂道。他每骂一句,我便幻想他变成气球,被我扭成不同形状的气球动物。

——先把头颅吹胀,然后在脖子的部分扭一下,再决定弄成乌龟、肥猪还是"火箭"吧。

我当时那样想。

就在这时候,怪事发生了。

老金突然默不作声,后退几步,双手抓着自己的脖子,露出痛苦的表情。办公室的众人以为他心脏病发,可是他忽然跌倒,脖子扭了一百八十度,脸孔发胀。

老金就如同我的幻想般,变成气球似的,死了。

公司里乱成一团。救护人员来到后,断定老金已死,警察向我们问话,也问不出个所以然。老金在我们眼前霎时间死去,没有人走近他,办公室内的防盗监视器把过程完整拍下,证明没有人碰过他。虽然法医对老金的死状感到疑惑,最后也只好把他当成是神经系统失调、气管闭塞,摔倒时扭到脖子毙命。

然而,我知道老金是被我杀死的。

虽然我不明白当中的原理,但老金按照我的愿望,在我眼前死去了。就像有一双无形的手,替他的脑袋瓜充气后,再把他的脖子咔嚓一声扭断。

真痛快。

在接下来的日子里,我进行了好些实验,例如幻想路旁的野猫变成气球,或是期望邻居那头吵闹的吉娃娃四肢扭断,可是它们都没有像老金那样死去。

直到有一天,我找到了原因。

我要直接触摸到目标的皮肤,对方才会变成"气球"。

只要碰一下,我便能把脑海中的意念,施加在猎物身上。那些野猫野狗纷纷变成稀奇古怪的模样,然后死去。例如腹部胀大两倍、尾巴拉长绑成蝴蝶结、脖子和肚子分别扭转七百二十度和三百六十度变成三节莲藕似的等等。

只要是有生命的东西,我都能使它变成"气球"。

老金就是用手指戳我的额头,他才会死。真是咎由自取呀!

经过不断地尝试,我甚至察觉我能做出意想不到的效果。比方说,我可以控制目标的某个内脏充气。我用这方法,使好几只猫的血管里产生气泡,让它们因为心肌梗死而死。它们先是悲鸣,然后后腿痉挛,脱肛后痛苦地死去,过程不用两分钟。

真是方便的杀人手段啊。

更神奇的是,我发觉我能让效果延后发动。

只要在接触目标的一瞬,想象对方变成气球的部分和发动时间,即使我之后远离目标,时限一到,他或她或它的身体亦会产生变化。

拥有这种超能力,我当然辞去本来的无聊工作了。

为了告别过去,我找了个黑市医生替我整形,换一张新的脸孔。手术完成后,那个医生成为老金之后的第二个"人形气球",不过我很仁慈,只是让他的心脏胀大一倍,没有把他扭成小猫、小狗或是火箭。

这五年里,我以"气球人"这个绰号,提供解决"麻烦"的服务。无论是要夺取遗产的继承权、打击敌对企业,或是确保选举获胜,我都能让客户满意。只要让某些关键人物"消失",事情便会很简单。

当然,我的收费并不便宜。

我曾替某位富商之子干掉他的两名兄弟,协助一位企业家扫除董事局中的障碍,还有多次解决某官员的政敌。这些年间,我完成了三十多件工作,令我自豪的是,每一件工作我都能伪装成意外事件,例如让目标在驾车途中"心脏病发",或是在楼梯"摔倒",折断颈骨而死。

干这一行,低调一点较好。

可是,今天的工作有点棘手。

不知道为什么,我的名号竟然传到某位黑道大哥耳中。他要我替他解决一个姓洪的男人,因为对方玩弄了他的宝贝女儿。

这姓洪的家伙真笨,居然敢在太岁头上动土。

目标人物在一间银行担任分行经理,三十四岁,身高一米八，五官端正，像个花花公子。据说被他玩弄过的女性有上百人。

本来这工作对我来说是小菜一碟，目标是个银行经理，只要找机会跟他握一下手，便大功告成了。

然而委托人提出麻烦到爆炸的要求。

"我要他妈的那狗崽子粉身碎骨，死无全尸。"

他真的要对方"爆炸"而死。

我曾做过实验，让一只野狗"过量"地充气，看看有什么后果。结局吓了我一大跳，那条黑色的老狗像过度充气的气球一样，爆炸了。老狗旁边的砖墙被震碎倒塌，还好我站得远，没有受伤。

我之后到图书馆查过好些资料，才发现一个事实。"爆炸"并不是火焰或高温造成的，当中的原理在于"气体膨胀"，只要让气体在一瞬间急遽膨胀，产生巨大的压力变化，便会造成爆炸。

我不想在工作里用这个，毕竟这样子太高调，如果惹来警察注意、被盯上的话会很麻烦。可是我有次对中介人说漏了嘴，说"要炸死目标也行"。那家伙八成把这句话转述给了这位黑道大哥。

"我可以用其他更痛苦的方法折磨对方，实在不建议用'炸'的。"我皱着眉头，对面前一脸横肉、满头灰发的委托人说。

"阿鲁说你可以炸死那浑蛋，你做不到吗？"委托人咬着雪茄，气势逼人地问道。

"不是办不到……"

"那就这样决定了，我给你四倍甚至五倍的报酬也没问题。"

面对这位大哥和他身后一众持枪的黑衣人，我想说"不"也不行。我的能力只是暗中杀人，并非刀枪不入。偶尔我会羡慕漫画中的超级坏蛋，他们除了拥有异常能力外，还有金刚不坏之身。我这种半吊子的能力真是教人烦恼啊。

将来收到钱，再找机会干掉这麻烦的大哥吧——我暗自想着。

我穿上蓝色西装，戴上无框眼镜，提着黑色公事包，走进位于第八街的高展银行分行。

这便是目标人物洪经理负责的分行。

思前想后，我决定依照委托人的要求，把目标炸散。一方面我不想得罪这个实力雄厚的黑道大人物，至少在此刻，我还没想跟他结下梁子；另一方面，我也想再试试自己的能力，把人体炸开。

就像刺破一个胀大的气球，即使畏于它爆掉时的巨响，我们还是对爆发的瞬间有所憧憬。

那是毁灭带来的快感。

问题是，让洪经理在银行大堂内或大街上忽然爆炸，会带来很多不必要的麻烦。我不在乎有没有殃及无辜，我只是不想让警方以为是恐怖袭击，调动精英来侦查。

经过一轮打探，我找到下手的时间点。

逢星期三，洪经理在银行关门后，会独自检查分行的保险库。高展银行第八街分行的规模不算小，保险库保管了附近小分行的流动资金，星期三洪经理点算后，星期四早上便会有运钞车把旧钞运回总行。位于地下二楼的保险库旁有往停车场的独立通道，无论是从银行大堂进入，还是从停车场进去，都得经过电子大闸，而这些电子闸门就只有洪经理拥有钥匙、知道密码。

这便是让他炸死的最佳地点。

试想，银行经理在密闭的保险库中被爆得血肉模糊，一般人也会猜想是死者自导自演。没有人会受到牵连，委托人会满意，警方不会重视，皆大欢喜。

"洪经理，跟您约好三点见面的司徒先生在接待处。"接待处的女职员通过内线电话通知她的上司。不一会儿，那个英俊的倒霉鬼从左边的通道走过来。他穿着一套炭灰色的西装、浅蓝色的衬衫，配上枣红色的领带，给人蛮潇洒的感觉。难怪连黑道大哥的女儿也会被他骗上床。

"您是司徒先生吗？您好，您好。"甫见面，洪经理便跟我握手。

——一小时后，胃袋充气，并在零点一秒之内膨胀一万倍。

就在握手的一刹那,我已经完成任务了。真是轻松的工作。虽然我可以立即离开,但演戏还是演一整套比较好。

"您好,我是来申请借贷的。"我微笑道。

"请进来我的办公室再谈。"洪经理亮出优雅的笑容。他浑然不知道,自己只余下一小时的寿命。

进入办公室后,洪经理关上门,房间里只有我们两人。

"司徒先生从事的是建筑材料的出入口贸易?"

"没错。"我递上伪造的名片。"司徒先生"云云,当然是假名。

"最近资金有点问题,我带来房契、公司资产证明文件等等,让您评估一下我可以借多少。"我从公事包取出一个公文袋。

"对呀,最近有点不景气,我们银行一定能为您提供最贴心的服务,帮助您解决问题。"洪经理亮出公关式的笑容。

我把公文袋交给洪经理,他打开一看,露出尴尬的样子。

"司徒先生,您……是不是弄错什么了?"

"什么?"我装傻地反问。

洪经理抽出公文袋里的东西——那是一本封面夸张露骨的成人杂志。

"哎呀,该死的!为什么是这鬼东西!"我装出讶异的表情,拍一下额头,说,"一定是我的下属跟我开玩笑,昨天是我的生日……"

我连忙把公文袋和杂志收起,一边翻弄公事包里的纸张,一边说:"很抱歉,洪经理,我似乎把文件留在公司了,我现在回去拿……"

"司徒先生的公司在附近吗?敝行的营业时间只剩下半小时。"洪经理指了指墙上的时钟。

"啊……真糟糕。"我装出无奈的表情,"那我明天再来可以吗?"

"当然没问题。"洪经理一脸笑意,说,"下午相同时间?"

我点点头。我们再握一下手,他送我离开办公室。

虽然我已经没在派对公司工作了,但我仍有一颗为他人带来欢笑的心啊。看我在这家伙临终前,还不忘安排一个笑话,真是佛心来着。他到死时,仍会想起我这个冒失鬼吧。

接下来,我只要到附近找家咖啡店,待个五十分钟,确定目标死亡便完成任务了。

只是,岔子往往在意想不到的地方冒出来。

"砰!"

四个身穿墨绿色工作服、背着背包、头戴古怪面具的彪形大汉,忽然撞开大门,冲进银行。他们手执长枪和曲尺手枪,一口气走到大堂的四个角落。

"所有人别动!"带头的男人大喝。他戴着阿诺德·施瓦辛格的面具,双手握着一把霰弹枪,就像《魔鬼终结者》里的样子，只是跟那身墨绿色工作服不大搭调。

"砰！"另外三人用枪射向天花板。我回头一看，他们是向着大堂内的监视器开枪、破坏镜头。这帮家伙一定早有部署，知道银行内的防盗装置所在。

因为接近下班时间，银行内客人不多，加上我，总共只有八个人。一个戴着西尔维斯特·史泰龙面具的男人用枪指吓我们，又用枪打破了柜台旁的门，把五个出纳员和接待处的小姐赶到我们身旁。

在女士们的尖叫声中，我们被指示双手放头上，蹲在大堂左边的角落。"史泰龙"举枪站在我们面前，"阿诺德"则与戴着布鲁斯·威利斯面具和约翰尼·德普面具的同伙，走进经理室。

"砰！砰！"连续的枪声，让我身旁的人不住发出惊呼。女生们早已吓得脸色苍白，即使是男性，也是一脸惶恐。

不一会儿，三个匪徒架着洪经理，把他带到我们面前。他的头发凌乱，衣衫不整，看来刚才那些人曾对他动粗。他的潇洒被狠狠取代，一个踉跄，跌坐在我们前方。

"布鲁斯"用枪抵着洪经理的前额，"阿诺德"在旁狠狠地说："快说，保险库的密码是什么！"

"我……我不会说！"洪经理慌张地回答。大概是受惊吓的关系，他连声音也变得尖锐，就像个受惊的妇人。

"你再不说，'布鲁斯'便会——"

"轰！"

一瞬间，没有人反应过来。洪经理的后脑在我们眼前爆出血浆，布鲁斯手上的手枪正冒着硝烟。子弹从前额打进，后脑穿出，血液、脑浆流满一地。我身旁的众人发出惨叫，有女生吓得大哭。

"妈的，你搞什么！""阿诺德"一把揪住开枪的"布鲁斯"，"他还没说出密码，你杀他干什么！"

布鲁斯没回答，只是呆然地垂着手，不安地左顾右盼。我看不到他的表情，但我想他一定止为刚才的冲动感到后悔。

"你们两个去保险库，看看能不能用炸药把门炸开。"

"阿诺德"怒气冲冲，向"布鲁斯"和"约翰尼"骂道。

听到"阿诺德"的话，突然让我惊觉自己正身处危机之中。

洪经理的尸体就在眼前，和我相距不足两米。

我曾做过实验，把能力使用在一只猫身上后，再用刀杀死它。即使变成尸体，时间一到，它仍会发胀变成圆滚滚的样子，我的能力依旧可以发动。

换句话说，洪经理的尸体现在是一个定时炸弹。

我瞄了一眼大堂墙上的时钟，时间是三点二十六分。三十四分钟后，"气球"便会爆炸。可是，阿诺德和史泰龙正手持武器，守在我前方。看样子，他们没打算把柜台后的钞票随便抓一把便逃。他们的目标是保险库的流动资金。

他们挑银行关门前一刻犯案，便是为了可以慢慢对付保险库，把大量的旧钞运走。

我猜，他们没打算在四点前释放我们。

我不是个运动健将，即使对方没有持械，我也没有把握能够制伏这些壮汉。我唯一的胜算，便是找机会触摸他们，利用超能力扭断他们的四肢和脖子。

不过我知道，这做法就像在黑暗中穿针引线一样困难。

他们穿着连体的工作服，戴着皮手套，全身包得密密实实。我必须摸到目标的皮肤才可以施展异能，而他们身上露出皮肤的部位，就只有脖子和后脑。我或许能出其不意，摸到其中一人的脖子，让他在扣动扳机前死亡，可是我无法保证另一人不会向我开枪。

靠，早知道就穿上防弹背心了。

有什么方法可以同时制伏面前的两人？

我偷瞄一下两旁的人质。

如果我当众杀死这两个歹徒，我的能力便会曝光。这样子的话，我还要把这些普通人全部杀死。杀光这些人不是问题，问题是我该如何向警察交代经过？为什么只有我一个人能活下来？

妈呀！即使能躲过洪经理的爆炸，我也没办法逃过之后的麻烦事。

事实上，搞不好我会被爆炸波及。我只剩下三十分钟的命。

真该死。

在洪经理被杀后，我身旁的接待处女职员一直号啕大哭，吵得我无法思考。说不定这女人跟洪经理有一腿，也可能只是因为上司惨死在面前而受到惊吓。无论怎样,这女人实在让我心烦。

不如先利用她吧?

这个距离,我应该能在没人察觉的情况下偷偷触摸她。让她的血管冒出气泡,出现心肌梗死的病况,把"阿诺德"和"史泰龙"引过来,然后一口气杀死他们。

不过看样子,这两个歹徒熟悉枪械和军事行动,他们应该不会在没有防备的情况下一起走过来。如果只有一人走过来,另一人远距离守着,怎么办?

我得准备不同的方案。

经过一轮思考,我想到三个做法。首先,我让女职员"病发",歹徒一定会走过来。如果两人一同走近,我便趁机同时杀死两人,然后再假意接触所有人质,叫他们静静地离开,以防惊动那两个在保险库的同党。只要输入"五分钟后变成'气球'"的指令,人质便会在跟警方说明情况之前死去。

如果只有"阿诺德"或"史泰龙"一人走过来,我就不能即时杀死对方。因此我的计划改为"输入数分钟后发动的指令",让歹徒惨死。为了让另外一人惊骇,我必须使用夸张的手法,例如让那家伙的腹部慢慢胀破,或是使他的眼球充气,从眼窝里掉出来。当另外一人的注意力被分散时,我便趁机使其他人质变成气球,制造混乱,再找机会把余下的歹徒杀死。

最坏的情况是我未能接触匪徒便被察觉。为了防止这种情况发生,除了女职员外,我还要准备一至两名人质当诱饵。在我右边的老先生和左后方的大婶是最好的选择。女职员的"心脏病"要即时发动,另外两个诱饵则要设定在一分钟后和两分钟后。万一我的行动失败,第二和第三个"病人"的出现,应该可以扰乱歹徒的判断,只要对方没有像刚才布鲁斯那样胡乱开枪,我便拥有多两分钟的行动空间。这是时间差攻击。

好,就这么决定了。现在时间是三点四十一分,我先替老先生和大婶输入延后发动的指令,接着再杀死女职员。我缓缓地放下双手,把右手伸向旁边的老人家……

"呜——"

一声警号中止了我的行动,让我的右手悬在半空。

我慌张地收回右手,只见"阿诺德"和"史泰龙"走到大门前,探视着门外的情况。

他妈的警察怎么早不来、晚不来,偏偏在我要行动的一刻赶到!

银行外的大街传来喧闹的声音。不久,接待处的电话响起,阿诺德拿起话筒。

"你们给我听好,我手上有十几个人质,你们敢攻进来,就要有所有人质被杀的觉悟!我们刚才已经杀死了分行经理,我警告你们别轻举妄动!"

虽然语带恐吓,但"阿诺德"却从容地说出这番话,就像事前练习好似的。对了,最好警方不相信歹徒杀了人,只要"阿诺德"和"史泰龙"把洪经理的尸体丢出去,我便不用担心被爆炸波及。

可是这个期望没有实现,警方真的没有"轻举妄动",歹徒也没有移动尸体半分。

我面前的"炸弹"还有十五分钟便会爆炸。

该死,时间不多了。在警方的包围下,我刚才的计划还可行吗?歹徒的警觉性提高了不少,我成功的机会变得更微小。

"对……对不起……"我身后响起一阵微弱的声音。一个年约四十岁的胖子大叔,搀扶着一位脸色惨白的老妇,对"史泰龙"说:"我老妈有高血压的毛病,可以让她躺在沙发上吗?"

"史泰龙"和"阿诺德"交换一下视线,"阿诺德"点点头,"史泰龙"便走到男人旁边,示意他扶老妇到沙发上。我没想过人质当中真的有人发病了,在史泰龙经过我身旁时,我想这是上天恩赐的黄金机会。

我把目光放在"阿诺德"身上。他正透过大门的玻璃,向街上窥视。"史泰龙"正背对着我,站在大叔和老妇前面,和我相距三米左右。我只要站起来,轻轻摸对方一下,便能进行本来的计划。

我决定这一刻杀死"史泰龙",抢去他的手枪。如果"阿诺德"我开枪,只要避过第一发,我便有信心活下去。现在警察在门外,他们听到连续的枪声,便会冲进来救人。

颈骨、尺骨、桡骨、腕骨、指骨、股骨、胫骨,一口气把这些骨头扭转三百六十度,史泰龙便会瞬间死去、四肢粉碎。到时，我亦能夺去手枪，然后往人质群后方伏下，让这些家伙替我挡子弹，只要撑一分钟，警方便会破门而入。

"阿诺德"完全没留意这边，"史泰龙"背对着我。

就是现在！

"'阿诺德'，'布鲁斯'弄好了。"

我刚要站起来，戴着约翰尼·德普面具的男人从职员通道走出来，吓得我连忙坐下。幸好他们没有留意到我的异常举动，不过我便白白错过这个黄金机会了。

"史泰龙"回到"阿诺德"身边，"约翰尼"再次回到通往保险库的通道。"阿诺德"他们打开背包，掏出两个纸箱模样的东西，在接待处那边交头接耳。

时间一分一秒过去，我的呼吸愈来愈急促。妈的，我不要被我自己弄的气球炸死！这是什么鸟死法啊！墙上时钟的分针向着"12"逼近，我如热锅上的蚂蚁般坐立不安。我开始后悔自己输入"膨胀一万倍"这个数字，如果换成一千倍或五百倍，我也不用这么害怕。

都是那个委托人害的。

"我们准备释放一半人质。"

这句话突然蹦进我的耳朵中。我抬头一看，只见"阿诺德"抓着电话，他大概正在跟谈判专家对话。

真是柳暗花明又一村！穷途非末路，绝处可逢生！

"你们有十四人，我们现在释放七个。"史泰龙走过来，用手指指着我们，说："你们三个、你、你和你，给我过去。"

我左边的三个女职员——包括那个接待处的女生——以及三个顾客，被指示走到门前。

"还有一个……就你吧。"史泰龙指着我身旁的老先生。

"等等！"我大声嚷道，"为什么跳过我！"

"我最讨厌戴眼镜穿西装的家伙，跳过你便跳过你，老子喜欢，不行吗？"史泰龙骂道。

我瞥了时钟一眼，距离爆炸顶多只有一分钟。

"这不公平！我也要走！"我焦躁得语无伦次。反正被爆炸炸死和被子弹打死差不多，这一刻就算挨子弹也没关系了。

"你再吵，我便一枪毙了你！"

我迎上前去，一脸不怕死的样子。好吧，其实我敢向前走并不是不怕死，我只是想尽量离开洪经理的尸体，幸运的话，爆炸的那一刻拿这个身材高大的"史泰龙"当盾牌，说不定还有一线生机。

"史泰龙"举枪向着我。在他开枪前，我能否摸到他的脖子或后脑勺呢？我能否在爆炸前躲到他的身体后呢？

"轰！"

在我正要伸手抓向他、他的手指要扣动扳机前，我听到爆炸的声响，感受到爆炸传来的震动。

一切都太迟了。

就在绝望的同时，我赫然发觉这爆炸声并不是从大堂内发出的。我回头一看，洪经理的尸体完整地躺在地上，不过在场的所有人也被响亮的声音吓呆。

洪经理没有爆炸？我弄错时间了吗？刚才的巨响是从哪儿发出来的？

就在这当口，大堂的玻璃窗突然碎裂，我连忙伏在地上。一群装备整齐、手持冲锋枪的特警同时从大门和窗户涌进。一轮枪声后，场面转趋平静。

"史泰龙"头部中枪，当场死亡；"阿诺德"则是肩部和大腿中枪，被特警制伏时仍不停挣扎。人质中没有人受重伤，不过有人被碎片割到，也有人因受惊而呼吸失调。肩膀包着绷带的"阿诺德"被绑在担架床上抬离银行时，我刚好在他身旁被救护员搀扶离开，仔细一看，面具下的他，只是一个眼小鼻扁的中年男人，才不是什么"魔鬼终结者"。

配合警方录取口供后，我回到自己的家。真是混乱的一天。到最后，我仍不知道为什么洪经理没有爆炸，也不知道该如何向委托人交代。几天后，我透过一些门路，打听到阿诺德被捕后招认的供词，这才厘清整件事情的来龙去脉。

我的异能没有毛病，洪经理一如我所下的指令，在四点整爆炸，炸得粉身碎骨。

重点是，在我们眼前被枪杀的人并不是洪经理。

根据"阿诺德"的口供，洪经理并不是个身家清白的银行职员，他利用职权之便，参与不少贪渎欺诈，也结识了"阿诺德"

这一伙亡命之徒。洪经理似乎知道因为自己上了某黑道大哥的女儿，已被对方盯上，于是干脆一不做、二不休，制造被杀的假象，再抢银行一大笔。

当天"阿诺德""布鲁斯"和"约翰尼"冲进经理室，开枪打破监视器镜头后，便进行简单的调包工作。布鲁斯是阿诺德一伙新收的小弟，为了进行这次抢劫，他先进行整形手术，把脸孔弄得和洪经理差不多。在经理室里，"布鲁斯"脱下工作服，让洪经理穿上，而他自己则披上洪经理的外套。他们两人也穿着相同的裤子、衬衫和领带，只要让洪经理戴上布鲁斯·威利斯的面具，便没有人知道他们两人交换身份。

"阿诺德"他们告诉"布鲁斯"的计划是这样的：两人之所以要调包，是为了制造不在场证明，戴上面具的洪经理可以从容打开保险库，把钞票搬到停车场，放进预备好的车子，而冒充洪经理的布鲁斯则和其他职员一起留在大堂，到最后要逃走时，"阿诺德"他们便会抓他当"人质"离开。由于"洪经理"一直待在大堂，银行职员也会认为保险库没有被劫，等到警方发现时，便为时已晚了。

当然，这只是用来欺骗"布鲁斯"的谎言。

阿诺德和洪经理的真正剧本，是让"布鲁斯"这个小弟当替死鬼。阿诺德抓住"布鲁斯"的衣领，责骂他胡乱杀死"洪经理"，只是一场演来给人质看的戏。只要职员们事后供称洪经理被杀，黑道大哥也不会再下令追杀，他便可以换个身份，抱着大量款项到国外享受生活。我当时听到"洪经理"的声线变高，并不是因为他害怕，而是因为那根本是另一个人。面孔可以弄得相像，但声线很难模仿。开枪打爆头颅也是聪明的做法，这样一来，人质们不敢多看，调包被拆穿的机会也较小。

他们说用"炸药"弄开保险库大门也是谎话，只是要让人质认为他们手上有炸药。"阿诺德"他们的计划是洪经理和"约翰尼"到保险库劫走现金后，释放部分人质，再把剩下的人和"洪经理"的尸体以燃烧弹销毁。"阿诺德"和"史泰龙"从背包拿出来的盒子便是能产生高热的炸弹，他们释放一半人质也不是出于善心，而是要让生还者证明"洪经理"被杀。也因此，"史泰龙"挑选的人质中，有三人是银行职员。

他们停泊在停车场用来逃走的车子也是特别预备的，那是一辆救护车。当银行被炸毁，他们便可以驾着救护车，轻松离开警方的包围网，没有人想到车上载着的不是伤者，而是现钞。他们高调地开枪打破监视器，待在银行缓慢地行动，就是为了等待警方到来。反正不能确保行动会在惊动警方前完成，那就干脆把警方介入当成计划的一部分。

释放人质也是拖延警方的手段之一。只要做出友善的举动，警方便不会贸然冲进现场，冒着人质被杀的危险跟匪徒枪战。让主谋假死、逃过黑道大哥的追杀，抢夺大量没记认的旧钞票，还可以减少一名分赃的同伴，真是个周详的计划啊。

只是，岔子往往在意想不到的地方冒出来，他们没料到我这个不速之客竟挑同一日下手。

洪经理在四点整爆炸,当时他和"约翰尼"在保险库搬运最后一袋钞票。他当场和"约翰尼"一同被炸死,粉身碎骨,肉块和残肢四散,血浆洒满地板、墙壁和天花板。"阿诺德"大概对这意外完全没有头绪,不过警方单方面认为洪经理或"约翰尼"携带了炸药,因为引信接触不良才会导致误爆。听说鉴识科找不到火药的痕迹,亦无法从环境证据重组案情,不过反正死的是两个死不足惜的人渣,便没有人深究。

地下保险库的爆炸使警方以为歹徒对人质不利,即使对方表示准备释放人质,他们仍选择快刀斩乱麻,让特种部队攻坚。"阿诺德"千算万算,就是没料到这种意外。

我向委托人报告,表示工作完成。虽然遇上一点阻碍,但我也做到了对方要求的效果。我当然没有亮出我"气球人"的底牌,只说暗中在洪经理身上植入炸弹,成功解决对方。

委托人相当满意,除了本来的报酬外,还多加三成的红利。看在这笔红利的分上,我便再考虑一下要不要动手把他干掉吧。毕竟如此阔绰的客户并不常见,这几年不景气嘛。

事件发生一星期后,我如常打开电视,一边吃晚餐,一边观看新闻报道。

"一星期前,高展银行抢劫案的主犯,今天下午四点在羁留病房离奇死亡。有消息指出死者死状奇怪,头部和小腹严重肿胀,腰部扭转一百八十度,双腿关节折断盘在肩膀上。警方正调查死因……"

听到这消息,我露出满足的笑容。

我忘了说,在离开银行时,我顺手摸了"阿诺德"的肩膀一把。

/ 1. 这样的一个麻烦 /

"仓鼠,我要仓鼠!"

当我在公园一角盯着远方,等待目标人物经过时,我左方的一群臭小孩中,一个衣着光鲜、一头鬈发的六七岁小男孩正在闹别扭,扯着他面前的小丑的衣袖不放。

不好,我又分心了。

为了杀死目标,我逢周末都会到这公园监视,至今已有两个多月。很多人认为杀手杀害猎物只需要一瞬间,扣下扳机不过是动动手指头的简单动作,他们却不知道,杀人的部署比杀人复杂一百倍。如何知道下手的最佳时机?如何确认目标疏于防范?如何肯定完事后能成功逃走?如何避免留下证据被警方追查?光是掌握目标人物的行踪,便得花上一两个月的时间。

这就是真正的专业。

我干这行干了三年,算是小有名气。毕竟我的业绩理想,开业至今从未失手,而且擅长将受害者伪装成死于意外,客户们相当满意。

这都是因为三年前我突然得到了奇异的杀人能力。

"仓鼠!我要的是仓鼠,不是小白兔!"

旁边的小鬼还在闹,吵得我无法专心监视。

公园里似乎有什么企业在办宣传活动,水池旁有四五个小吃摊,附近还有几名杂耍表演者,以及逗小孩子的小丑。我左方七八米外站着一个打扮成小丑的青年,他戴着绿色的假发,鼻上夹着一个典型的红色圆球,不断从口袋掏出长条形的彩色气球,一边把它们吹胀,一边扭成不同形状的气球动物,送给面前的小孩。

"对不起喔,我不会弄仓鼠。你看,小白兔不是一样很可爱吗?"那小丑拿着一只刚弄好的气球白兔,递到那麻烦的胖小子面前。

"我不要白兔!我要仓鼠,仓鼠!"

小丑脸上堆着难看的笑容。我想,这一刻他巴不得把这死小孩的脖子扭断吧。

事实上,这小鬼一直在大吵大嚷,阻碍我的工作,我也很想干掉他。反正我只要碰一碰他,就能让他死于非命。

三年前,我还在一间派对统筹公司当小职员时,无意间杀死了混账老板。当时他戳着我的额头,破口大骂,喷得我一脸口水。我对他的责骂充耳不闻,幻想着他死亡的样子,他竟然一如我的想象,在我们一群同事面前暴毙,永远住口了。

我当时的工作就是在派对上扭气球动物,而老板的死状,就像充气的气球动物,头颅胀大,脖子扭转半圈。跟我想象中死法一模一样。

真叫人心情畅快啊。

后来,我发觉自己身上流动着一股不可思议的力量。只要触碰到对方的皮肤,我就能输入指令,让对方变成我幻想中的气球模样。因为老板用手指抵着我的额头,我的念力经过他的指头传进他的身体,于是他就这样怪异地死去。

他痛苦挣扎的样子,实在很逗趣。你可以想象一个人腮帮子慢慢胀大、眼珠凸出、血管浮现、头颅渐渐变成圆滚滚的形状,脖子再咔嚓一声扭断的情景吗?简直就像魔术表演——魔术师不小心把女助手锯成两半那么有趣啊。

我之后用小动物做了很多实验,测试自己的异能,得到三点结论。

一、只要是活着的生物,一旦我接触其皮肤就能输入指令,让目标身体部分或内脏器官充气、膨胀或扭曲。

二、可以指定延迟发动的时间。

三、一旦输入指令,即使对方在发动时间前死亡,能力仍会在尸体上发动。

虽然还有些细节上的限制——例如一旦完成输入指令就不能改动或以新指令盖过——但这种异能真是超乎想象。拥有这么优秀的能力,我不好好利用实在太浪费了。

于是我改行当起杀手。

我可以让目标人物的心脏动脉在特定的时间充气,阻碍血液循环导致心肌梗死,旁人看来只会以为是心脏病发;我也可以扭断目标的颈椎,让他在驾驶时出事,鉴识人员只会以为颈骨折断是撞车后的致死原因,不会料到是反过来,因为颈骨突然扭断导致失事。

最重要的,是我可以在"意外"发生前远离现场,只要输入"两个钟头后发动"的指令,便神不知鬼不觉。

唯一要做的是要找寻"触碰目标"的机会。

这也是我正在准备的前置工作,这两个多月的部署,就是为了那一刻。

这次的目标人物有点难缠,他是位知名的公众人物。虽然我能在不知不觉间下指令,一般人都不会把"早上跟陌生人握手"和"晚上心脏病发"联想起来,但我仍要确保自己的样貌不被留意,将自己的行踪彻底消去。

小心驶得万年船。我只是拥有将人变成气球的异能,并非刀枪不入。以一个二十多岁的青年来说,我的体能更是标准以下,即使没有超级英雄跟我作对,光是戴上头盔、面罩和手套的老警察便足以将我制伏。

这次的工作没有委托人,我纯粹是为了自己而决定干掉对方。最近是淡季——信不信由你,委托杀人也有淡旺季之分——所以这阵子我可以处理一些杂务。我要下手并不是因为憎恨这家伙,只是因为他造成我相当大的麻烦,如果不早日将他解决……

"我要仓鼠!仓鼠,仓鼠——"

妈的。

我按捺不住,从木长椅站起来,走到那群小孩身后。

"啪——"

我把手放在那个"仓鼠小鬼"的肩头上。他停止叫嚷,回过身子抬头看着我,露出一副鸟样。

"给我你手上的。"我没理会小鬼,向绿发小丑说。小丑手上拿着一条刚吹了气的长条状黄色气球。

小丑似乎搞不清楚状况,但他仍依我所说,把气球递给我。我熟练地把气球扭成数节,然后把它们交叠打结,最后向小丑讨过马克笔,在气球上点上两点当作眼睛。

"仓鼠。"我把气球仓鼠塞给那个麻烦的胖小子。

"好耶,是仓鼠!"死小孩心花怒放,连"谢谢"也没说,接过那只一脸蠢样的仓鼠。

"你可不可以去远一点的地方工作?太吵会打扰到其他人。"我把马克笔还给小丑,说道。

"啊……抱歉,没问题。谢谢您。"小丑搔搔头,露出尴尬的表情。"小朋友,我们到那边去好不好?"

连气球仓鼠也弄不好的无能小丑,带着那群死小孩往水池走过去。刚才我是很想干掉那小鬼的,可是我知道那样做于事无补——如果我在众目睽睽之下当场弄死他,我便会暴露身份,我才不会笨到去干这种惹麻烦的事情；如果我让他在数十分钟后死去，我还得多忍受数十分钟的噪声，对情况没有半点帮助。最简单的做法是满足他的愿望，并且让小丑离开我附近。

  宁静的公园真好。我回到木长椅，把视线放在远方。五分钟后，目标人物准时经过，他穿着白色的运动服，沿着公园的跑道从东面往西跑去。有一名女性跟他并肩慢跑，从跑姿可以看出两人是结伴来运动的。他习惯在公园水池旁休息两三分钟，喝点水，和同伴聊几句，然后继续往公园的另一方跑去。根据我这两个月以来的观察，这家伙每个礼拜六早上都会到这公园跑步，而他的女伴则是隔星期出现。换言之，下一个星期他便会落单——那是下手的良机。

  几分钟后，他们两人消失在我的视线之外。我瞥了手表一眼，在记事本写下时间，看样子我已掌握目标的时间表。下个礼拜便是动手的最佳时机，万一出问题的话，我还有两个后备方案。准备完成了。

  我合上记事本，满意地伸一个懒腰。正要回家之际，那个鬈发的仓鼠小子跑到我跟前，他手上除了我弄给他的气球仓鼠外，还有另一根长条形的气球。

  "叔叔，你可以给我多弄一只仓鼠吗？"

  贪得无厌的小鬼。唉，我就当一次好人吧。

  我接过气球，纯熟地把它扭成仓鼠的样子。

  "给你。"我把气球递过去。

"咦……这是仓鼠？"小鬼接过气球，奇怪地问。

"对啊。"

"为什么头的样子不一样？"

我这次弄的气球仓鼠只有半个头，脑袋陷了半边下去。

"小朋友，你没有养过仓鼠吧？"

"没有，妈妈不准我养，所以我想要气球仓鼠。"小鬼说，"我想要一对仓鼠，让它们住在一起当好朋友，它们还会一起吃向日葵种子，一起冒险呢！"

这小鬼八成是卡通看得太多了。

"仓鼠不能一起住的。"

"咦？"

"仓鼠住在一起，会吃掉对方的。"

小鬼瞪大眼睛，诧异地看着我。

"我曾饲养过仓鼠，把几只放在一个笼子里。"我直视着小鬼双眼，以平稳的声调说，"有天早上醒来，我发觉笼子里除了体形最大的那一只外，其他的统统死了。而那只大仓鼠满嘴血红，还侧着头，对我装出一副很可爱的样子。"

小鬼的表情僵住，露出惶恐的眼神。

"那些死去的仓鼠有够惨的，我记得有只头颅被削去一半，血肉模糊，真不知道活下来的那只用了什么方法把颅骨咬掉……死去的那只就跟你现在手上拿着的一样，脑袋没了半边，连眼珠也掉了出来，混在饲料当中——"

"哇！"

小鬼哇的一声，丢下气球仓鼠，头也不回地哭着跑走。我真是个烂好人啊，不但没有干掉这找麻烦的死小孩，还教导他"仓鼠要分开养"的冷知识，以免他将来傻乎乎地把仓鼠关在同一个笼子里，早上起来看到那精彩刺激的血腥场面，留下童年阴影。骨子里我其实是个喜欢小孩的老好人吧？

我拾起两只气球仓鼠，掏出圆珠笔，啪啪两声，把它们刺破。

我驾着车子，回到住处。

自从转职当杀手——呃，我喜欢自称为"麻烦消除顾问"——我就舍弃过去的一切，包括居所、名字、身份，甚至容貌。我没有家人，也没有朋友，要从本来的环境中消失，比想象中容易。我委托整形医师替我换一副新面孔，利用一些地下门路获得好几个虚构的户籍和伪造的身份。说起来，我没料到原来最困难的是找一个栖身之处。为了掩人耳目，我辗转住过三个地点，直到一年半前才找到现在的住所。

我家是一栋独栋的单层平房，位于郊区。附近的居民很少，沿路不到十户，还有好些空房子。最近的便利商店要走差不多半小时，是一个非常平静的社区……虽然我不知道人这么少到底能不能称为"社区"。听说这儿的治安不错，即使位置偏僻，多年来也鲜有盗窃行劫之事，顶多只有发生住户失踪落跑，让房东老头碎碎念的小事件。

这一带的独栋房子都属于一位将近七十岁的老伯,据说他二十年前靠股票赚了不少,于是一口气把附近的土地和平房买下来,当作退休后的居所,收取的租金便作为生活费。由于交通不便,这儿的住客不多,但老头不愁没钱用,所以他不在意住户的多寡。

这条路分成两段,一段比较接近大路的公车站,有六七栋房子;另一段则靠近小山丘,只有四栋,其中外墙漆成黄色和绿色的两栋是空屋,白色的一栋是房东的家,蓝色的一栋便是我现在的住所。这种荒凉的环境正好适合我这种想逃避目光的人居住,我甚至猜想其他住户是否跟我一样是同路人。当年那个失踪的住客说不定是混黑道的,为了避风头所以躲到这儿,最后暴露行踪不得不逃跑。

当然,我不会笨得向房东老头说明自己的身份。我租屋时他问我的职业,我便回答"资讯科技",再祭出一堆IT名词,说自己是SOHO族之类,他就似懂非懂地点点头。这样子,即使我没有正常的上下班时间他也不会怀疑。

我把车子停在家门前,瞧瞧手表,时间是上午十一点十三分。刚下车,我又闻到那股恶心的气味。房东老头近几个月好像迷上了中药保健,每天都在庭园用炭炉煎药,就算他的家跟这儿距离差不多五十米,难闻的中药材味道仍飘散在空气中,传到我这边来。那种苦涩的气味令我有点抓狂,再这样下去,难保有天我会失去理智，动手把老头变成一只气球老狗。

我赶紧回到家里，关好门窗，打开空调，还好室内的气味没有那么强烈，那味道几乎让我失去食欲。我打开冰箱，决定弄点咖喱当中饭。

吃过午餐，我倒了一杯哥伦比亚咖啡，打开笔记本电脑，整理着工作所需的资料。万一下星期六的行动失败，我便要执行第二方案，利用对方出席演讲的场合接近。演讲比公园更容易下手，但现场有大量记者，我不喜欢留下任何影像记录。演讲的日期是下个月的八日……

就在我拿起杯子、正要啜一口咖啡的时候，屋外传来嘈杂的引擎声。

奇怪了，房东老头没有车子，邮差也只骑机车（即摩托车）——难道邮差把他的速克达换成哈雷了，而且邮差星期六也工作吗？

我打开大门，刺鼻的药材味仍残留在空气中，放眼一看，只见一辆货车停在我家对面那栋黄色的空房子前方，几名穿制服的工人正把瓦楞纸箱搬进屋里。房东老头站在货车旁，跟一个戴棕色框眼镜、穿白色短袖T恤的男人交谈着，两人有说有笑。

房东老头看到我，笑着招招手，示意我走过去。我拿着咖啡杯，一边打量着那陌生的男人，一边缓缓地走到他们身边。

"马先生，这位是新房客林先生，他今天刚搬进来。"房东老头愉快地说。我当然不是姓"马"，那只是用来掩饰身份的假名之一。

"马先生您好，小姓林，叫我凯文就可以了。"凯文伸出右手，碰巧我右手握着杯子，只好狼狈地改用左手拿杯，跟他握手。

"您好。"我微笑着点点头。

"林先生跟你一样，是什么SOHO族的呐。"房东老头搭腔说。

"您也是搞网路的？"我问。

"不，我是平面设计师，平时利用网路接工作，可以在家办公。"凯文伸出拇指，指了指他身后的房子。

我暗地里松一口气。虽然我没表现出来，但我有一点担心，万一他真的从事资讯科技，继续谈下去我可能会露馅。为了这个虚构的身份，我学习了好些IT工作所需的知识，不过我不敢肯定能瞒过一位真正的IT专业人士。

看来我要好好进修一下。

"你们这些SOHO族的，都喜欢僻静的房子，我在公车站那边的公寓你们偏不选，真是奇怪。"房东说。

"这边晚上比较清静，更好集中精神工作。"凯文笑着回答，"房东先生，您不用担心我会吵到您。"

"我倒是无所谓，随你们喜欢喽……哎，我忘记我的祛风除湿药汤了，要趁热喝，你们年轻人先慢慢聊呐。"

房东老头扬扬手，往他的房子走去。这段路微微弯曲，我们站在这儿,只看到房东家庭园的一角,其余部分被树丛遮蔽。

"马先生在这儿住很久了吗?"姓林的家伙问。

"一年多吧。"我装出亲切的笑容,"环境不错,只是房东煮药材有点难闻。"

"药材什么我倒不介意,"他摸了摸鼻子,"这儿会不会有什么人经过?我最讨厌吵闹的人声车声。"

"几乎没有,这边走过去就只有上山的小路,不过一般的登山客也不会来这边;山后有行车的马路和远足小径,他们会选那边。附近有一些野猫野狗,偶尔还有一些松鼠野兔之类。其实山丘上的风景很美,可以远眺市区,有时我会到那边走走。"

"啊,这样子我也要去走一趟看看。"他张口微笑,露出洁白整齐的牙齿,"马先生有没有听过有财团打算收购这附近的土地来发展?"

"哦,是吗?"

"我在找房子时听到这消息,不过我想未必成事,所以还是决定租下这里。好像说生力集团的执行长想把这儿改建成附设饭店的高尔夫球场。"

"生力近年的财政好像有点困难,很难动用一大笔资金来发展吧。"我将从报纸读到的新闻复述一次。

"对,我想也是空谈。"

就在我们闲聊社会景气时,一名搬运工人走过来,跟凯文说:"林先生,所有箱子已经搬好了,请您清点一下然后在单据上签名。"

"我不打扰您了。"终于有机会逃走,我连忙说道。老实说,跟邻居打交道真是有够无聊的,装成友善的邻居更是非常累人。

"过一两天待我整顿好后,请您过来喝杯咖啡。"凯文再次露出亲切的笑容。

我不置可否,给他回报一个连我自己也作呕的虚假微笑。回到房子后,我把冷掉的咖啡倒掉,启动咖啡机重新煮一杯新鲜香浓的哥伦比亚咖啡。今天早上先是遇上一个死小孩,回家时又闻到该死的中药味,下午更要装好人跟陌生人打招呼,真是糟糕透顶的周末啊。

真想上山找些野猫野狗、松鼠野兔发泄一下,把它们的四肢扭断、肚子充气,欣赏它们受折磨而死的样子。别弄错,我可不是特别喜欢滥杀无辜,利用异能干掉小动物的目的只是练习,毕竟杀人的机会不多,我得时刻确定我的能力不会出错嘛。

当然,看着那些本来狂吠的野狗,以及一副瞧不起人的样子的松鼠,突然在搞不懂的情况下倒地,一边挣扎一边扭曲成滑稽的模样,或多或少总有点快感吧。

星期一早上我约了中介人见面,看看有没有委托。我的生意大部分是他介绍的,通常是他主动联络我,不过这星期实在闷得发慌,除了周六即将完结的私事外,之后完全没有预定计划。我真的不是个嗜血的杀人魔，只是百无聊赖的生活实在太枯燥。人们不是常常说"工作中的男人才会显出光芒"吗？

"没有啦，我都说有委托自然会找你。"车厢里，坐在我旁边的中介人说。

"真的什么也没有？你不会把客户介绍给其他同行了吧？"

"真的没有啦！你也知道现在是淡季，就算你免费提供服务也没有人光顾啊。"

"虽然我一向把目标伪装成意外致死，不过如果客户有需求，我也可以提供更多的服务喔！就算要我把目标炸死也没有问题！"

"你开始碰炸药了？这不像你的作风啊？"

"嗯，身为专业人士，总要让自己不断进步，迎合市场需求嘛。"我敷衍地答道。

虽然中介人跟我相熟，但连他也不知道我的超能力。他一直以为我是个用毒高手，可以让目标人物在指定时间毒发身亡，就算美剧*CSI*里的一众专家从电视跑出来，也肯定束手无策，检查不出痕迹。至于把目标炸死云云，则是我早前发现的技术，我只要让目标身体在零点一秒之内充气数千至一万倍，就能让对方像过度充气的气球一样，炸成碎片，变成人肉炸弹。我拿一只老狗做实验时，还差点走避不及，弄伤自己呢。

不过说实在的，我不大喜欢这种高调的杀人方法。

跟中介人告别后，我驾车回到住所前。一打开车门，药材味扑鼻而来。最近老头煎药的次数实在太频繁了，从一星期一次变成一星期三次，再由一星期三次变成一星期七次，真叫人难受。他的风湿病有这么严重吗？不如让我发发善心，帮他来个"永久解脱"吧？

"砰！"

忽然传来一声巨响，声音是从老头房子那边传来。我好奇地走过去看看，只见老头弯着腰，揉着屁股，在庭园中收拾着地上的木头碎块。

"房东先生，怎么了？"我隔着栅栏问道。

"哎，马先生，"老头皱着眉，说，"刚才我爬梯子换外墙的灯泡，没想到他妈的老旧梯子突然断裂，摔得我半死。"

老头的房子比我们的多建一层，据说是七八年前特意把整栋拆掉重建的。当时老头好像想叫儿子和媳妇一家回来住，不过后来因事告吹了。

我抬头望向外墙上一个灯座，上面的灯泡已经破掉了。

"我来替您收拾吧。"我打开栏栅上的闸门，走进去，扮演着亲切邻居的角色——即使那个传出恶臭的药壶就在不远处。

"呵，真是麻烦你了。"老头老实不客气，连推辞的客套话也省掉。

我拾起木梯的碎片时，药材味从鼻孔跑进我的脑袋，不断地跟我说："老头嗝屁了就不用闻了喔。"我看着手上的破片，心想如果刚才老头摔得重一点，就根本不用劳烦我动手……

啊，不好。要忍耐一下，我是个有理智的人嘛。

"咦，房东先生，马先生，你们在干什么？"一个爽朗的声音从背后传来。

穿着黄色POLO衫的林凯文站在栏栅外跟我们打招呼。

"甭提了！天杀的梯子……"老头瘫在躺椅上，碎碎念道。

"他换灯泡的时候，木梯断了。"我插嘴说。

"啊，房东先生您有没有受伤？要不要去医院检查一下？我可以载您一程。"凯文一脸关心的神色。哼，这个世上才没有这么亲切的家伙，这一定是装出来的吧。

"谢啦，不过老骨头，摔不死，不用去医院这么劳师动众。以前我当兵时……"就像按下开关似的，老头一口气开始话说当年。

我赶快把断掉的木梯收拾好，希望早点逃离这场疲劳轰炸。我怕我多待一刻，真的会按捺不住，动手将喋喋不休的房东老头解决掉。

"我今天不会外出，如果您要我帮忙的话，尽管开口。"临走前我特意说道。

"安啦，我虽然有点风湿病，但身子还壮得很，就算从二楼摔下来也不会有事……"老头拍一下胸口，一副得意的样子。

跟两人告别后，我回到家中，把椅子搬到大门旁的窗子前，放下窗帘，透过缝隙查看外面的情景。

十分钟后，凯文回到他的住所，接下来整整三个钟头外面的景色毫无变化。在下午四点左右，老头骑着自行车经过，一个小时后他骑着车回来，篮子里放了一个塑胶袋，大概又是中药材。直到黄昏也没有其他动静，窗外就像按下暂停的录影带画面，整个下午就只有这么乏善可陈的两三件小事。

也许因为没有工作，我才会胡思乱想，干这种无聊事。虽然我得承认，比起杀人的一瞬间、把目标变成气球的一刹那，我觉得能够做出长时间的部署更能显出我的专业，并且为此感到自豪。

我从容地拉开椅子，离开窗前，走进厕所。

憋了一整个下午，我的膀胱也要变成气球了。

这是专业——我才不会无聊到特意憋尿憋老半天喔。

"妈的，谁把我的药壶打翻啦！靠！"

星期四早上十点左右，我刚从山丘那边回来，才踏进自家的园子便听到房东老头大声嚷嚷。

"房东先生，怎么了？"我再次充当友善的邻居，走到老头的屋子外。凯文似乎也听到老头的叫嚷，跟我一前一后来到栅栏前。

"天杀的，不过上个厕所，转眼我的药壶就被打翻了。"庭园中小巧的炭炉里仍冒着熊熊火光，可是上面的药壶如今却碎成两半，躺在地上，深褐色的药汤和药渣流满一地，冒出苦涩的气味。老头狐疑地看着我们，这儿平时没有陌生人路过，他怀疑是我们干的也很正常。

"我刚才经过还看到药壶好好的,"我指了指山丘的方向,说,"是不是有野猫野狗闯进来把药壶碰翻了?"

"野狗?"老头的表情稍稍转变。

"说不定是猴子,我家种了几棵草莓,果实都少了。"我补上一句。

"山上有猴子吗?"凯文问。

我耸耸肩。

"妈的哪……唉,连药壶都破了,今天怎么煎药……"老头自顾自地骂道。

"房东先生,别怪我多事,"我说,"其实我觉得您煎药的味道很刺鼻,搞不好野猴讨厌那气味所以打翻药壶。我看您还是放在室内煎药较好。"

"是这样吗?"老头搔搔头说,"人家说用炭炉煎药最好,但室内烧炭好像有点危险,我还是改用瓦斯好了……"

"究竟您煎的是什么药?"我好奇地问道。

"就是黄柏、甘草、苍术、威灵仙之类的活血祛风的药材啦,服过之后真的很有效。"老头笑着说,"你想要的话我可以写药方给你……或者你问林先生拿也行。"

"问他?"我望向站在我身旁的凯文。

"我前天问过房东先生,碰巧我有一位长辈也患风湿病,所以他写了药方给我。我抄了一份,您要吗?"

"不，我只是好奇问问罢了，待我二三十年后患风湿再问你们吧。"我笑着回答。

我和凯文离开房东的家。回到家门前，凯文说："刚才您说经过房东的家，您之前上山吗？"

我怔了一怔。

"是啊，我说过我有时会上山走走，看看风景，做做运动。"

凯文点点头，跟我挥手话别，回到房子里。

我想，我不能告诉他我平时上山是为了找小动物做实验，让它们心肌梗死、骨折、内脏充气破裂，寻找更有效率的杀人方法吧？

正如我不能跟老头说，趁他上大号时偷偷打翻药壶的人是我。

我要继续饰演"友善的宅男邻居"这角色嘛。

回到家里，我再次坐在大门旁的窗前，盯着门外的动静。我愈来愈后悔把杀人的时间定在周六，等待期间令我有点坐立不安。幸好今天已经星期四了，只要多熬两天，麻烦便会解决掉。

星期五黄昏，凯文来按我家的门铃。门铃没有响，但我在窗前待着，看得一清二楚。

"笃笃。"

他改用敲的了。

我打开大门，装出微笑："哦，是凯文？什么事？"

"马先生，您的门铃坏了？"凯文再按一下不响的门铃，说,"没什么,有朋友送我一瓶纯米大吟酿,之前跟房东先生说过请他品尝,您有没有兴趣喝几杯?"

"哦,日本清酒吗?到您家喝?"

"我们过去房东家,我跟他约好了,他说会准备牛肉锅。"凯文举起手中的酒瓶。

换作平时,我一定找借口推掉,但今天我一口答应。

在我们前往房东房子的短短路程中,凯文问我:"今天下午您好像驾车出去了,匆匆回来后又再出去,似乎很忙?"

"不,我只是忘记带东西,特意多跑回来一次。真糊涂。"我随口撒谎道,"凯文您看到我出去吗?"

"只是碰巧听到您车子的声音而已。"他再次展现露出洁白牙齿的笑容。这家伙五官俊美,态度亲切,大概是个"少女杀手"吧。

我们到房东家,房东老头看到那瓶酒煞是高兴,看样子是顶级的日本酒。饭桌上摆着碗筷,中央的锅子盛着粉红色的牛肉,我们便一边吃饭一边喝酒。虽然在这儿住了一年多,走进老头的大厅还是头一遭,客厅的装潢相当时尚,跟老头的外表可说是格格不入。

最近天气有点闷热,喝过好几杯,众人皆两颊发烫,凯文更是满头大汗。

"我去开一下空调。"老头有点微醺,站起来往大门走过去。空调的开关在门旁,老头伸手把开关往下拉。

"啪！"房间的灯光忽然熄灭。

"咦？"老头发出讶异的声音。

"是保险丝开关跳掉了吧。"我说。房间虽然没有灯光，但路灯的光线从窗户射进来，我们仍可以看到对方。"可能是空调短路，电力超过负荷，所以断路器跳了。"

"哦，是啊！我很久没开空调，搞不好坏了。"老头说。他从门旁的架子摸出一把手电筒，把空调的开关推回去，再说："你们等一下，我先去试试打开断路器开关。"

不到一分钟，房间恢复光明。老头回来时仍是一脸微醺，笑着说："歹势，空调坏了。咱们不如到外面吹吹风吧？今晚天色不错，喝酒赏月也是乐事。"

我们三人换到庭园继续喝。喝光一瓶大吟酿后，老头又拿出一瓶陈年花雕，一起喝到晚上九点左右。

"我还有一瓶，有兴趣续摊吗？"老头笑着说。

"免啦，我明早还有工作。"我今晚真的不应该喝太多，毕竟明天早上要执行计划，万一因为宿醉头痛便有大麻烦。

"我……我也该回去了。"凯文说话有点结巴。

"那么我们改天再喝个痛快吧！"房东老头很高兴的样子。

回程时，我向凯文问："怎么了，您好像有点无精打采？"

"呃，我不太喜欢喝花雕。"凯文苦笑一下。

跟凯文道晚安后，我回到家中，伸手打开电灯。

房间一片漆黑。

哎，我忘了。我家本来的断路器现在正嵌在房东家的变电箱内。看来明早除了到公园干掉目标人物外，我还要跑一趟五金行。

还好明天过后，所有麻烦都解决了。

早上的工作比想象中还要顺利。在商界打滚的人都有一个通病，只要你能说得出对方的名字，再加一句"上次在某某的宴会里只跟您谈了两句，太可惜啦"，对方为免尴尬都会装作认得你。我不过是走过去，伸出手，说"王主席！这么巧啊，竟然在这儿碰到您"，那家伙便跟我握手。在那一刹那，我输入了"八个钟头后，冠状动脉和左心房充气"的指令，前后不到一秒钟。

从那一刻起，他的性命只余下八个小时。

就这样，简单解决了我的一个麻烦。如果我没有那么谨慎，两个月前也可以动手，不过我就是怕出岔子。万一我和目标交谈的一分钟里，他有朋友出现，记下我的样子，对我将来的工作说不定有影响。

即使那机会只有十万分之一，我也不愿意冒这个险。

回到家里，我再次坐在大门前监视。除了房东老头在中午外出一次，凯文在下午三点出去了一个钟头，门外完全没有变化。

我就这样一直待到日落，转眼间已是晚上九点多。

只要乖乖待在屋子里，过了今天，所有麻烦都会解决掉了。

"这样就可以了吗？"我的脑海中突然冒出这句话。

我犹豫了一下,终究输给自己的好奇心。

我离开房子,走到凯文家大门前,按下门铃。

叮咚。很清脆的声音。

不到两秒,凯文打开门,微笑着说:"咦,马先生?有事找我吗?"

"我可不可以进去再说?"我指了指他身后。

"没问题,请。"

我走进客厅里。他房子的布置跟我的差不多,没有什么花哨的家具。凯文关上门后,往厨房走过去。

"马先生要喝些什么?咖啡好吗?"

"不用了,我来只是想问你一件事。"

"什么事?"他往沙发坐下。

"你为什么要杀房东老头?"

"什么?"凯文怔了一怔。

"我问,你为什么想杀死房东?"我把问题重复一次。

凯文扑哧一声笑了出来,说:"马先生,你跟我开什么玩笑啊?谁想杀那位老先生?"

"不用装了,我跟你是同行啊,难道你看不出来吗?"

凯文笑容僵住,脸色一沉。

"星期一老头从梯子摔下来并不是意外,"我看他沉默不语,说道,"我看过梯子的碎片,断裂位置是人为的。我猜打破灯泡的人也是你,你是特意让老头爬梯,希望他摔个半死吧?"

"那不一定是我干的啊。"凯文回答。

"对，但因为我觉得奇怪，于是从那时开始，我每天都坐在窗前监视着你。"

凯文瞪大眼睛，露出诧异的神色。

"你……监视我？"

"所以星期四早上你下药的过程我看得清清楚楚。"那天早上，我看到凯文拿着一个纸包，蹑手蹑脚地离开房子，往房东的家走过去。"我跟在你身后，看到你把那包东西放进药壶。"

凯文直视着我，没有插话。

"为了阻止你杀害房东，我在你回家后，偷偷打翻药壶。我查过资料，曾有药行误把含有剧毒的药材鬼臼当成外观相似的威灵仙出售，我猜你混进壶里的应该是这鬼东西吧。老头一死，调查人员应该会从药渣发现鬼臼，把'意外'当成药店的责任。"

"原来打翻药壶的是你。"凯文冷笑道。

我早知道他那亲切的笑容是假装出来的——毕竟我也是嘛。

"昨天你在电箱动的手脚，也是我修好的。"

"是你！"

昨天中午，我看到凯文趁着老头离家去买新的药壶，提着工具箱走到房东家，弄了十几分钟。

"依我看，你是想让老头触电致死。"我指了指门旁的开关，"我猜你先在开关动手脚，例如插入小小的金属片使线路漏电，让触碰开关的人遭电击。不过，如果回路的电荷突然提高，电箱的无熔丝断路器会自动跳掉,为了确保老头顺利电死,你把断路器调包,换成一个即使电压提高至危险水平也不会跳掉的假货。"

"你把断路器换掉了?"他语气平稳地问。

"没错,结果我昨晚家里连电灯也没法开,冰箱的牛奶都坏掉了。"我不是水电工,只好把自家的断路器整个拆下来,再装到老头的电箱里。

"可是昨天我明明没看到你走去房东的屋子……"

"因为我知道你也在监视我。"我笑道,"为了瞒骗你,我只好驾车往山后,从小路走下来,发现我不懂得修断路器后,唯有沿路折返,回到山丘上驾车回家,拆掉家中的断路器再绕一个大圈子到房东家装上。就是为了对付你这个麻烦的家伙,害我昨天跑上跑下,累得半死。"

老头患风湿病,他不会开空调,除非有客人到访。凯文这家伙是特意安排昨晚的酒聚,让我当证人,见证老头的"意外"。

"你过来是为了揭发我的罪行吗?大侦探先生。"凯文冷漠地说,眼光中流露出一份狠毒。

"不,我只是好奇罢了。"我摇摇头,"老头跟我非亲非故,本来他死不死,与我无关。我阻止你杀他也只是为了我自己而已。不过我一直搞不懂,你为什么要杀他?而且还用上这些麻烦的方法?"

"你认为我会告诉你吗?"凯文再次冷笑。

"哎，我想也是。"我苦笑一下，说，"或者我换个问题吧——你到底在房东的房子里藏了什么？"

凯文的身子微微一震。我果然猜对了。

"我看你用毒、打开门锁，还有在电器动手脚都非常纯熟，看样子你是个职业杀手。"我摸着下巴，一边思考一边说，"房东是个与世无争的老伯，我想象不到他有什么厉害的仇人会委托阁下用暗杀的手法去解决他。如果是一般黑道因为金钱缘故要干掉某人，犯不着用锯梯子、下毒、触电这些方法，只要用锁链把门窗锁死，洒汽油点火便大功告成，或者用刀用枪也简单直接得多。你做的一切，就是要让老头'意外'死亡；即使不死，你也想让他受重伤，到医院躺一两个月——老头从梯子摔下时，你殷勤地说要送他到医院吧。"

我看凯文没有反应，便继续说："不过你没有伪装火灾，让老头烧死，于是我猜，老头的房子里一定有一些东西你很想得到，同时也不能让它曝光，你怕老头被谋杀或意外火灾会惹来警方调查。因为你没有趁老头离家外出时把那东西拿走，我认为那东西埋得很深，或者要花长时间才能找到。到底是什么东西让你大费周章，劳烦一位职业杀手用这么麻烦的方法去干掉那个人畜无害的房东？"

凯文皱着眉瞪着我，沉默一阵子，他开口说："是尸体。"

"哦？"有点出乎意料，我本来猜是宝石或赃款之类。

"八年前我刚出道，"凯文边说边脱下眼镜，"第一宗委托便是杀死一位替黑道管账、潜逃隐居的会计。那家伙掌握太多证据,当警方盯上他,黑道要杀他灭口时,他先一步隐姓埋名躲起来。我历经一番辛苦才找到他的行踪,原来他以假名在这儿居住,足不出户。当时房东老头正在重建他的房子,我便混入建筑公司当工人,某天晚上把那个倒霉的会计杀掉,埋在房子的水泥地基里。"

"委托人现在要你把他挖出来?"我问。黑道大哥的想法总是教人猜不透,我一向很怕替他们办事。

"不,是我自己的问题。"凯文把眼镜放在桌子上,说,"我当年还是菜鸟,犯了很低级的错误——工作期间我把皮夹弄丢了。我遍寻不着,最后想到唯一的可能,是在埋尸时把皮夹一并埋到水泥里了。皮夹里有我的证件、伪装身份用的名片等等,万一曝光,我会很麻烦。"

"所以你要干掉老头,或者让他住院,好让你暗中施工把地基挖开找钱包?"我有点愕然。

"对。我知道大概的位置,但挖开加上修复原貌的话,至少要一个星期。"

"慢着,就算老头挂了,你如何瞒着我动工?总会有些噪声吧?"

"解决老头后,下一个就是你了。"

原来如此……虽然感到有些不是滋味,但换作是我,我也会这样做吧。

等等，这中间有点不对劲。

"你说你是为了找皮夹，"我认真地问道，"不过为什么早不找、晚不找，偏偏这时来找？你要找的话，用不着等八年啊？"

"八年前我发现犯错后，一直留意着老头的动静，渐渐发觉即使皮夹埋在房子地基下也没大问题，所以我就没有处理。只是，三个月前我收到消息，说生力集团打算收购这附近的土地，兴建高尔夫球场。万一老头愿意出售，开发商把房子拆掉，发现尸体，我的身份和罪行便会曝光。"

"哈，原来是这样子啊！"我大笑起来。

"你笑什么？"他一脸愠怒，大概以为我在讥笑他。

"不好意思，原来我们遇上了相同的麻烦，坐在同一条船上。"我望向墙上的时钟，"现在差不多是新闻报道了……你打开电视看看。"

凯文疑惑地按下遥控器的按钮。

"……今天下午六点左右，生力集团主席王定歆在宴会中突然心脏病发，送医抢救不治。四十六岁的王定歆是生力集团创办人王生力的独生子，去年接任集团主席，上任后发展多个大型饭店及度假村的地产项目……"

凯文看到新闻的瞬间，瞠目结舌。

"这……这是……"

"是我干的。"我摊摊手，笑着说，"今天早上趁他跑步时下手,黄昏他便完蛋了。"

"你让他心脏病发?你……用毒药?"

"差不多吧。"

"你杀他是因为……"

"因为好房子难找嘛,好不容易找到这个偏僻的社区,万一被逼迁的话,我会很头痛。把这儿发展成高尔夫球场是王主席的想法,他的属下大都不赞成;如今他一死,这专案八成会被搁下来。"

"万一他们继续收购……"

"到时再杀新的主席喽。"我望向电视中王主席的遗照,说,"有钱人是很迷信的动物,如果他们一直要收购这块地,主席又一个一个意外死亡,他们大概会臆测是风水问题,放弃插手这儿了。"

凯文错愕地望着我。喂喂,你这时该露出羡慕、赞叹的表情才对吧?

"那么你阻止我杀死老头……"

"当然是为了相同的理由啊!虽然老头的药材很难闻,说话又喋喋不休,但从不过问房客的生活真是一大优点,加上地点偏僻,这儿简直是我们这一类人的安乐窝。要是老头一死,他的遗产继承人要卖地的话,我又要头痛了。至少让我先住个三五七年,再为找房子的事烦恼吧。"

"所以说……我根本犯不着花这么多工夫对付房东?"

"对喔,而且你这家伙让我这个礼拜过得很麻烦。"

凯文沉默下来,他大概在为自己的皮夹继续埋在地底感到松一口气吧。

"马先生……不,这大概是假名吧。"真名大概也不是凯文的家伙说,"你找我要问的事情都问完了,对不对?"

"是啊,我只是想知道你埋了什么东西而已。"

"那么,你以为我会念在同行一场,放你回去吗?"凯文突然从身后掏出一把曲尺手枪,指着我。

该死的,好歹我也是你的后辈,犯不着用枪指吓我吧?

"我替你解决了一个麻烦,你反而要杀我?"我保持冷静地说道。我真的很讨厌被枪口对着,万一走火的话我便一命呜呼了。

"呵,我当然要多谢你,只是被你知道我的身份,我不会让你活下去。"

这家伙真不上道。有常识的人即使不感动流涕,至少也会说句"放心吧,咱们同业一场,我不会泄露你的身份",而不是恩将仇报。啧,这叫"狗咬吕洞宾,不识好人心"。

"你在这里杀我的话,枪声会引起房东老头注意,会留下更多证据喔。"

"所以我不会在这里杀你,手枪只是防止你反抗。"凯文露出狰狞的笑容,"你会跟我一起兜兜风,然后在海边消失。"

他的狞笑教我作呕,我最讨厌装模作样的家伙。为什么当杀手一定要奸笑？这是在演戏吗？这家伙见客户时或许会像电影角色那样穿得一身黑？

我瞥了时钟一眼。

"离开前可不可以听我说几句话？"我举起双手，表示不会反抗。

"没问题，反正你无法活过今晚。"

"你知道人类有多少条动脉从胸膛输血到大脑？"我问。

"这是什么？常识问答吗？"

"我想身为杀手，对人类身体有多一点认识是必需的。"我说，"你知道有多少条吗？"

"两条吧？"

"不，"我摇摇头，"四条。两条颈动脉和两条椎动脉。颈动脉就是在脖子左右两边用手指按着也会感到脉搏的血管，而两条椎动脉则附在脊椎骨左右两旁。"

"喔。"凯文只是冷淡地回应一声。

"两条椎动脉会在脑部下方接近脑桥和延髓的交界处汇流，成为叫作'基底动脉'的血管；而两条颈动脉则连接一条环形的血管，叫作'威利斯环'。这条环状血管就像马路的回旋处，即使其中一条动脉破损，无法供血，这个设计依然能确保有足够血液提供给大脑。"

"你说这些有的没的有什么意思？"凯文开始有点不耐烦。

"基底动脉其实也会连接到威利斯环，换言之，四条主动脉都通往同一个回旋处。即使某人不幸地左右颈动脉破裂，脑部仍可以靠椎动脉输血吊命。"

"好了，说够了，现在我们一起走吧。"他向我走过来。

"我想说的是，如果有一个人，很不幸地在威利斯环和基底动脉同时出现三处破裂，脑部便会立刻缺血，这家伙会出现急性中风的病征，再高明的医生也无法救治，而死因则被当成脑内多处动脉瘤破裂，或者简单称为脑出血——虽然这种脑出血可说是万中无一的罕见病例。"

凯文停下来，往后退了几步。他大概本能上感到危险，不敢走近我伸手可及的范围。

不过，太迟了。

"啊！"凯文突然面容扭曲，双手抱头跪在地上，手枪也无力握稳，掉到一旁。我双手仍悬在空中，看着这奇妙的一幕。

"像王主席那种心肌梗死致死需要数分钟，但你这种脑出血很快，从血管破裂到死亡只要十几秒。由于脑部缺血，手脚会无法活动，连感觉也很快消失。"我蹲在凯文面前说道。

"你……你……什么……时候……下……毒……"

我还没来得及回答，他已经断气了。

我把手枪捡起，塞进衣服里，替凯文戴上眼镜，然后打电话叫救护车。我先回家放下手枪，再装作惊惶的样子向房东求救，说我到凯文家跟他闲聊时，他突然倒下。五分钟后，我们一同把已死的凯文送到医院。

在医院里，不用一分钟医生便断定凯文已死，不过脑干死亡的尸体相当有用，医生连忙把新鲜的器官取下，用作移植。我这人真是超好的，心、肺、肝、肾、角膜……这次大概一口气为七至八名病人带来希望。我明明可以把他的器官一一搅烂胀破，让他受尽折磨才死，可是我却选择如此人道的方法，真是个双赢的结局啊。

房东老头有点伤心，不过他没有为此事哀愁得太久，三天后他又轻松自若地骑着自行车去头约材，还跟我打招呼。

虽然我的杀人异能很厉害，但也有相当不便的时候。像那个只能输入一次指令的限制，就使我无法提早干掉凯文，演变成这星期的麻烦事。

早在我跟凯文第一次见面时，握手的一刻，就已输入"一星期后……加九个钟头，基底动脉充气破裂、威利斯环与颈动脉的两个连接处充气破裂"，让他在七日后的晚上悄悄死去。

因为已经输入了指令，我无法在察觉他行为有异时提早了结他，让他有机会对老头下杀手，还要麻烦我陪他演猴子戏。其实我对清酒和牛肉锅没有兴趣，更讨厌跟陌生人同桌吃饭。

就是知道他死期将至，为了满足自己的好奇心，那天晚上我才会去跟他摊牌。如果让他把杀人动机带进棺材去，变成无人知晓的秘密，我想我会失眠好一阵子。

至于我当初为什么要对一个见面不到一分钟的陌生人下杀手，理由跟我努力确保房东老头活命相同。

凯文住进我家前方的空屋，我的举动、外出回家也会被他看到，而我最讨厌被人观察，被人盯着让我感到浑身不自在。难得找到一个没人留意、安静无忧的家园，我才不想被陌生人破坏嘛。

就像仓鼠，会把入侵家园的同类的头啃掉喔。

/ 2. 十面埋伏 /

在市中心的马可波罗饭店,这一夜显得贵气非常。虽然这里已是五星级饭店,获得外国数本杂志评为本地最豪华最气派的饭店之一,但它今晚与平时不同,笼罩着一股不凡的氛围。下榻的旅客都感到气氛有异,欧洲名车一辆接一辆地停在饭店门前,一身奢靡华丽打扮的女士伴随着穿正统礼服的男士鱼贯进场。

然而,在这些华衣鬓影之中,也有一些格格不入的家伙。

葛幸一警官便是其中之一。

虽然葛警官也穿上了一套三件式黑色礼服,领口结上暗红色的领结,外表上跟那些达官贵人分别不大,可是明眼人一看,就知道这家伙是异类。他身上每一处都流露着不同阶级的俗气,没有那些挥金如土的上流人物身上的光芒。

"靠,所以老子最讨厌有钱人。"站在饭店大厅一旁的葛警官,看到偷瞥自己的一位贵妇面露鄙夷之色,心里暗骂道。

即使旁人的目光令葛警官如坐针毡,他也只能默默忍耐。穿上这身"猴子衣"到饭店赴宴并不是他的意愿；他是因为工作需要，才不得不置身于这个不自在的环境。

今天是跨国制药公司布伦特史克的大日子。这间美国企业本来是全球第二大的制药、生物科技及卫生保健产品公司，不过，当该公司公布收购本地的富通药业，布伦特史克的市场占有率便超过瑞士的伯恩制药，成为全球最大的制药企业。布伦特史克的执行长弗雷·史密斯医生亲自来签约，而今晚的宴会便是收购仪式后的庆祝晚会。

这样的商业活动本来跟葛警官扯不上半点关系，可是在晚会举办前的一个礼拜，他收到情报，说有人打算对史密斯医生不利。

弗雷·史密斯医生现年五十九岁，美国南卡罗来纳州出生，大学毕业执业十五年后加入布伦特史克，担任药厂的研发顾问。凭着灵活的行政手腕和敏锐的市场嗅觉，史密斯医生在公司里的职位一再擢升，在他主导的新产品抗抑郁药乐凡适成功上市后，三个月前被董事会委任为公司的执行长。即使他的财富不及各地的富豪，但他掌握了全球最大药厂的命脉，在讲究医疗保健、生物科技的今天，他犹如天之骄子，一举一动备受关注。

人愈有钱，就愈怕死。富豪们都愿意散尽家财，来换取延长一丁点寿命的机会，而掌握这把钥匙的，正是史密斯医生。

理论上，这样的重要人物出门在外，聘请了贴身保镖，没有罪犯会笨得打他们的主意——对付"有权力"的人，倒不如绑架

"有钱财"的人要来得实际。

问题是葛警官收到犯人的犯罪预告。

"我会在十一月二十八日的晚宴上杀死弗雷·史密斯医生。为了证明我是认真的，我会先杀掉他雇用的保全公司的老板。"

一个星期前，葛警官收到这样的字条。

警局里所有人都认为是无聊的恶作剧，只有葛警官一人认真对待。他熬夜联络布伦特史克的公关部门，先查知对方雇用的本地保全公司，再一大早前往公司老板的寓所，没料到，出现在他眼前的，是一具诡异的、扭曲的尸体。

保全公司的老板姓田，经营保全公司已有十多年，专门提供近身保镖，负责接待重要人物，公司规模不大，但曾接过好莱坞明星、外国政客、著名企业家等的委托。葛警官在田老板的家门前按铃按了三分钟也没有动静，恐怕对方有危险，便不顾程序地把大门踹开——率先映入眼帘的是俯卧在玄关地上、模样古怪的田老板。

田老板的四肢肿胀，手脚就像四条巨型黄瓜，粘在干瘪瘦小的身躯上，但这四条黄瓜朝天竖起，田老板的脸庞却埋在胸膛前，腹部贴地——他就像一张反转的茶几。

葛警官是个老练的警察，入职二十多年，见过不少恐怖的尸体，即使田老板的死状如此异常，他仍能冷静地联络下属，指派人手进行调查。看到田老板的样子，他确定字条并不是恶作剧，而是凶手对警方的示威与嘲笑。

当法医官提交报告，说无法解释田老板的怪异死状时，葛警官内心倏然一惊。这些年来，他一直有个想法，只是每次在会议上提出，总被上司及同僚无视。

他知道城市里有一个怪异的杀手。

这个杀手草菅人命，心狠手辣，犯案不多但死者的尸体都呈现异常的状态，仿佛是凶手跟警方开的玩笑。葛警官最有印象的，是五年前死于拘留病房的一个嫌犯，那家伙的头部和腹部像气球般胀大，腰却扭了半圈，胸口往下变成屁股，双腿关节还被折断，盘在肩膀上。当时完全没有人接近病房，法医官解剖尸体后亦无法解释死因，凶手就像幽灵般，躲过监视镜头和守卫，潜进密室里将死者弄成那个变态的模样。

而让葛警官深信这杀手存在的关键，是一名线人的供词。

"葛组长，我有条重要的消息卖给你。"线人在电话里说。

"废话少说，我只会给你旧价钱。"葛警官回答。

"唔……好吧，今晚六点老地方见。"

"先告诉我一点吧，最近好忙，如果是无聊的情报我不想出来。"

"你一定有兴趣的……是你一直想找的那个人。"

"哪个？"

"把尸体变得稀奇古怪的那个。"

"咦？"葛警官大吃一惊。

"那是一个绰号叫'气球人'的杀手……我还是不说了，你来了我再告诉你吧。记得带钱。"

然而葛警官无法知道情报的详细内容,因为当天他到赴约地点,只看到线人四肢被扭成"卍"字形的尸体。

"气球人……"这一年来,这三个字充斥在葛警官的脑海中。他到底用什么方法杀人的?为什么要把死者弄成那个样子?除了这些怪异的死者,还有多少宗悬案跟他有关?

田老板之死使警方正视史密斯医生被谋杀的风险。葛警官建议把晚宴改期,但史密斯医生认为这关系到企业的利益,在收购的过程中因为不能向媒体透露理由而更改时间表,往往会引来揣测,而这些谣言更会直接反映在公司的股价上。身为执行长,他不容许任何危及企业——以及他的地位——的不安因素。

因此,以葛警官为首的专案小组接下任务,在史密斯医生到访的三天里,贴身保护他,找出可疑分子,在犯人下手前进行逮捕。两天过去,布伦特史克的收购案进展顺利,记者招待会、新闻发布会、签约仪式、参观厂房一一如期举行。虽然田老板被杀,药厂仍委托他的保全公司继续负责史密斯医生的警卫工作;而葛警官则带着他的人马,在各个地点戒备,检查所有细节。

"组长,依我看,犯人是不会出现的啦。"葛警官的部下大石说道。大石人如其名,生得高壮魁梧,只是脑筋也一如他的名字,钝如顽石。葛警官经常猜想,这小子只能当一辈子的警员,别说是组长,恐怕连队长也当不上。

"你这小子给我打起十二分精神。"葛警官对这个跟自己一样衣不称身的小伙子说。

"阿达告诉我,犯人应该是想要打击这家布什么克药厂,让它的收购案延期,从股票市场捞一笔,明知不可能对付史密斯医生,所以用这种预告的方法来达成目的。那个保全公司的老板只是个不幸的替死鬼。"大石还是自顾自地解释道。

葛警官不是没有想过这可能,只是从田老板被杀的样子,他知道对方是玩真的。

若像他另一个下属阿达所言,犯人的目的是声东击西,那对方杀害田老板的手法未免太过变态。葛警官深信,用上这手法的是那个叫气球人的杀手,而能使他出手的案子,一定不会如此简单。

"你别给我摸鱼,好好留意每个进场的宾客,检查每个人的邀请函。"葛警官没有说出心底话,只吩咐大石做好工作。他离开饭店的大厅,往宴会厅走去。

因为晚宴尚未开始,此时宴会厅中的宾客各自举着酒杯,三五成群地讨论着商业、政治、期货市场、全球化、家庭、名车、高尔夫、红酒、女人等话题。葛警官放眼一望,看到不少熟悉的面孔,他们都是经常登上报纸版面的名人政客。

"阿达,有没有什么不对劲?"葛警官走到下属阿达身旁,问道。

"没有,组长。"当阿达回答上司时,他的眼睛仍浏览着会场中的每一个人,"完全没有可疑。我跟几位保镖谈过,他们也说没有不对劲。"阿达指了指站在会场另一角，同样穿着黑色礼服、一边耳朵挂着耳机的男人。

葛警官点点头。这次晚宴的保全可说是万无一失——首先在入口处，警方派员协助药厂的公关接待，留意每一个到场的宾客，仔细检查对方的身份；每一名记者进场前必须登记，并且以手提指纹辨识装置确认身份，防止犯人假扮记者混入；在宴会厅的三个出入口还设置了关卡，由配备冲锋枪的警员把守；而宴会厅里，更有葛警官和他的十几个部下，以及保全公司派来的十几名保全人员。这种规模，比设局捕捉大毒枭还要仔细，投入的人手更多。

在宴会开始前，葛警官更和警犬小队替饭店做地毯式搜索，没有放过任何一个角落。纵使葛警官认为对手是气球人，他也不敢掉以轻心，以防犯人会用上大规模的杀伤武器，例如设置定时炸弹，让所有宾客葬身火海。为了减少犯人下毒的可能性，他还派两名下属到厨房守候。

"犯人就算能进来，也不能走出去。"葛警官心想。

还有半小时晚宴就要开始，宾客已陆续到场。葛警官巡视一圈后，利用对讲机，吩咐大石和两三名同僚到宴会厅当值，大厅的警员减少至五人，不过葛警官认为那已经足够——犯人的目标在宴会厅里，形势一旦有变化，多一个人当盾牌更有利。

"葛警官，您好！"在葛警官和大石通话完毕，一直忙于应酬的史密斯医生走到他面前。他以英语说："今天的保安工作就拜托你了。"

"是的,医生,请放心交给我们。"葛警官的英语不太灵光,他也不想说太多。

史密斯医生和女伴离开后,葛警官继续巡逻,留意着每一位宾客。事实上,他知道在这个场合里,一直左顾右盼的自己,举动反而最可疑。

"组长,这个宴会真的好豪华啊!我从没看过晚宴开始前的自助餐前小点有鱼子酱、鸡尾酒大虾、新鲜生蚝这么多菜式……"大石拿着一片盛着鱼子酱的烤吐司,一边吃一边走近葛警官。

"妈的,我叫你这浑小子进来不是为了让你吃!"葛警官骂道。

大石吐一下舌头,连忙把手上的吐司一口吞掉。

"你再不检点,我就好好修理你。"刚才的喝骂引起旁边的宾客注意,葛警官这一句特意压下音量道。

"明白喽,长官。"大石挺直身子,一脸认真地回答,可是嘴巴仍在咀嚼中,话说得不清不楚。

"你这笨蛋……"

"组长,出事了。"耳机忽然传来阿达的声音,"在二号出口。"

葛警官和大石连忙向宴会厅的二号出口奔去,在门外发现阿达和几个穿礼服的警员围着一个倒地的人。旁边还有一名刚到场的救护员。

"什么事？"葛警官紧张地问。

"第六组的小王死了。"阿达悻悻然道。

躺在地上的便衣警员面容扭曲，右手按着胸口，可是左手却绕到背后，好像被隐形人折着手腕，扭到后方。

"一分钟前我们一起在这个门口守着，可是他突然痛苦地惨叫，一手按着胸部，然后倒地……"站在旁边的一个浓眉大眼的警员说。

"当时有没有人在附近？"

"没有，整条走廊就只有我们两个……"

"这是心脏病发吗？"大石问。

葛警官没回答。看样子是心脏病，可是，死者左手的异状令他十分在意。

砰的一声，宴会厅的大门猛然打开。一位戴着耳机的秃头男人神色慌张地冲出来。

"您是葛警官吗？"男人紧张地问。葛警官点点头。

"我是田氏保全的人员，"男人掏出证件出示给葛警官，"我们有一名同事突然倒下了。"

葛警官闻言心头一震，赶忙和大石跟过去，留下阿达处理这边的事。

秃头男人带领两人到宴会厅的休息室，一打开门便看到倒在地上的黑衣男子，以及围在他身边的其他保全人员。一名穿制服的救护员正在检查受害者,但当葛警官想询问情况时,救护员站起来,摇摇头,表示已经没救。

死者和小王一样,右手按着胸口,左手扭到背后。

"他是怎么死的?"葛警官向秃头男问道。

"我不知道,他就这样子忽然倒下去,当时房间里只有我们三人。"秃头男人指了指另一个短发男人。

葛警官看看手表,距离晚宴开始、史密斯医生致辞的时间不到十分钟。宴会厅中的宾客一一按安排就座,如果有混进场的人,很容易留意到。葛警官最担心的,是犯人用毒药进行暗杀,就像这两名死者一样,说不定事前在食物饮料中下毒,如此就很难防御。

"通知厨房,留意有没有可疑人物,把主桌的餐具全部换一套新的。"葛警官以对讲机下命令。这做法虽然消极,但总是防范手段之一。

"哔——"葛警官的耳机传来信息,"组长……"

"谁?"葛警官问。

"我是志宏……轮……轮到阿……阿达了……"对方的声音呼吸急促。

"阿宏?给我说清楚一点!"

葛警官不是发怒,只是不祥的预感使他不由得光火起来。

"组长,阿达他倒下了……他的左手不知道为什么扭到身后……好像是心脏病……救护员正在抢救……"志宏有点语无伦次，但葛警官明白情况——阿达成了第三号受害者。

就在这一刻，秃头男突然喘着大气，往前扑倒。他的左手缓缓地绕到身后，右手手指把礼服胸口的位置抓得皱巴巴，仿佛想把肋骨撕开，掏出身体里正在噬咬心脏的异物。救护员趋前急救，但为时已晚，秃头男挣扎了一分钟，遽然止住不动，面色如土，双眼无力地盯着天花板，撒手人寰。

葛警官登时冲出休息室，奔往宴会厅的主桌。台上的司仪正说着老套的开场白，而在台前的主桌上，史密斯医生正和坐在身旁的富通药业董事长交谈。葛警官完全无视对方，走到史密斯医生身后，打断两人的对话。

"史密斯医生，我们遇上很麻烦的情况。"

"怎么了？"

"警方和保全人员受到不明来历的袭击，您恐怕会有危险。"

"什么袭击？"史密斯医生眉头一皱。

"他们……离奇地心脏病发了。"葛警官用蹩脚的英语，努力解释。

"心脏病？工作压力太大也可以引起心脏病啊。"医生笑着说，"只要不是有人拿着枪冲进来扫射就好。如果我这时离开，对公司的损害不是你能承担得起的。"

葛警官怔住，史密斯医生说的是"你"并不是"我"，他心底不禁骂了一句。

"是葛警官吧？"一名男子走过来，说，"有我们贴身保护，你不用担心。"

两个虎背熊腰的大汉，站在葛警官身旁。他们一直站在史密斯医生三米外，若有任何突发事件，第一时间护送医生离开。

"万一犯人是用毒的话……"葛警官不死心，继续劝告医生。

"你忘了我是医生吗？"史密斯医生大笑，说，"想在我完全没察觉的情况下用毒，未免太小看我了吧？别说了，我要上台致辞。"

伴随着宾客的掌声，史密斯医生离开座位，走到台上。两名保镖跟在身后，而葛警官安排的三名穿着礼服的便衣警察也站在台旁戒备。

"组长，阿达还有救。"大石匆忙跑来，对葛警官说："救护员急救后，他的情况稳定下来了。"

"阿达没事？"葛警官有点讶异。

"好像说是心肌梗死，晚一点施救就来不及了。"大石说，"不过不知道为什么，阿达的左手肌肉出现痉挛。"

"现在人呢？"

"先送到饭店的医疗室，救护车正赶过来。"

还好没死——葛警官舒了一口气。阿达是直属部下，共事多年，葛警官不忍心向他的父母说出儿子殉职的消息。

"各位来宾，欢迎出席布伦特史克公司的晚宴。"史密斯医生在台上开始致辞。内容都是讲述收购案后公司的业绩如何、发展如何，再吹捧一下被收购的富通，以及自己参与研发的新药物。

葛警官忽然留意到不对劲的地方。

本来站在医生身后的一名保镖，忽然向前踏了一步，右手伸往衣襟。

"是他！"葛警官对这个小动作很敏感，直觉对方的下一个动作便是掏出武器，连忙冲上前制止。

不过他弄错了。

那个保镖踏前一步后，跪倒在台上，侧身倒下。他的右手抓住胸前，和刚才所有受害者一样，经历着相同的痛苦。

另一名保镖立即扶住对方，史密斯医生也察觉异样，停止发言，回过身子查看。在台旁的警员以及另外两名保镖走到台上，提供协助，又向台下示意叫救护员。

"啊呀！"

葛警官正要走到台上，他料想不到上台帮忙的人之中，有人突然痛苦地叫嚷，右手按着胸口，左手反到背后，往前跌倒。

"解开他们的衣领，"史密斯医生指示着，替倒地的两人进行检查，"还有脉搏，快，送去急救。"

保镖和警员合力把两人抬走，由救护员送到医疗室。一番扰攘后，史密斯医生回到麦克风前，说："各位抱歉。由此可见，医疗保健对现代社会有着决定性的地位，希望我们优秀的药物能帮助那两位不幸的朋友。"

即使话题一度被打断,史密斯医生仍把讲辞原原本本地说完,回到座位。台下的宾客对台上发生的小意外也不太在意,他们都以为是身体不适、过劳之类的问题——毕竟他们对倒下的人是谁也不大清楚。

"组长,听医护人员说,刚才的两人有一个死了。"大石捎来这一个消息。

葛警官咬咬牙:"这个可恶的气球人!因为无法找机会杀死目标人物,就胡乱杀害守卫的人来泄愤吗?他在事前下毒,让我们逐一死去,然后再慢慢想方法对付医生吗?"

这想法让葛警官背脊发凉。他这次决定了,就算要承担责任、要写一辈子的检讨书也好,他要坚持让史密斯医生先离开。万一愈来愈多警员和保镖倒下,最后便没有人能保护医生。

"医生,为了安全起见,请您立即离开。"葛警官走到医生身旁,说道。

史密斯医生没有回应。

"医生,请听我说……"

史密斯医生慢慢地回过头。

葛警官正要再开口,只见医生把脸孔转到眼前,然后咔嚓一声,继续往另一边转过去。

那是颈骨折断的声音。

就在葛警官眼前不足二十厘米处,史密斯医生的头颅转了整整三百六十度。他的表情相当恐怖,嘴巴紧闭,但眼睛瞪得老大，就像被人塞住嘴巴，然后慢慢地、一点一点地把脖子扭断。职业杀手扭断死者脖子往往只花半秒，但葛警官看到的，是史密斯医生花了快三十秒，缓缓地自行扭断自己的脖子。

直到颈椎折断的那一刻，史密斯医生双眼流露着无底的恐惧。

而葛警官看得清清楚楚。

当同席的宾客留意到异状时，医生的头颅正慢慢地转第二圈。他的鼻孔开始流出血液，坐在他对面的女士更是吓得昏厥过去。富通的董事长连人带椅摔倒，就像看到恶魔怪物一样，倒地后手脚并用地往后退。尖叫声此起彼伏，恐惧从主桌往外蔓延。在场唯一保持冷静的，就只有葛警官，以及几位为了拼新闻，抓住相机死命拍照的记者。

这时候，史密斯医生的头颅仍未停下来，正在自转第三圈。他的脖子皮肤被扯破，露出粉红色的肌肉，空气中飘散着诡异的血腥味。

当医生的头不再旋转，盯着这离奇光景的人恢复理智之时，已不知过了多少分钟。史密斯医生的头颅几乎脱落，现在像一个泄气的气球，无力地垂在他的胸前。

"封……封锁出口！"葛警官回过神来，朝对讲机大喊，"凶手就在这里，别让他逃走！"

虽然葛警官看到医生死亡的一刻，但他的直觉告诉他，凶手就在饭店内。他深信这家伙用了某些方法，像变魔术似的，把史密斯医生杀死。

魔术师一定还在舞台上——葛警官暗忖。

葛警官分配人手,让他们守在三个出入口,替在场所有人登记,以及记录供词。法医和鉴识人员被紧急招来,进行搜证工作。

可是,即使善后工作如此完备,葛警官仍觉得他忽略了某一点,但他想不起来。

"葛警官,"史密斯医生死后十分钟,警员们忙得不可开交的时候,一名穿礼服的保全人员说,"救护车刚到,准备送两位受伤的警员到医院。"

"好……"葛警官忽然感到奇怪,"等等,你说……两位警员?"

"是两位啊,就是之前在二号出口外心脏病发的那个,以及刚才在台上受伤的那个……"

"刚才台上倒下的两人不都是你们的人吗?"

"胖的那个阿龙是我们的人,但另一个是你们的警员啊。"

葛警官闻言如遭雷击。

"妈的!"葛警官大骂一句,"医疗室在哪儿?快告诉我!"

"在一楼东翼走廊,靠近停车场和后门那边……"

"该死!"葛警官头也不回,拔出手枪,独自冲出宴会厅。宴会厅在三楼,他三步并作两步赶到医疗室外。在走廊上,他看到躺在担架床上、戴着氧气罩的阿达,以及两名医生护士。

"另外那个人呢?"葛警官气急败坏,向护士问道。

"什么另外那个人?只有一名伤者呀。"

葛警官望向走廊另一端。阿达正要前往的是停车场的方向,而另一边则通往饭店后门。

"快,送他去医院。"葛警官丢下一句,转身跑向另一方。这纯粹是一种赌博,饭店有多个出入口,他指示下属守住宴会厅,没料到犯人早已离开现场,如今他只能猜测对方逃走的路线。

就像一只瞎眼的老鼠,在有如迷宫的仓库乱闯,找寻那一片小小的干酪。

然而葛警官受到幸运之神的眷顾,他押对了。

就在饭店后门的一个员工出入口前,他看到一个穿黑色礼服的背影,耳朵挂着耳机,正伸手握着门把,准备推门离开。

"别动!举起双手!不然我开枪!"葛警官举起手枪,大喝。对方身子微微一震,没有继续扭动门把。

"你是聋子吗!给我举起双手!"葛警官再次喝道。

男人缓缓举起双手。

"你是葛警官吧?"男人背对着葛警官说,语气十分平静,没有半点惊惶。

"你是凶手吧?"葛警官没有回答,反问道。他慢慢一步一步走近。他知道对方是危险人物,不敢掉以轻心。

"幸会啊,葛警官。"男人没回头,说道。

"你就是杀死史密斯医生、会场中的保镖和警员,以及田老板的杀手吧。"葛警官说。

"对啊。"男人没有犹豫,一口承认。

"你就是'气球人'吧?"

男人静默两秒,回答:"没错,是我。我知道这名字迟早会传到你们耳中,只是没想到你早认识我。我这几年似乎接了太多工作,太显眼了。我想,这名字在不久的将来会变得家喻户晓吧,嘿。"

"少给我得意忘形。"葛警官骂道,"你是用什么方法杀死他们的?"

"商业机密。"气球人笑着回答。

"妈的,少给我耍嘴皮子。"

"你告诉我你怎么识破我,我就把手法告诉你,当作交换,好不好?"

明明自己占了上风,怎么对方的谈吐还这么自信?葛警官感到奇怪。这种心情使他停下脚步,没有再走近。

"我们被你彻底耍了。"葛警官皱着眉,"直到刚才,我还以为你寄预告信、杀害田老板只是哗众取宠,但我现在知道那是你计划中不可或缺的步骤。你是为了混进宴会才这么做。"

气球人没有回答,背对着葛警官,静静地聆听着对方的推测。

"你知道今天的宴会宾客非富则贵,主办的布伦特史克会雇用保全公司,别说杀害执行长,就连进入会场也极为困难,因为假扮宾客、记者或保全人员,也很容易被识破。于是你采取了一种异想天开的方法,发出预告信,杀掉保全公司老板,使警方介入事件。"

气球人露出微笑,不过葛警官看不到。

"我们就是掩护你的工具。由于是高级宴会,所有人都会穿上礼服,你先是扮作保全人员——或许你从田老板那儿盗取了公司的资料和证件——混进来,然后变成'双面人':在保镖面前出示伪造的警员证,在警员面前出示保全人员证件。如此一来,你便可以在宴会厅中自由出入,因为我们跟保全公司的人员不熟稔。"

"没错。"

"你是事先在部分警员和保镖的食物中下毒吧?让他们心脏病发。而最关键的一刻,就是你预先让史密斯医生的一名贴身保镖在台上出意外,自己再混上台帮忙,假装病发后顺利逃到医疗室。那时候,你已经在史密斯医生的座位动了手脚,设置了死亡陷阱,让他惨死,对不对?"

"你误会了,"气球人说,"我假装发病并不是为了逃走,是为了下手喔。"

"下手?"

"你说我在座位动手脚、设陷阱,你有见过可以把头颅扭十几个圈的隐形陷阱吗？"

"没见过，但你做到了。"

"别太抬举我，我不是魔术师，只是一个杀手。"气球人朗声笑道。

葛警官不知道的，是气球人真正下手的时间点。由于史密斯医生是知名人物，气球人根本找不到方法接近，就连握手这么简单的事情也办不到，这令他非常苦恼。更麻烦的是目标人物只逗留三日，他得在三天内完成任务。气球人出道十年，首次遇上让他觉得无法完成的委托。

于是他如葛警官所言，决定铤而走险。

他以双重身份混入会场后，装作不经意地跟受害者一一接触，使他们在适当时间出现心肌梗死的毛病。为了让葛警官知道这不是巧合，他特意输入"左手绕到背后"的指令，让葛警官联想到有人在背后策动事件。这样子葛警官和保全人员才会安排更多人守护史密斯医生，自己下手时就更加不显眼。一名普通的警员或保镖很难在没人留意下跟这种大人物握手，所以气球人才会假装发病。即使史密斯医生担任药厂执行长，他仍是一位医生，一位医生看到有人倒下自然会进行急救，当他伸手替气球人量脉搏时，气球人输入了使对方致命的指令。

因为史密斯医生的本能反应，气球人才有机会下手。

阿达没死，是因为气球人输入了不同的指令——他血管里的空气栓塞比其他死者少一半。这么做是为了让阿达被送到医疗室，如果只有气球人一人经"急救"后活命，很可能引起葛警官的注意。

这些事实都远远超乎葛警官的想象。

"管你是魔术师还是杀手，你这次也得认命了。"葛警官说，"我已经告诉你我的推测，说，你到底用什么手法杀害史密斯医生？"

"嗳，你的猜测不是全对，我才不会告诉你我的手法呢。"气球人以嘲弄的语气说，"我顶多能告诉你，史密斯挂了，高兴的人比你想象中多得多。"

"妈的，回到警局，由不得你不说。"气球人的态度激起葛警官的怒意，他再次向前踏出一步，"给我慢慢转过身来。"

"如果我拒绝，你打算怎么办？"

"你可以做无谓的反抗，但我的部下很快就会过来。你只有一个人，没有胜算。"

"我本来想吓唬你，说我还有同伙，但为了表示对你的敬意，这个谎我就省下了。"气球人仍伫立不动，说，"我可以告诉你，你抓不住我。"

"嘿！"葛警官认为对方只是在垂死挣扎。

"你知道我最喜欢这间饭店的什么吗？"

"什么？"葛警官奇道。

"我最喜欢这儿的餐前小点，真是丰富得过分。"

"那我希望你刚才有吃饱，因为你将会在不见天日的个人囚室里待上一段很长的时间。"

气球人没理会葛警官,继续说:"尤其是生蚝,真是鲜美,马可波罗饭店都是从原产地订购。"

"你想说什么?"

"葛警官,你知道吗?那些生蚝都是新鲜运到,开壳放上餐桌前一刻,还是活生生的呢。"

"什么生——"

葛警官话未说完,远方传来一声巨响,走廊瞬间变成漆黑一片。数秒后紧急照明灯亮起,他却发现眼前的背影已消失,员工出口的大门打开了一半。他追出去,只看到冷清无人的小巷。

鉴识人员发现,饭店停电是因为机房的主电箱被人破坏。他们相信破坏是因爆炸引起的,可是他们找不到炸药或化学品的痕迹,只找到一只生蚝的残渣。鉴识人员对葛警官报告,从环境证据看来,那只生蚝仿佛变成了炸弹,在霎时间爆破,炸毁电箱。

为了调查,葛警官尝试以"雇用气球人下杀手"的方向入手,查看谁跟史密斯医生有仇,调查结果却令葛警官迷惑。史密斯医生死后,布伦特史克的高层立即指派了新的执行长,一个月后有媒体揭发史密斯医生在研究新药乐凡适时伪造数据、隐瞒副作用,使多名参与试药的病人因并发症而死。由于史密斯已死,负面新闻对公司的影响不大,换言之新任总裁、董事会成员、病人家属、研发小组成员,无一不对史密斯医生之死额手称庆。而葛警官知道,这群人不会说真话——更何况他们远在美国,难以协助调查。

葛警官再次向上司提出调查杀手"气球人",由于这次案件太不可思议,警方高层不得不承认这个罪犯的存在,同意让葛警官调查。他们唯一的要求是低调行事,因为这种视警方如玩物的杀手,如果传出消息,对警方甚至政府的威信将会造成极大的影响,也有可能产生集体恐慌。

话虽如此,"气球人"的都市传说仍不胫而走。传说他是位擅长用毒的杀手,也有人说他是能隔空杀人的魔术师、隐形人、军方的秘密武器、外星人,甚至死神。

"我想,这名字在不久的将来会变得家喻户晓吧,嘿。"

葛警官回想起那个自信而邪恶的背影,默默认定那个人将会成为自己的宿敌。

"听说你跟那个有名的葛警官对上了?"坐在驾驶座上的中介人问。

史密斯医生被杀后一个礼拜,气球人从中介人手中接过工作的尾款。

"该死的,我差点以为自己逃不掉。"气球人苦笑道,"当时我一味拖延时间,一直充好汉,装出一副游刃有余的样子。那家伙居然连我的绰号也知道了,多吓人啊。"

"你不是帅气地逃跑了吗?"

"帅气个屁!"气球人啐了一声,说,"我在电箱动手脚,是为了让警察以为犯人是在停电时逃跑的,怎料那个葛警官竟然早一步追到我,吓得我几乎挫屎。停电时我抓准时机冲出门口,被迫躲进大型垃圾桶里,那股臭味我洗了三天才洗得干净。这十年来恐怕最狼狈就是这次了……"

气球人想起那天装模作样说出"这名字在不久的将来会变得家喻户晓吧"这种鬼话,只能吁一口气,摇头失笑。

/ 3. 傅科摆 /

"咦，难得来了位稀客。"

站在我家门外的，是中介人。我们通常在外面找个人烟稀少的地方，碰头洽谈委托事务，以往他亲临我家的次数屈指可数，毕竟我们干的不是什么台面上的正当生意，避人耳目自然是首要注意事项。这天早上我起床不久，刚冲好咖啡，正无聊地看着电视节目中主持人们言不由衷地哀悼上月去世的某著名战地摄影师时，门铃倏地响起来。

"有很重要的委托。"中介人甫关上门就直接说道。他神情肃穆，跟平日"泰山崩于前而色不变"的态度截然不同。老实说，我向来觉得他比我这个混杀手的还要从容冷静。

"多重要？"我边问边啜了一口咖啡。

"委托人是洛氏家族。"

我差点没被咖啡呛到。

"'那个'洛氏家族？"我怕我听错，问道。

"就是那个。"

洛氏家族是这个城市势力最大的黑道——不，用"黑道"来形容未免太小觑他们了。除了黑道固然会从事的毒品贸易、人口贩卖、赌场经营、军火走私之外，洛氏还拥有本地大量房地产，更涉足多个正当行业，包括能源、运输、电子、医疗甚至食品，就连我手上这杯咖啡也是洛氏旗下的品牌。洛氏能壮大至此，全因掌舵者祖上数代都是黑道的风云人物，跟政界有纠缠不清的关系，他们要染指的生意，从来没有竞争对手能幸免：一是向其臣服，加入集团；一是被彻底歼灭——"歼灭"二字可不是比喻，听闻有不少意图对抗洛氏的家伙最后人间蒸发，下落不明。

简而言之，洛氏家族就是这座城市的地下王室、影子统治者。

"等等，洛氏委托我们？他们不是有自己的'行动部门'吗？"我问道。传说洛氏家族里有一支专属的超级杀手团队，办事干净利落，即使洛氏不动用他们在警政的影响力，警方也无从查出死者与洛氏的关系。

"别过问，这不是我们需要知道的。"中介人冷漠地答道。

我耸耸肩、噘噘嘴，表示同意。"不问缘由"是我们这行的铁则，委托人不透露原因，我们自然不想知道，毕竟知道得愈多，麻烦也愈多。倒是平日中介人语气不会如此硬邦邦，我想因为委托人是"那个"洛氏家族，连中介人也心乱如麻了吧。

中介人向我递过一个公文袋，打开一看，目标是一名健身教练。除了照片外，还有充足的资料，包括住址和工作地点、上下班时间等等。

"委托人有额外的要求吗？"我问。

"没有。"

"可以用任何方法解决目标？"

"嗯。"

难得这次没有什么古怪的要求，那么我可以轻松应付。黑道的浑蛋们一向要求多多，害我疲于奔命。

"其实你不用亲自来嘛，这点资料，像以往用网路给我便成了。"我将文件塞回公文袋。

"……这次亲自传达比较稳妥。"中介人若有所思地说。我想对他来说，这次的委托不容有失，假如一切顺利，他的客户名单便会增加一位出手阔绰的五星级贵宾。

"OK，我就按往日的模式处置吧，一星期后向你报告。"这种目标，我通常会花一个礼拜跟踪放哨，确保一切妥当，再出手解决对方。

"不，"中介人稍稍皱眉，"这次你要尽快处理，一点也不能拖。订金两万美元已汇进你的户头，完成后尾款有五万。"

中介人的口吻让我有点不快。报酬的确比平时优厚，但他在我答应前已自作主张将订金转进我的秘密账户，根本就是不容许我拒绝的意思。似乎"洛氏家族"这四个字对他有莫大的吸引力，为了抓住这条大鱼，变身"惯老板"也在所不惜。我可不是他的下属,在这单生意上,我跟他比较像是合伙人的关系吧?

不过,虽然心里有微词,我倒没打算跟他吵嘴。

"好吧,我尽快处理。"我皮笑肉不笑地说,"这样子你满意了吧?"

中介人点点头,只是表情仍紧绷着。

中介人离开后,我仔细阅读目标人物的档案。那个健身教练看起来平淡无奇,三十三岁,单身,个人履历中比较突出的就只有一栏——他是个退役军人,曾在陆军服役七年,所属部队不详。不知道他跟洛氏有什么瓜葛,让自己惹上杀身之祸,也许他在那支"部队"知悉了某些军政界高层的秘密,洛氏必须在丑闻曝光前灭口。这么说来,中介人为何要我尽快下手也说得通了。

比起这个平凡的标靶,委托人的背景精彩得多。

洛氏家族的传闻不少,当中多少属实成疑,但空穴来风,事出必有因。洛氏由一个七人的"王室内阁"带领,成员都是有血缘关系的家族中人,听说凡事以投票决定,确保家族势力均衡稳定,不会因为首脑病故而导致派系斗争自招灭亡。内阁成员和亲信各有一枚特制胸章,胸章的图案是一个被倒三角形包围的古埃及太阳神亚蒙-拉(Amon-Ra)的符号——也就是那个长了眼睛的英文字母R。我听过的说法是,万一被黑白两道找碴儿,置身险境,只要亮出胸章,对方便会知难而退,可说是现代的"王室令牌"护身符。

据闻拥有这胸章的不到二十人,另外坊间有流言,说胸章的持有者拥有参与洛氏家族空中派对的权利——洛氏家族有一架改装过、被称为空中别墅的豪华777客机，王室内阁每半年会在机上举办一次私人派对。有人说那其实是个淫乱派对，亲信和贵宾在机上胡天胡帝，酒池肉林，可以玩弄的不只高级妓女，更有模特儿、演员和偶像明星，男女俱有。洛氏家族只手遮天，只要愿意成为禁脔，他日在娱乐圈便能扶摇直上，成为万人迷。

说不定中介人就是为了得到这枚胸章才会如此着紧。据我所知，他是少女偶像组合"甜心巧克力"的粉丝，也许想借此一尝天鹅肉，嘿。

翌日中午，我穿上运动服、戴上棒球帽，准备出发前往那健身教练工作的健身俱乐部，然而刚打开大门，便看到房东老头跟一个穿粉蓝色连衣裙的女人，站在我家对面那栋外墙漆成黄色的空房子外面。我外出工作时通常会低调一点，减少目击者，但房东伫立在我家前方，不打一声招呼似乎又说不过去。

"马先生，午安呀！"老头反过来先注意到我，愉快地对我挥挥手，他身旁的女子也转身瞧向我。

"嗯，午安。"我向他们点点头。那女人我没见过，但看到她的容貌时，不禁让我多瞄几眼——这女的也未免太漂亮了。五官匀称，瓜子脸，一双杏眼恍如秋水，就像能把男人的灵魂吸进去……不，恐怕连女性也会不自觉地被吸引吧？

"这位是？"我不由得主动询问起来。

"她是韩小姐,我正带她看房子。"房东老头色迷迷地笑着说。

"您好。"韩小姐礼貌地向我点头问好。她的声音跟外形相衬,给人软绵绵的感觉。

哎,虽然我不介意有一位美女邻居做伴,但要是她住在我家对面,每天看到我出入作息,我可受不了。

"韩小姐打算租这房子吗?"我指了指面前的黄色小屋。

"正在考虑,房东先生说还有其他的,正在逐一介绍。"

"对啦,我家旁还有一栋出租,大小差不多但租金便宜一点。"

我肯定那是老头临时决定减价的。

"嗯,我先失陪了,请慢慢参观。"我亮出笑容,往车子走过去。当我坐上驾驶座时,我隐约听到房东老头在向韩小姐介绍我,说我是什么SOHO精英,在家中工作云云。拜托你别租我家前面的,我可不想安稳平静的日常生活再次被陌生人剥夺。

四十分钟后,我来到目标所在的健身俱乐部。也许我受幸运之神眷顾,这俱乐部居然有三十分钟的免费体验课程,而且今天的当值教练便是我的猎物。我在报名表填上一堆假资料后,故意在试玩跑步机时装作重心不稳,让教练扶了我的臂膀一下,抓紧机会输入指令,任务便大功告成。

"十二个钟头后,冠状动脉充气,做成空气栓塞。"

明天凌晨两点,他便会心脏病发而死。看起来精壮力雄的健身教练因病猝死,不知道这会不会让这俱乐部评价变差呢?希望学员们不会因此退会吧。

体验课程完结后,我跟接待处的职员说要回家考虑一下才决定是否报名,对方也没有苦缠,只给了我九折的优惠报名券,说下次来时出示便能享有折扣。我一回到车子,便将那折价券揉成一团,丢进垃圾桶里。

这天晚上我好好睡了一觉,早上起床后第一时间打开电脑登入数个新闻网站,想看看有没有健身教练猝死的消息。虽然一个普通人"急病身故"不值得报道,但偶尔记者没抓到什么好新闻,就连这种鸡毛蒜皮的小事也会随便写一写。

只是,今天似乎不是"没有什么新闻"的那种日子。

独立日报社遇恐攻,邮包炸弹爆炸,员工三死八伤。

一打开各个网页,铺天盖地的都是同一则新闻。综合数个网站所述,昨晚位于东区第十二街的《独立日报》报社的某编辑收到快递邮件,对方不虞有诈,邮包一打开便发生强烈爆炸。该编辑首当其冲惨遭炸死,邻桌的两名记者亦被波及,当场毙命。我本来猜大概是报社曾经爆料,开罪了某些黑道所以遭到报复,但仔细一看,死者们负责的是体育版,而近年我又没听过什么非法体育赌博或打假球之类的事情,未必跟黑道有关。说不定犯人行凶是出于私怨,纵使一众报章同仇敌忾,一口咬定是针对新闻自由的恐怖攻击。拜这则大新闻所赐，我翻了好几页也没找到教练死亡的消息，细想一下，搞不好独居的对方死掉后到今早仍未被人发现。

没法子，我唯有亲自去确认一下吧。

就在我准备换衣服之际，跟中介人联络用的手机突然响起来。

"怎么了？"我一边脱下睡衣一边问。

"委托人说你做得很好，现在有第二个委托。"中介人在电话另一端说道。

"做得好？已经确认目标死了吗？"我有点讶异，正在脱裤子的手也停了下来。

"嗯，他们已经确认了。尾款已付妥，你可以检查一下。"

哦，不愧是洛氏家族，消息真灵通。城里大概满布眼线吧。

"你说第二个委托是什么？"我问。

"我刚才已经把资料寄到你的电子信箱了。"中介人淡然地说，"照旧，定金两万已付，尾款五万。没特殊要求，尽快处理就好。"

又是先斩后奏。我好想闹一下别扭，装作拒绝委托，让中介人为难一下。不过，看在丰厚酬金的分上，就姑且忍一忍。话说回来，我想中介人应该抽了三成佣金，也就是说洛氏出的金额本来是十万吧。

我以敷衍的态度接受委托后，打开"阅后即焚"的电子信箱，下载好档案，再仔细阅读。这次的目标是一个高中老师，四十八岁，男性，在南区一间风评一般的私立学校教化学，已婚但跟妻子分居中，目前住在学校附近的单身公寓。这家伙比健身教练更平凡，我实在想不到洛氏要他归西的理由——他该不会表面上是化学教师，实际上却利用化学器材和原料制毒，真正身份是地下世界某有名的贩毒头子吧？

看着档案照片中那副呆瓜似的大叔脸，我对有这想法的自己感到可笑。比起药界教父，这老宅男似的家伙明明比较像对女学生伸咸猪手的色魔嘛。

本来我打算休息一天，明天再去解决那化学老师，但今天省下确认健身教练的后续工作，坐在家里又似乎有点百无聊赖。下午两点多，还是决定先去那家学校视察一下环境，没料到我一打开家门，又看到房东老头——和上次不同的是，这次只有他独自一人。他坐在我家对面的黄色房子庭园里的木长椅上，歪着头遥望着通往公路的车道，表情似是有点失望。

"房东先生，午安啊。"因为觉得有点奇怪，我主动扬声。

"喔，马先生，午安！"老头似乎看得出神，被我的叫声稍稍吓了一跳。

"您在干什么？"我问。

"在等韩小姐啦。"老头一脸委屈地说，"她昨天说今天会再来仔细丈量一下房子尺寸，可是比约定时间晚了一个钟头还没看到人影，手机也没人接哩……"

"也许她改变主意,找到其他房子了?"这与其说是我的猜测,不如说是我的愿望吧。

"不知道耶。哎,年轻人就是不懂人情世故,好歹打个电话来嘛……"

老头嘴巴上叨念着,屁股却没移动半分,仍坐在原位,眼睛继续瞧向车道远方。因为对方是美女,所以就有"不懂世故"的特权吧,反正就算她迟到五个钟头,碰面时老头还不是笑着唯唯诺诺,恨不得对方来当租客?

跟房东老头道别后,我开车来到城南。我将车子停在学校对面马路上的一个停车处,眺望着学校大门。南区的建筑都比较古老,居民也以老年人居多,我盯梢了一个多钟头,只见几个挂拐杖的老妇路过。

"丁零零……"

下午三点半校铃响起,五分钟后大量穿校服的少男少女从校门拥出。差不多半个钟头后学生逐渐散去,同时有一些打扮沉闷、双目无神的老家伙离开大门——这些教师似乎不得学生欢心,师生之间不但没有交流,那些学生更没瞧他们半眼。我想,这便是私立学校真实的一面吧。

就在我心中慨叹着今时今日教育制度如何不济时,头顶半秃、身穿白色衬衫的目标人物缓步踏出校门。我赶紧坐直身子,考虑接下来该用车子还是徒步跟踪,没料到对方并不是要下班回家,而是将手上的一卷卷海报贴到校门外一面壁报板上。海报上的小字我看不清,但大字却很容易辨认出来——那是学校开放日的宣传海报。

目睹这一幕,我不禁精神一振。这是难得的下手机会。

我赶紧下车,横过马路,故意往离校门稍远的街角走过去,再拐弯回头假装要走到另一边。经过仍在贴海报的目标身旁时,故意放慢脚步,盯着海报的内容细读。

"您好。"化学老师主动跟我打招呼。

"啊,您好。"我按捺着心里的喜悦,对他说,"你们学校下周开放参观吗?我姐姐的孩子明年就要升高中了。"

"是女生吗?"

"不,是男生。成绩不太好,我老姐很担心。"我随口胡扯。一开口便问是不是女生,我就说这家伙是个色胚嘛。

"我们学校对收生的成绩要求不高,比较重视品德。"对方微微一笑。我在档案中读过,他不只任教化学,还是学校的校务主任。

如此这般,我跟他站在校门外聊了差不多二十分钟,讨论高中教育制度的好坏、该校的毕业生前程出路之类。其实我半点兴趣也没有,但我知道这些铺垫对我之后的行动有莫大帮助。

"……我就多透露一点,N大工程系系主任是敝校校友,所以我们的毕业生多少有'优势'。"老师压下声线,露出一个狡猾的笑容。

"哈,真是谢谢您的小道消息。我回去跟我姐谈一下,叫她下周带阿广来参观。"在刚才二十分钟的交谈中,我替我那个临时诞生的外甥起名"阿广",他成绩略差但热爱科学,更重要的是我那个不存在的姐夫是个老板,乐意捐款支持"有志培育英才的私立学校"。

"好,好。"老师从口袋掏出名片递给我,"令姐可以找我,这儿有我的联络方式……"

我接过名片,知道机会来了。

"嗯,谢谢您。"

我伸出右手,对方不虞有诈,伸手握上。

完成了。他不用担心下周的开放日要担任什么职务,明天凌晨他便会在睡梦中安详地离开这个世界。

"失礼了。"握手过后,对方不经意地打了一个哈欠,连忙用手遮住嘴巴。

"当老师很辛苦吧。"我笑道。虽然任务已完成,我也不会立即换上另一张脸,拂袖而去,因为我是一个待人以诚的好好先生嘛。

"还好啦。只是昨晚睡得不好,半夜被警笛声吵醒。"

"您住哪一区?"我明知故问。

"我家就在两条街外——"对方愣了愣,紧张地说,"啊,警车什么的只是偶然而已,这社区治安良好,平日连小偷也不多见,敝校也从没发生过什么事件……"

这家伙似乎怕我误会,影响我那"董事长姐夫"的捐款意向。我笑着表示明白，再打圆场说有事要先失陪，寒暄几句后便往街角走去。我在附近一家咖啡店点了一杯咖啡，稍等十分钟，确保对方走进学校后才回去开车。虽然被他看到我上车也没什么大不了，但我就是认为小心驶得万年船。

本来我预计要两三天后才能出手，结果天赐良机，解决这老家伙可谓不费吹灰之力。回家时路上有点塞车，而当我将车子驶回我家门前，发现房东已不见踪影，不知道是韩小姐终于来了，还是他等得不耐烦终于放弃了。

晚上电视新闻仍集中报道报社爆炸案，有专家更指出犯人可能跟数年前多宗同类案件相关，当时遇袭的分别是某律师事务所、位于市中心的某电影公司、北区的两间工厂和南区的一间餐厅，因为彼此没有共通点，所以当时警方研判为"无差别攻击"，犯人可能是个"愉快犯"①或唯恐天下不乱的神经病。

网路上各讨论区和社交网站亦满是这则事故的讨论，网民纷纷化身键盘侦探，推理"炸弹魔"的动机与身份。在浏览新闻期间，我居然意外地找到健身教练死亡的报道。

健身教练晕倒车内猝死，凌晨被发现，警方研判无可疑。

内文很短，但总算有被写出来。报道说今天凌晨三点有交通

---

① 此为日语Yukaihan的罗马译音，即指由犯罪行为引发人们或社会的恐慌，然后暗中观察这些人的反应以取乐的犯罪者。

警员取缔违规停车时，发现一辆车子的司机晕倒在车厢内，救出后对方已回天乏术，鉴识人员判定为心脏病致死。这家伙停车的地点也有够巧合，正是我今天到过的南区学校附近。这么说来，秃头老师今早被警笛吵醒的原因说不定就是这个。

哎，警察在同一区连续两天发现心肌梗死的死者，应该不会觉得可疑吧？

希望是我多虑了。

"你怎么又没问过我就接下委托？我没有拒绝的权利吗？"我在电话里不满地问道。

"对方是洛氏啊。"中介人语气平淡地回答。

早上我起床不久，中介人便再次打电话来，告知我洛氏家族已确认了目标死亡，并且交来第三则委托。我有点动气，可是中介人的回应让我无法反驳。

"而且委托人出手如此阔绰，工作如此简单，你也赚得轻松吧？"中介人补上一句。

"但接下来的这个才不轻松！"我抗议道。

跟中介人讲电话的同时，我打开电脑，下载了第三份委托的资料档案。这次的目标是个四十岁的男人，而他的职业让我觉得有点棘手——他是个私家侦探。

"虽然档案说目标只是主要从事背景调查的侦探，但好歹也是个侦探，是个在道上混的家伙！我暴露身份、自招灭亡的风险可不少！"

"所以委托人愿意出三倍酬劳，订金六万，尾款十五万。"

中介人的这句话让我哑口无言。我从没试过收超过十万去杀一个人，这酬劳已是买凶对付高级政府官员的等级吧？我不贪财，但我很清楚积谷防饥的道理，就算我的异能永不消失，也难保某天不小心暴露身份，被警方抓住尾巴，不得不提早退休到外国换个身份生活，所以目前能赚的就尽量赚。

挂上电话后，我开始研究这次的目标。这侦探在城西开设侦探社，资料说员工只有一人，看来他是个独来独往的家伙。他专门接受个人委托，从事行踪调查、背景调查、寻人、资产调查等等，简单来说便是替老婆查老公、替父母查子女、替上司查下属之类的情报刺探工作。

要对一个开门做生意的侦探下手不困难，我在意的只是当中的风险。你永远不能小看有警觉性的人，天晓得他有没有能力识破你脸上的伪装，有没有办法听出你每句话有几成真、几成假，甚至更单纯的，有没有在办公室安装隐藏式监视器。即使我有把握让他死得痛痛快快、干干净净，我也无法确保会不会暴露行踪。我甚至无法放哨监视，因为没有侦探会笨得察觉不到自己正在被跟踪，恐怕只要我在他的办公室楼下多待一天，他便会反过来留意到我的存在。

真头痛。

盯着档案反复读了十几遍，还是没想出好办法。思前想后，还是决定快刀斩乱麻，先去会一会那家伙。

我穿上一套黑色西装，戴上一顶费多拉帽和一副墨镜，开车到目标的侦探社附近。我没加上多余的化装，毕竟假发假胡子应该逃不过对方的法眼，帽子和墨镜已足够。我的计划里可不能让他对我产生怀疑。

我将车子停在一个距离目的地有点远的停车场，再徒步走往侦探社，花了差不多十五分钟。侦探社在一栋颇陈旧的大楼三楼，走廊上十室九空，仿佛这大楼快要报废清拆。来到侦探社门前，我按下门铃，十秒后大门应声而开，目标人物就在门后。

"是寰宇侦探社吗？我有案件想委托您调查。"我开门见山地道出预先想好的台词，同时伸出手，期望直接完成工作。

"请进。"对方没有跟我握手，只移过半步示意我进去。我无可奈何之下只好随他往办公桌前的两张沙发走过去。办公室虽小但还算整洁，墙边有两个放满文件夹的书柜，办公桌上则有一台电脑、一些信件、一部电话和一棵仙人掌。

"很抱歉，我有点洁癖，不喜欢握手。"侦探坐在沙发上，让我坐在对面的另一张。

糟糕，为什么档案里没写上这点？算了，既然计划A失败，我便祭出计划B。

"小姓林，"我报上假名，"这是我的名片。"

伪造的名片上写着"ACE房地产"，我的职衔是行政助理。我想趁对方接名片时故意碰一下对方的手指，可是他手快，我没抓到机会。

"林先生有何委托？"侦探问道。

"暂时不能透露。"我装模作样地说，"我其中一位上司要我先来问一下您的意见，再决定是否委托调查。"

"哦。"侦探脸色稍变，似乎没料到我这么说，"这样子也算咨询，可不是免费的喔。"

"没问题。"我从西装里袋掏出一个厚厚的信封，放在茶几上，"这儿有五千美元，是这次的咨询费。"

侦探扬起一边眉毛，露齿而笑，看来我这饵他咬下了。为了完成工作，我知道有些经费可不能省。

我虚构了一个故事，说公司董事局里某位董事怀疑自己的妻子有外遇，但外遇对象的背景并不单纯，不知道是敌对公司派来的商业间谍，还是董事局里跟自己不对盘的同僚的手下。因为事情复杂，随时影响股价波动，所以不愿透露姓名的老板派我先来确定侦探的调查手法，请教意见，汇报后获得同意才会正式委托调查。我故意将背景理由说得很严重，增加可信度。名片上的公司属实，是国内房地产业界第五大的上市企业，侦探自然可以查证公司资料，只是他不可能找到"林先生"这个助理。

侦探很详细地说明他的调查手法，并且指出如何分辨那小王是内鬼还是外来敌人，告诉我可以向老板提议某几个策略。我脸上挂着满意的笑容，心里却直喊着糟糕，因为从他的对答，我确认这家伙比我想象中更精明，更小心。我甚至开始怀疑，到底他是真的患洁癖，还是对我有所提防——如果是后者的话，这次的工作就比我想象中难缠一百倍。

谈了接近半个钟头，我决定暂缓一下计划。今天还是点到为止较好。

"谢谢，我回去跟老板报告后，再跟您联络。"我做出最后挣扎，起身向对方伸出右手。

"没问题，林先生，我会静候佳音。"侦探没有上钩，站起身向我点头示意，再步往大门替我开门。

我离开侦探社，在走廊里往楼梯走过去。这对手不好应付，必须好好思考才能战胜。我边走边想，说不定教练和老师只是委托人用来测试我实力的"前菜"，这个侦探才是"主菜"……

"轰——"

一声巨响从我身后传出，我还没来得及反应，已猛然觉得天旋地转，周遭变得死寂。我花了好几秒才发现自己俯伏地上，后脑勺和背脊剧痛。勉强用手撑起身体，身上每根骨头都在刺痛着，再回头一看，只见侦探社的大门消失了，门板正躺在我身后的地板上。我耳朵仍听不到半点声响，而走廊好像倒向一边，我只能扶着墙壁才能平衡身体。

发生了什么事？

一时之间，我脑海中涌出无数推测。最先浮现的是我的身份败露了，被侦探从背后偷袭，然而之后才察觉这不是事实。把我撞飞到地上的，不是那面飞过来的门板，而是爆炸引起的冲击波。

是瓦斯爆炸？还是……

我突然想起刚才无意间留意到的一个画面。

侦探的桌子上，有一堆邮件。其中一份比较厚，就像是公文袋里装着一个盒子似的。

——没有那么巧吧？

我怀着震惊的心情，蹒跚地回头走进侦探社。血肉模糊的侦探躺卧在办公室中央，胸口染成一大片血红，而房间就像被超级台风吹袭过，书柜倒下，文件散落一地，窗户的玻璃全数碎掉。

没有火。这不是瓦斯爆炸。从破碎得近乎无法辨认的办公桌看来，爆炸原点就在桌子上。结论只有一个：倒霉的侦探收到无差别"炸弹魔"寄来的邮包了。

"呜……"

就在我的听觉渐渐恢复之际，我听到地上的侦探传出呻吟声。我蹲下一看，发现血流满面的他居然未死。

"你还好吗？"我低头凑近，问道。我其实在想是否该趁这时输入指令，但面对如此巨变，还是决定先等一下，贯彻扮演平凡地产商员工的演技。

"……"侦探气若游丝，口吐鲜血，大概离死期不远，可是他似乎正努力地想说些什么。

"什么？"

"洛……洛氏……"

听到这两个字不禁令我怔住。他是想说知道洛氏家族要买凶杀死他,只是误会了以为炸弹是杀手送来的?还是说他正在调查洛氏,想在死前透露不为人知的秘密信息?

"傅……傅科……摆……"

侦探吐出最后三个字便断了气。

傅科摆?

我放下已变成尸体的侦探,想搞清楚自己有没有听错那个莫名其妙的信息,但不到两秒便发现这不是解字谜的时候。我陷入重大危机了。

我忍住浑身痛楚,狼狈地跑出走廊,听到楼梯传来人声,楼上楼下的租户似乎正赶过来一探究竟。我往走廊另一边的尽头走过去,幸好这大楼有点古老,走廊窗外有露天的消防梯,我二话不说打开窗户,沿着生锈的金属梯子逃到大楼后的巷子里。

即使警察确认侦探是死于邮包炸弹,我也肯定会成为被调查的对象,因为事发时我就在现场。我很可能会被当成"炸弹魔"或负责送递邮包的"炸弹魔"同党,毕竟我有够可疑,以伪造的身份跟死者会面。帽子和墨镜都显示着我有意掩人耳目。如此一来,即使我明明是个无辜者,也会巧合地成为被警方盯上的对象,而这正是我多年来一直努力避免的。

该死的"炸弹魔"!

幸好我今天穿的是黑西装,就算沾上血迹,旁人也不易看出。我从巷子走回大街,只见街上聚满凑热闹的路人,对着侦探社那破掉的窗户指手画脚。我不敢多逗留，刚巧有一辆公车驶至我身旁的车站，我连目的地也没留意便直接登上。

真糟糕。

也许侦探社真的有监视器，已经拍下我的样子，又或者大楼附近的商店或路人的手机已拍下我的身影，所以我现在必须确保往后进行侦查的警察追踪不到我。我确认了公车上没有镜头，也没有乘客在录影，经过三个站之后我便下车，走进一家快餐店。我在快餐店的洗手间里脱去西装外套、帽子和墨镜，再从后门离开。经过一个露天市场时，我还买了一套新的运动衫裤，到加油站的洗手间再更换一次。

这样子，应该可以减少被警方在影片中认出的风险。

我没有到停车场取回车子，直接坐计程车回家。我的头还在痛，耳朵仍听不清楚，万一开车遇上交通意外就麻烦了。我不是怕出车祸，而是怕车祸后招来注意——在麻烦过后，保持低调是活得长久的诀窍。

在计程车上，我开始思考侦探的死前留言是什么意思。

我知道"傅科摆"是一个一百六十九年前被发明、用来证明地球自转的科学装置，我曾在一所大学里见识过，那是以一根超长的钢索吊着一个铅锤、不断重复前后摆动的简单器械。表面上铅锤只是单调地以同一方向前后摆动，但事实上因为地球自转，导致摆动方向缓慢地改变。当时我为了监视目标找寻下手机会，在那个科学装置旁守候了老半天，所以我很清楚那是事实，摆动方向的确一点一滴地以顺时针方向移动。

可是我从没听过洛氏家族跟傅科摆有什么关系,他们旗下没有博物馆或科研机构啊?

我刚回家便瘫倒在床上,好不容易才爬起来到浴室查看伤势。我在镜子里看到背脊有一大片瘀青,手臂和膝盖也撞伤了,右边脚踝有点扭到,稍微肿了起来。仔细检查过,我猜我应该没有骨折,可说是不幸中之大幸。忍住痛楚,稍微冲了个澡后,我决定打电话告诉中介人这场意外。

"总之目标死了就好。"

中介人的回应教我十分不爽,更令我抓狂的是他的下一句话。

"其实委托人刚联络我,说已确认目标解决掉,所以送来下一个委托——"

"等等,我不接。"我断然拒绝。

"喂,对方可是洛氏——"

"我管他是天王老子,不接就不接!"我破口大骂,"我两个钟头前才一脚踏进鬼门关,只差十几秒就要嗝屁了,现在浑身疼痛,你还期望我接下一个委托?"

在电话另一端,中介人没有作声。沉默数秒过后,他再度开口:

"我先把档案送过去,你自己看着办吧。反正委托人没设时限，你按自己的节奏来完成工作就可以了。"

他没有让我回话便挂了线。

他妈的！

和这浑蛋合作这么久，最教我气愤的就是这一次。之前叫我尽快完成委托，现在却说什么委托人没设时限。我看他是利欲熏心，一心要拍洛氏马屁，好让将来衣食无忧。我押下性命冒险杀人，赚的都是血汗钱，这家伙却只出一张嘴、动动手指头便抽走我一大笔……哼，要是我自己有足够的人脉和客户，我哪要看他脸色？到时就将他扭成气球小猫或小狗，再不然就来个胃袋充气大爆炸，在闹市华丽地变成一堆碎肉……

算了，还是别去想。

因为没有胃口，只吃掉冰箱里的一个苹果当晚餐后，我便上网看看新闻如何报道侦探社爆炸案。一如所料，民众对"炸弹魔"接连犯案感到恐惧，警方似乎受极大压力，发言人被记者围攻。幸好暂时没看到报道说"现场曾有一名穿黑西装的神秘男子"，我猜我在场一事没有曝光。

关掉浏览器后，我本来打算早点去睡，可是心里还是有一事记挂。

"只是看看而已，我又没说要接。"

我心里如此说着，说服自己去打开中介人寄来的委托档案。我缓慢地点开那个具备加密功能的邮件程式，不情不愿地点开那封未读的信件，再按下下载附件的按钮。

洛氏想杀的第四个目标是个眼睛眯成一线、长满一头灰发的五十八岁计程车司机。外表没什么特别，但他的个人履历十分不可思议——这司机本来是名外科医生。档案说，这男人十年前因为一桩医疗事故被吊销医师执照，之后改行当上司机。事故的内容并没有提及，但他本来的资历好像蛮厉害，无论毕业的大学还是服务过的医院，都属于国内外顶级的机构。

我实在无意去杀这男人，但看到他的资料，不禁让我疑惑：为什么洛氏家族要杀他？

一个前军人、一个化学老师、一个侦探和一个失德医师，可能涉及一宗什么事件？单看第一、第三和第四目标我还有点头绪，就当洛氏跟军方合作，让军人进行人体生化实验，由医生操刀，但因实验失败不得不掩埋事实，所以必须干掉涉事者灭口，而侦探就是因为多管闲事，探听到这个代号为"傅科摆"的计划而被加进暗杀名单。

不过，如此一来化学老师就有点格格不入。虽然上述的假设的确需要一名提供药物的化学专家参与，但那老头怎么看都不像一流的药剂师或化学学者啊？洛氏的这种计划，至少要请来跟"Dr. 计程车司机"同等级的药剂人才才合理吧？

搞不懂。

我关上显示档案的视窗，决定放弃不管。反正杀手知道得愈多，麻烦也愈多，既然目标已不在人世，我也已收了报酬，就别多想。

翌日上午，我觉得体力恢复得七七八八，决定到停车场取回汽车，毕竟对杀手来说，代步工具可不能缺少。从僻静的家缓步走出大路后，我站在路边准备拦计程车。虽然前面不远便是公车站，但下车后要走十分钟才能到停车场，我还是坐计程车省点气力比较好，何况背脊仍隐隐作痛。

不一会儿，一辆没载乘客的计程车驶近，我扬扬手，司机便让车子在我面前停下。

"西区柏杨广场。"我坐进车厢后座。

司机默默地按下码表，车子缓速前行。因为挺直背脊会痛，我靠在椅背上，慵懒地让身子沉下去，脑袋放空眺望着窗外风景。车内的收音机传来节奏柔和的轻音乐，令人精神放松。

我不经意地将视线从窗外移往收音机，想看看是哪一个电台，却赫然被映入眼帘的另一样东西吓倒。

见鬼了。

在计程车的司机证上，大头照是一个双眼眯成一线、满头灰发的男人。他的名字跟我昨天在委托档案上看过的一模一样。

我立即瞄向驾驶座上的司机，他神态自若地握着方向盘，眼望前方，对我好像没半点在意。虽然无法看到正面，但我肯定他就是那个洛氏要干掉的前外科医生。在本地上万辆计程车当中，偏偏被我遇上这一辆，是上天暗示我要执行洛氏的委托吗？

我脸上保持着本来的神色，心里却顿时进入备战状态，因为我知道机不可失。纵使我对中介人有诸多不满，我也不会笨得看着送到嘴边的肥肉溜走。

尤其这巧合让我获得额外的优势。

假设前军人、化学老师和这个前医生曾共同为洛氏效力，参与那个"傅科摆"实验计划，前两者死亡的消息可能已经传进对方耳中，他可能已料到自己会被灭口，对陌生人加以防范。所以，这次碰巧遇上，他应该仍未提高警觉，这是千载难逢的机会。

可是，我用什么方法可以触摸到对方的皮肤，输入指令？

在付钱时借势抓住他的手？还是假装身体不适，让他扶我下车？

"先生，有什么问题吗？"

冷不防地，司机突然开口问道。他正透过后视镜看着我。

"没什么，我只是想知道这是哪个电台。"我保持冷静，吐出一个不会令人怀疑的问题。

一个"应该"不会令人怀疑的问题。

他告诉我电台的频道后，车厢再次恢复本来的静默。只是气氛好像改变了——大概是我的错觉，因为从我发现司机就是我的目标开始，我的脑袋就不停地运算着。

十分钟后，计程车来到目的地附近。司机在路边停车，而我心里有个声音告诉我，现在是下手的黄金机会。

"多少钱？"我掏出皮夹，装作要抽出钞票。

"嗯……"司机按停码表，说，"一百二十五。"

"啊，我有二十五元的零钱，请等一等……"

我从口袋掏出一堆硬币，越过椅背向司机递过去。当他伸手要接时，我赶紧将手腕一沉，往他摊开的左手手掌按下去——

咦？

我这时才发现一个令我吃惊的事实——司机戴上了手套。

他什么时候戴的？我明明记得刚才看他开车的时候，放在方向盘上的手没有戴这鬼东西啊？

然而我没有时间细想，或者该说，对方没有让我有时间去细想。

当我稍微抬头，望向司机的脸孔时，我只看到他的右手抓着一个装着透明液体的塑胶小瓶，以指头按下瓶顶的按钮，朝我脸上喷了一下。

"咳，这是——"

我没来得及反应便感到一阵晕眩，意识逐渐远离。

我什么时候露出马脚了？

在我的世界变成一片漆黑之前，我隐约看到那司机微微扬起的嘴角，以及听到一句含糊不清的话：

"……别怪我，你要怪便怪洛氏家族吧……"

"吱……吱……"

当我渐渐苏醒时，耳朵传来这声音。不过真正让我从昏睡中醒转的不是它，而是传进鼻腔的香气。

睁眼一看，光线令我晕眩——或者是药力未消所造成——但我知道自己身处一个有点平凡的起居室。最先映入眼帘的是迷晕我的计程车司机的背影，他站在炉灶前正在做菜，声音和香气从煎锅里传出。

"咳——"我被飘过来的油烟呛到，喉咙十分干涸，不由自主地咳了一声。

司机回头瞧了我一眼，露出笑容。

"哦，醒啦。你先坐一下，等我吃过午餐再好好'招呼'你。"

我尝试站起来，可是膝盖无力，而我更发现我的双手被胶带绑在背后。我似乎坐在一张长椅或沙发上，背部传来的痛感不知道是昨天爆炸弄的，还是刚才被对方迷晕后摔到椅子上导致的。这房间没有窗子，不过照明充足，正中间有一张长桌，而左边是一个开放式厨房。

"……"

我突然察觉身子右方有点异样，于是往右扭动仍然麻痹的脖子，赫然发现身旁有另一个人，跟我并肩而坐。

在看清楚对方的面貌时，我大吃一惊。

那是韩小姐。

昨天失约、放房东老头鸽子的韩小姐。

她身上穿着一件污渍斑驳的浅蓝色无袖袍子，光着脚，双手垂在身旁，没有被捆绑。本来艳丽的容颜变得颓然苍白，就像患上重病的病人。她微微垂头，眼睛没有瞧向我或正在做菜的司机，径自盯着地板，嘴巴发出微小的声音。

"韩——"

我尝试叫她，但我没把话说完，因为我终于听清楚她在碎碎念的内容。

"……杀了我……杀了我……"

我不知道她受了哪种虐待，但我肯定，这个计程车司机比我想象中更可怕。韩小姐没被捆绑但动弹不得，依我看她八成被注射了某种药物。

"你对她……咳……对她干了什么？"我喉咙刺痛，勉强对司机吐出这句话。

刚将煎好的肉排切片盛上盘子的司机对我笑了笑，没有回答问题，反而拿着盘子朝我走过来，问："你饿吗？"

老实说，我真的有点饿。昨晚只吃了一个苹果，今早我也只喝了一杯咖啡，不饿才怪。当然，这时候我才不管饿不饿，我只在思考脱身的办法——如何引这浑蛋靠近，好让我接触他的身体，输入指令？

"嘿，你要请我吃牛排吗？"我笑道。我很清楚，这时候只有表现得从容不迫，才能动摇对方，使对方露出破绽。

"这才不是牛排那种廉价货呢。"司机朗声大笑，"这是'美人肝'。"

司机语毕，伸手解开韩小姐右边腋下的纽扣，掀开袍子。袍子下的韩小姐一丝不挂——不过，露出来的不是诱人的胴体，而是满身的伤口。袍子上的棕黑色污渍，原来是干涸的血液……

"你……"我被突如其来的一幕吓倒，刚才脸上假装的沉着当然烟消云散。

"一般'美人肝'的做法是鸭胰炒鸡胸，但我的正宗得多。"司机以美食家的口气轻松地说。

一股强烈的嫌恶感从我的内心涌出。再惨的尸体我不是没见过——通常都是我自己弄成的——但我不像这变态，为了取乐而将对方弄得半死不活，我可做不出来。

"……杀了我……"

韩小姐口中继续传出哀求。

我完全没想过，洛氏委托我干掉的目标竟然是一个危险的连环杀人魔……不，是"连环吃人魔"。看他的手法和态度，我肯定韩小姐不是他的第一个猎物。他拿掉了对方的肝脏，对方却仍生存着，多半是施打了麻醉药。

那么说，我不是碰巧遇上这变态，而是这变态碰巧来我家附近猎食，昨天或前天便抓了来看房子的韩小姐……

"反正你只为了吃掉她，用不着让她继续活着吧？"我恢复冷静，问道。

司机似乎对我的问题感到意外——也许一般人看到这惨况，只会陷入恐慌或歇斯底里，不像我会"理性地"说这种话——他瞪视我好一阵子，冷笑一下，将盘子放在餐桌上，斟了半杯红酒，再坐下一边用刀叉进食一边说："优秀的烹饪讲求食材新鲜，采用从牲口身上活摘下来的部分自然是最理想的……当然，她是死定了。早死晚死，也是得死，那让她多活几天，同时满足我的口腹之欲，不是两全其美吗？"

换作平日，我可能会表示对此理解，但我目前人在砧板上，可没有立场说这种话。

"你……准备吃完她后，吃我？"

"哈哈哈，你？你有什么好吃？我只吃美女，你这种臭男人顶多只配当狗饲料！我只是不喜欢在餐前干活儿，待我吃完这顿饭，便会简简单单地了结你。"

可恶。假如他打算替我做手术，切下手脚或内脏之类，我便有机会接触他的皮肤，逆转目前的劣势，可是要是他过来直接刺我一刀，我就没辙了。

"这么小小的一盘，够你吃饱吗？"为了了解我还有多少时间，我问道。假如他之后继续动手"做菜"，那我还有半个钟头思考怎么干掉对方。

"不够，但将就一下。好的食材要慢慢享用。"司机望向韩小姐，狞笑着，"我会让她多活几天，这样子我便可以每天吃点新鲜的。"

糟糕！

"……杀了我……"虽然韩小姐神志不清，但我怀疑其实她听得到我们的对话。她这句的语气变重了。

"你蛮镇定的,以往其他家伙看到我吃人,老早吓得魂飞魄散,当场失禁。"司机继续开怀大嚼,说,"你知道美女身上最好吃的是什么吗?"

我摇摇头。

"是'美人舌'。"

我收回之前的话——即使我不是身处受害者的位置,我大概也无法理解这变态的行为。

眼看他盘子愈来愈空,我知道我必须尽快想出方法自救。可是眼下的条件实在太恶劣了,我完全没有任何有把握的作战方法,只能靠运气。

假如运气不济,我也只能认命了。

转眼间,司机吃光盘上的肉,一口气干了杯子里的红酒,然后戴上手套,从桌上捡起一柄手术刀,笑着向我走过来。

"放心,我下刀很准,你会死得很痛快。"司机笑着说。

这时候,我只能祈求上天保佑。

"……杀了我……呃……呃……呃——"

韩小姐突然发出怪叫,身体猛烈抖动,数秒后静止,不再作声。本来正在对视的我和司机不约而同地转头望向韩小姐,在那个暴露于空气中的胸部上,我再也看不到呼吸导致的起伏。

"哎哟,怎么挺不过两天?"司机紧张地转向韩小姐,伸手翻开眼睑,又将耳朵贴在她那残缺的胸膛上。他接下来伸手按压对方胸部,可是韩小姐已经没救。司机看来一脸懊悔,眉头深皱。

"失血过多,休克致死吗……早知道就先给她打点滴吊命……唉,太浪费了……唉……"

我默不作声,冷静地看着事情发展,找寻直接触碰司机身体的机会。可是,即使他现在站在我身旁,我也无法找到破绽——因为他戴上了手套,身上只有脖子以上露出皮肤,迷药药力未消、双手被绑的我实在不可能避过他的刀子而碰到他的脸。

"你啊,"司机忽然转头望向我,"真走运。你可以多活十五分钟。"他动手制作这道诡异的"菜式",开始陶醉地享受。我得想办法再拖延一下。

"你到底和洛氏家族有什么关系?"我问道。

"有什么关系?就是雇主和员工的关系吧?"他边吃边说。

所以军方人体生化实验的假说初步成立。

"我知道'傅科摆'。"为了动摇对方,我说道。

司机停下筷子,瞧了我一眼,歪了一下头。

"什么'傅科摆'?"

"你别装蒜,军方的事我也知道了。"我继续装模作样。

"军方?军方什么?"

我无法理解他的态度。他是真的对"傅科摆"一无所知,还是看穿我在吹牛,故意试探我?抑或是,一开始我就弄错了,侦探死前说的不是"傅科摆",而是另外的词语?

"我已经看穿你的把戏,你不用再拖延了。"司机霍然说道,"我一年下来干掉过不少你这种家伙,我看你还是死心吧。"

我渐渐理清头绪。似乎什么人体实验的假设都是错误的,洛氏要杀的这些人,根本不是来自相同的事件,而仅仅都是暗杀名单上的人。教练和老师是用来测试我的实力,侦探是高一级的麻烦人物,而我面前的司机是顶级的。洛氏以往可能派过不少杀手尝试杀掉这个前医生,但结果一一被反杀,落得像我如今的下场。

而我现在要避免走上跟他们相同的绝路。

司机品尝完了那盘刺身,再次抓起手术刀,缓步走到我面前。

"你还有什么遗言吗?"他不怀好意地问。

"有,有,"为了尽量拖延,我说:"我想知道,我在计程车上到底是什么时候露出马脚的。"

"什么?"他一脸狐疑。

"我说,我想知道你是什么时候开始怀疑我的。是我问你电台的频道时吗?还是我有哪里表现得不自然了?"

"我不明白你在说什么。"他略略皱眉。

我也不明白你这时候还装蒜干什么啊。

"我是问你什么时候察觉我想杀你?"

"你——"

司机刚吐出一个"你"字,便突然按住肚子,额上冒出豆大的汗珠。他往后退去，打算拉过椅子坐上去，可是他力不从心，一个踉跄把椅子拉倒，只能四肢撑在地上，然后哗啦哗啦地开始呕吐。

还好我拖延的时间够长。

我奋力站起，趁他手上的刀子掉落，蹒跚地一步一步走近他，用尽余力将他踢倒，然后直接用光着的右脚踩住他的脸。

"脖子和四肢立即给我扭转三百六十度！"

只要能够触碰到，我就有办法扭转局势。我一放开脚掌，司机就在我眼前像坏掉的人偶般开始扭动，两条臂膀和大腿各自旋转，而他的头颅亦像被隐形的手掌钳住，以逆时针方向扭断。他的骨头发出咔咔的怪声，但这声音只持续了五秒，五秒后，一切归于沉寂。

而我也累得跌坐在地上。

好险。

还好我昨天扭到脚踝，今天没穿袜子，否则我能不能活命也是未知之数。

刚才司机在侃侃而谈，一边吃着肝脏一边说什么"美人舌"如何美味时，我便想到这计策。我悄悄地脱下右脚的鞋子，以脚掌触碰韩小姐的左脚，输入了一道复合指令。

指令的前半部是"冠状动脉立即充气，做成空气栓塞"。

我是一个很有道义的人，既然韩小姐求死，我就送个顺水人情。

当然这是我用来赌运气的策略之中，不可或缺的第一步。

而指令的后半部是"舌头在二十分钟后，肌肉组织充气膨胀一百倍"。

一般人的胃容量约为一千两百至一千六百立方厘米，大胃王的可以撑至三千立方厘米，而舌头体积约七十立方厘米。就算那司机只吃掉五十立方厘米的分量，当我的指令发动时，那些"美味的刺身"便会膨胀到连大胃王也忍受不了的五千立方厘米。

这可以称之为"致命的胃胀气"吧。

这临时计划实在有太多不确定性，一切都是看运气。我不确定他会不会先杀了我才慢慢享用"美人舌"，也不确定他会不会烹调太久使第二道指令发动时他仍未吃下舌头，更不确定他会不会吃得太少，或是他的胃比常人大，"美人舌"无法使他呕吐，以便我有足够时间和优势去处决他。我有想过直接将韩小姐变成炸弹，可是这会使我同样暴露在被炸死的风险中——我昨天已经差点被炸死，可不想再经历一次。

总之，这次命不该绝，运气站到我这边来了。

离开这房间已经是差不多一个钟头后的事。我等了好久才感到身上的药力消减，又花了很多工夫才用刀切断背后捆绑着双手的胶带。其间我得跟一具下颚被打掉的半裸女尸和一具沾满呕吐物的男尸共度，他们发出的气味实在倒胃口。

喝了两杯水，我穿回鞋子——当然我有先洗掉脚上沾到的

"美人舌"和"美人肝"——寻找房间的出口。原来这房间是个地下室，我经过一条走廊便看到一条往上的楼梯。楼梯上是一栋同样平凡的房子，窗外的阳光正猛，我瞄了瞄大厅的时钟，时间不过是下午两点。

大门外停着司机的计程车，附近没有其他房子，就像我家一样，看来我远离市中心，身处近郊。我正想着是否开那辆计程车回家时，一辆黑色名贵房车驶至，在我面前停下。一个穿黑西装的年轻人从驾驶座下车，无视我直接跑进房子，而一个穿深蓝色西装、年约五十的男人缓缓步出轿车后座，却似乎是冲着我而来。就在我提高警觉，思考如何自保之际，我看到那个标志。

男人的西装左领上别了两个襟章。下面那个有一双翅膀的圆盾形徽章不是重点，重要的是上面的那个。

那是被倒三角形包围的亚蒙-拉之眼。

"气球人先生，幸会……"男人开口道。

我很诧异他知道我的绰号，而他下一句话令我更为惊讶。

"……还是说，您想在下称您为'马先生'？"

"你是洛氏家族的……"

"我只是负责跑腿的。"对方笑道。就在这时，之前跑进房子的小伙子回到男人的身边，向他点点头，再回到车厢里。

"先生，"自称跑腿的男人露出满意的笑容，"我的主人们邀请您到大宅做客，想亲自向您表达谢意。"

"你的主人们——"

"当然是家族的七位当家了。"

我吞了一下口水。我没想到委托人会突然找上我,而且对方更是这城市最有势力的人物。由于我没有拒绝的理由,只好跟随他上车——事实上,假如对方有心加害我,实在没必要大费周章,派亲信来接我。

而且,我实在有太多问题想问。

在车上,那男人告诉我他叫奥玛,但诸如之前的委托目的、目标人物跟洛氏的关系、这次请我面见洛氏家族的理由等等他都三缄其口,只一再表示我可以直接向他的主人们发问。

二十分钟后,车子驶到北区近郊一座庄园。众所周知,这是洛氏的大本营,规模可比皇宫——在大宅的周围还有多栋建筑,假如有笨蛋觊觎洛氏的财产,或是打算暗杀其中一两人,他便得先闯过重重关卡,解决配备重火器的精英护卫部队。

车子来到庄园主栋,奥玛领着我来到大宅的一个浴室,示意我先冲个澡。梳洗过后,我发现我那些脏兮兮的衣服全不见了,取而代之的是一套质料上乘的黑色西装。衬衫附有玳瑁袖扣,皮带扣则似乎是24K金,皮鞋是意大利制,就连内衣裤也是名牌。

接下来奥玛带我经过走廊,来到一个偌大的房间。房间里金碧辉煌,就像欧洲的王室行宫别苑,所有家具都似是十六世纪的西洋古董,墙上挂着一幅幅名贵油画。在这个房间中有一张可以坐超过二十人的圆桌,而我甫进入房间,最先引起我注意的不是那些华丽的装潢,而是圆桌对面坐着的七个男人。

洛氏家族的"王室成员"。

"气球人先生，请坐。"圆桌对面的一个男人说道。这家伙坐在七人正中间，脸上皱纹甚多，但我说不出他的年纪。每个人都穿着整齐的西装，面前有各式餐点，他们似乎刚吃完午餐，正在享用甜点。

"我想你应该饿了吧？"皱纹男左边的胖子笑嘻嘻地问道，"奥玛，吩咐厨房弄点吃的出来。"

"不用了，"我坐到铺垫了红色法兰绒的椅子上，"我没胃口。"

"也是呢，我看你刚死里逃生，大抵也吃不下。"右边尽头一个容貌猥琐的矮子说。

"奥玛，斟一杯白兰地给我们的贵宾压压惊。"皱纹男左手摇着酒杯，向奥玛说道。

这回我没有阻止奥玛，此刻我的确想喝点酒。

"气球人先生，我想你心里应该有很多疑问吧。"皱纹男说。

"对，我想知道'傅科摆'是什么。"

当我吐出这个词语，七个男人当中除了皱纹男外开始议论纷纷。

"不错呢，你连这个也知道了，真不愧是我们看上的男人，智勇双全。"皱纹男从容地说。

"我只知道你们的委托可能跟这个被称为'傅科摆'的计

划有关，可是我对内容一无所知。"我无须隐瞒，决定直接说出事实。

胖子身旁一个年约三十岁、相貌有点帅的男人向奥玛打了一个手势，奥玛送上白兰地外，还给我递上一个土黄色的档案夹。

"这档案就是'傅科摆'的内容，"皱纹男啜了一口红酒，"不过你有一点弄错了，'傅科摆'不是什么行动或计划，它是一场'甄选'。"

我打开档案夹，赫然发现里面夹着七张个人照片，其中六张的主人我认识，分别是健身教练、化学老师、私家侦探、吃人魔司机、韩小姐——

和我。

"这是什么意思？"我问。

"你知道坊间流传，说我们家族有专属的暗杀部队吧？"皱纹男说。

"嗯。"

"那是假的。我们没有专属的暗杀'部队'，只有专属的王牌杀手。"皱纹男笑了笑，"只有一个人。"

"一个人？"

"对。你知道本地那个获奖无数、著名的战地摄影师吗？"

我记得我在中介人找我的当天在电视上看过。

"那个摄影师不是死了吗？"我问。

"没错，所以我们便要找继任者啊。"猥琐矮个子插嘴说。

霎时间，我明白我掉进了一个什么样的圈套——一场十分恶劣的游戏。

"你们是说，我之前干掉的目标，都是我的同行？"我讶异地问。

"对，而且是跟你有着同一位中介人的同行哩。"猥琐男身旁一个脸上有刀疤的男人说。

"这场甄选很简单，我们找上你的中介人，要他提供旗下最出色的七位杀手名单，然后要你们在不知情之下互相厮杀。"胖子身旁的帅哥说道，"我们委托你去杀死健身教练、委托他去杀化学老师、委托化学老师去杀死记者、委托记者去杀侦探、委托侦探去杀掉前医师、委托前医师去杀死公关小姐……当然还有委托公关小姐去杀你。"

"当杀手解决了目标，我们就会将死者原来的委托转移给他。气球人先生，你实在太出色了，一个人五天之内干掉了六分之四的成员，这成绩创下'傅科摆'的纪录呢！"胖子大笑着说。

我哑然地瞧着档案里的资料。健身教练绰号"捕兽器"，以前在军方担任游击小队成员，擅长徒手杀敌，退役后以健身教练身份为掩饰，继续从事杀人的工作。侦探跟他的背景差不多，他过去有另一个身份，以代号"Ｚ"从事间谍活动，现在表面上替客户进行一般的民间调查，实则是个用狙击枪进行暗杀的神枪手。大概因为他本来有政府工作背景，所以在收到委托之初，便查出"傅科摆"的端倪，只是他来不及继续调查，便被"杀手"干掉。

对，被杀手干掉。当我翻开化学老师的一页档案，我的下巴几乎掉到地上——那个秃头老师便是"炸弹魔"。

他第一个委托目标是一个在《独立日报》工作的体育记者。那记者是个擅长绞杀的杀手，不过他还没来得及对侦探施毒手，便被化学老师寄去的炸弹炸死了。档案中列明，"炸弹魔"表面上是个"愉快犯"，但原来他的每次袭击都是有目的进行，数年前那些案子全是委托，才不是"无差别"攻击。虽然我很轻松地杀了他，但他似乎在死去前已寄出炸弹，所以杀手侦探才会死在他的炸弹之下。

如此说来，健身教练死在南区也不是巧合，他当时正在做我平时也会做的工作程序，下杀手前先监视猎物，摸清楚对方的作息周期。就是因为他没完成委托，化学老师才会变成我的第二个目标。

"韩小姐"只是个伪名，她是个擅长使用美人计杀害男性的杀手，别号"狼蛛"。换言之，她来到我家附近亦不是巧合，她和教练做的事一模一样，只是监视对象换成我。然而她没料到，当她还未成功接近我时，已被她的"猎捕者"吃人魔司机抓住。

当剩下我和司机时，我们的委托便是杀掉对方，所以我根本没露出马脚，而是他一开始便打算捕捉我，在我家附近紧盯我的行动，见我在路上拦车，自然不会错过这黄金机会。我以为我是猎人，殊不知我同时也是猎物。

"我们之中大部分看好'吃人魔'——就是那个吃人医生，"猥琐男不怀好意地指了指皱纹男，"就只有他看好你。我是很诧异啦，资料上明明说你是个用毒高手，没想到你竟然能够徒手折断那医生的颈骨，据说连四肢也粉碎掉。看你外表弱不禁风，怎料深藏不露。"

对了，那个跟奥玛一起到现场的年轻人，他一定是确认人员，所以看到我独自出来，便跑进房子里检查其他人的生死。

"你们说目标死去才会将他的委托移交给另一人，"我想起一事，"可是'韩小姐'还没死去，那变态医生已被委托对付我？"

"那女人没死？"猥琐男惊讶地问。

"不，刚才阿立已经检查过，地下室里只留下两具尸体。"奥玛报告。

"我是说，当时那女的还没死，她只是被医生割下器官来吃罢了。"我说。

"喔。"他们七人完全没有对"吃人"一事有反应，似乎早对此知情。

"又被那家伙骗了啦。"胖子叹道，"我就说，那张被切开肚子的照片不足以证明那女人已经死了嘛。"

"他大概是老毛病发作吧，当年他就是吃掉我们医院其中一个病人，我们才不得不撵走他……"皱纹男右边一个貌甚精明、戴着眼镜的男人说,"那时候要压下消息,可花了不少工夫。"

翻看着手上的个人档案,我渐渐理解这场甄选叫"傅科摆"的理由——我们每个参与者就像铅锤般以为自己是直线摆动,却不知真正令我们绕着圈子转的,是在我们脚下的地球。我们无法逃离大地的引力,就像无法躲过洛氏家族施加于我们每个人身上的那股力量一样。

"那么,我胜出这场甄选,会得到什么报酬?洛氏家族未来十年的杀手合约吗?"我问道。

皱纹男向奥玛示意:"不,你忘了我一开始提过的吗?我们找的是'王牌杀手'。"

奥玛走到我身旁,从口袋掏出一个小小的锦盒,放在我面前。我打开一看,里面赫然是这座城市每个黑道中人梦寐以求的物品——那枚金色的洛氏家族胸章。

"除了我们七个之外,拥有这胸章的就只有十二人,而你是第十三个。"帅哥说,"坊间流传关于这胸章的事全是事实,你只要出示这只亚蒙-拉之眼,就连总检察官也得听你的话。"

"我相信你是聪明人,不会戴着它招摇过市,但以后黑白两道有什么人你看不过眼的,你都可以令他们一一顺从。我们从不轻易发放胸章,所以你不是我们家族旗下的'一名杀手',而是家族旗下的'那名杀手'。"皱纹男淡然地说。

"坊间关于这胸章的传闻都是真的?"我捡起胸章,觉得有点不可思议地自言自语道。

"嘿，对啊，包括空中派对的传闻也是真的。"猥琐男以跟他外貌相配的表情，舔了舔嘴唇，"事实上，今天晚上就是举行派对的日子。你有什么中意的女明星、女演员？你提名字出来，八成可以让你打一炮。还是说你喜欢男的？有没有看上哪一个小鲜肉？"

"没有，"我嗤笑一下，"我没有那方面的兴趣。"

猥琐男像是有点失望，毕竟我跟他不是同路人——说不定他跟吃人医生会很投契吧？

"余兴节目之后再说吧。"皱纹男瞪了猥琐男一眼，"气球人先生，你现在还有一个决定要下。"

"什么决定？"

"你想我们怎样处置你的中介人？"

"为什么要我决定如何处置他？"我问。

"每次我们家族举办'傅科摆'，都会找上城中其中一个有名的中介人，请他提供名单，通常这些杀手代理知道有机会替我们办事，都十分乐意协助，出卖手下的专业杀手们。我们没告诉他们的是，最后胜出者有权决定中介人的下场——他可以选择让中介人成为我们的一名下属，或是让他从人世间消失。附带一提，你的历代前任者们全部选择了相同的答案。"

我谨慎地扫视了面前每个人的表情。

"我明白了。答案只有一个吧——我要他死。"

七人脸上都露出笑容。

"聪明。让知晓自己过去的家伙消失，才不会妨碍大事。"刀疤男冷笑道，"家族的王牌杀手才不需要妇人之仁。"

"为了祝贺气球人先生成为洛氏家族一分子，我们先干一杯。"皱纹男举起酒杯，其他人也纷纷仿效。我自然不敢怠慢，举起面前那小半杯白兰地。

"两个钟头后我们便出发上机，在那之前奥玛会带你到你的私人宅邸休息一下……"

"等等，我今天无法出席这场派对。"我说。

众人瞪视着我，其中更有几人露出狐疑的眼神。

"为什么？这是我们家族的重要活动，所有成员必须出席。"一直没作声、坐在最左边的秃头男人说道。

"因为我要去解决中介人。"我冷冷地说。

皱纹男闻言微微一笑，说："这种简单的工作，留给我们的一般打手便——"

"不，我要亲自下手。"我咬牙切齿地说，"这浑蛋自从接了'我们'家族的委托后，便对我毫不客气，给他三分颜色便开起染坊来。假如你们不容许我先去干掉那臭小子，我就先不接受家族的邀请，待我杀掉他后才正式加入。"

我将胸章向前推，表现出一副决不妥协的模样。

"好吧，反正你是今天才加入，我们可以姑且同意，让你先去消除你的'过去'。"皱纹男摸了摸自己胸前的家族徽章，"可是你要明白，洛氏家族对新成员加入一事很严肃，你已是家族的人，就不能说什么'先不接受之后再加入'的话。"

"明白了。"我说。

"嘿，我说你真是笨蛋，空中派对半年才举行一次，你之后要等半年啦。"猥琐男露齿而笑，"今晚有不少新来的小姑娘，像什么偶像组合'Bits''少女二人组''甜心巧克力'之类，新鲜娇嫩，不通人事，玩起来别有一番滋味……"

所以"甜心巧克力"真的榜上有名，不过中介人永远没机会得偿所愿了。

我向家族众人请辞，由奥玛带我离开。令我意外的是，他们已派人将我的车子驶到大宅外——我不想知道他们用什么方法将车子运过来——还已经洗好我原来的衣服，一一叠好放进后座。

"气球人先生，请恕在下一问，您下毒的手法真是高明，到底您是用哪种毒剂？应该是神经毒素之类？"临离开前，奥玛向我问道。

"那是商业机密，"我从驾驶座探出头来，"有机会再告诉你。"

"啊。"

当中介人打开电灯时，我本来以为他看到坐在沙发上的我会吓一跳，但他的反应颇为平淡。

我开车到中介人的家后，用铁丝撬开门锁，直接在他家里等他。我开锁时有警察来干涉，但当我出示了洛氏家族的胸章，他们便毫不过问,直接离去。

有够夸张的。

我在中介人的家里等到晚上九点,他才回来。

"你好像不太惊讶似的?"我问。

"我早猜到你会来。"他似乎刚到超级市场购物,边说边将纸袋中的罐头、杂物放上架子。

"那你知道我来的目的吗?"

中介人停下手,抬起头,对我点点头。

"你是来取我的命吧。"中介人幽幽地说,"你已经胜出'傅科摆'了。"

"你知道?"

"其他人跟你一样是我的同伙嘛,他们出事我岂会不知。"中介人指了指我身上的西装,"加上你这身行头,一看便知道你已经加入洛氏了。"

"那你怎么不逃跑?"我问。

中介人嗤笑一声:"逃?逃到哪儿?洛氏家族要杀的人从来逃不了,更何况他们有你加入,我就更不可能活下来。"

"所以你认命了?"

"人生在世,也只能如此。"中介人叹道,"反正我手上的杀手们差不多也死光了,就算我一个人活下来也失去维生的本钱。我的中介事业早在洛氏看上我的那一刻已全毁掉。我的前辈们一向都说:'宁可被警察逮捕,也不要被洛氏看上。'"

"你知道你前辈们的下场？"我想起皱纹男说过，历任"傅科摆"的胜出者都选择杀掉中介人灭口。

"别小看我们靠买卖情报糊口的，我们知道很多很多不能宣之于口的事实。"中介人苦笑一下，"你的佣金我可不是白赚的。"

"这次你在洛氏的委托上抽了多少？"七个杀手互杀，佣金应该不少吧。

"零。"

"零？"

"反正要死，抽来也没意思。"中介人耸耸肩。"洛氏对'七'这个数字异常地迷恋，家族成员有七人，'傅科摆'的参加者有七个，就连酬金也是七的倍数。"

"难怪他们的空中别墅也是777客机。"我恍然大悟。

"对了，你不是应该在飞机上吗？我还以为我可以多活几天。"

"为了尽快干掉知道我底细的家伙，我当然不在那飞机上。"

中介人颓然坐在一张椅子上，说："看在我暗中提点过你，要你尽早解决其他同僚的分上，你可以用最不痛的方式杀我吗？"

我从沙发站起，朗声笑道："我偏要用最痛的方法来对付你，你奈我何？"

"唉。"中介人合上眼,似是无意求我。我走到他跟前,伸手按着他的肩膀。

"张开眼吧,浑蛋,我又没说过要杀你。"

"咦?"

我捡起他身旁的遥控器,打开电视,调至新闻频道。主播正在报道外国元首高峰会,映着一群穿西装的老头挂着虚伪的笑容在寒暄问候,而下方跑马灯的新闻快报却显示着我预期中的消息:

(20:37)洛氏企业私人客机在太平洋上空失踪,据报海面发现金属残骸。

中介人以难以置信的表情直盯着电视荧幕,再来回望向我。

"这是……"

"当然是我干的。"

"你如何……不,你为什么要这样做?你明明已成为家族中人,在万人之上,可以呼风唤雨……"中介人指了指我衣领上的胸章。

"你想要的话,可以给你。"我解下胸章,抛给对方,"这种东西,不要也罢。"

"不要也罢?"

"我啊,最讨厌听命令。"我一脸鄙夷地说:"在万人之上又如何？戴上这胸章，就等于永远在七人之下。"

"可是对方是财雄势大的洛氏——"

"财雄势大又如何？我缺的又不是钱……好吧，我是缺钱，但不至于'那么缺钱'。我卖的是我的杀人技艺，我不卖身。"我笑道，"更何况，干掉他们对我来说有百利而无一害。"

"怎么说？"

"这城市的地下统治者驾崩了，未来数年一定乱象横生吧？黑白两道一定有大量争斗，我肯定杀人这生意门庭若市。而你手上最厉害的杀手只剩我一人，我铁定不愁没委托可接，甚至可以按心情挑选客户。你看，这不是对我很有利吗？"

中介人呆然地看着我，他似乎从没想过这一点。

"不过你别以为我已经原谅你了，"我换上认真的表情继续说，"瞒着我逼我参加这种死亡游戏，就算你有多少苦衷我也不接受。只是客观而言你活着对我有最大的好处，我才留你一命，跟你继续合作。他日你再变成'惯老板'，强迫我接受委托，休怪我手下无情。附带一提，这次我已对你做出惩戒，你将来就好自为之。"

"惩戒？你对我做了什么？"

"'甜心巧克力'在洛氏的飞机上。"

中介人一脸震惊。我不知道这打击来自发现钟情的偶像参加淫乱派对，还是单纯因为偶像以如此不堪的方式猝逝。我想，身为情报贩子的中介人，应该对前者老早知情吧？

3. 傅科摆

"唉，算了。'附带损害'无可避免。"良久，中介人叹了一句，"对了，你是用什么方法让洛氏的'空中别墅'坠机的？"

"这个嘛，商业机密……"

我从来没跟任何人透露我的异能，因为我知道，这才是我真正的最终王牌。在我离开洛氏大宅时，我主动跟奥玛握手，输入了"四个钟头后，胃袋充气并在零点一秒膨胀一万倍"的指令。我很清楚他会在飞机上，不单是因为秃头男说过所有胸章持有者都要出席，更因为早在吃人医生家门前，我已看到那胸章——在奥玛衣领上，除了亚蒙-拉之眼外，还别了一个附带双翼的圆盾形襟章。那是机师胸章，只有军方的飞行员才能佩戴。当我从猥琐矮子口中知道今晚就是派对的举行日期，我便理解奥玛今天别上这胸章的理由——这种派对，就连机师也要由家族中人担任才稳妥吧。

"……不过我可以透露多一点，用的是爆炸品啦。"我随口说道。

"爆炸品？对了，去年你也提过'要炸死目标也行'……"

中介人露出佩服的样子。虽然我们只合作了四年多，我对他仍有一定戒心，但跟他合作，比在洛氏家族的命令下轻松得多吧？

/ 4. 远在咫尺 /

　　阿达焦躁地跃下座驾，连车门也忘记带上，三步并作两步往眼前的商业大楼入口直奔过去。这栋名叫科创中心的商业大楼位于东区，毗邻科技大学，是城中有名的新创企业集中地，多位今日年收入过亿的资讯业奇才也在此发迹。从外表看来它只是一栋楼高十六层、面积不大、仅算方正整洁的玻璃帷幕商业大楼，但它能吸引一众科技公司进驻全因有着完善的配套——超高速的光纤网路、稳定的供电、二十四小时不停歇的中央空调，这都符合科研公司、数据中心或网路软体（即软件）开发商的独特要求。由于聚集了这些站在时代尖端的中小型企业，周边产业亦纷纷而至，包括技术顾问、企业融资基金、市场推广策划，甚至刚兴起的加密货币兑换服务之类。事实上，这大楼就连电梯也由电脑管理，那个代替按钮的触控荧幕让不少访客留下良好印象，突显出租户"拥抱未来"的特质，生意合作自然更容易谈得拢。

　　可是阿达对这些事情毫不在乎，现在狠狠揪着他紧绷的情绪的，只有一个名字——

气球人。

那个三年前害他半只脚踏进鬼门关的神秘杀手。

自从"马可波罗饭店离奇命案"发生后，警方暗中成立追捕杀手"气球人"的特殊调查小组，由葛幸一警官领军，成员有十多人，全是来自刑事部门的精英。葛警官挑选了自己的部下阿达加入，这三年来在"气球人调查小组"里阿达都充当葛警官的副手。因为气球人犯案频率不定，平日小组成员都在原来所属部门工作，只有在葛警官号召时才集结，追寻那杀手的行踪。

而阿达没料到，今天在另一宗案件的调查过程中，竟意外获得气球人的情报。

阿达两年前调职商业犯罪调查科，处理过不少只涉及金钱的诈骗案、利用电脑漏洞偷窃商业机密的黑客犯罪等等，然而他手上的这起案子却染满血腥——凯撒集团的创办人秦宝城居然和数十桩谋杀案有关。凯撒从事多项金融业务，诸如贵金属买卖、股票投资、企业信贷以及财富管理等，开业头十五年盈利能力乏善可陈，但近五年集团资产总值飙升至全国排名第六，成绩惊人。阿达的同僚最初只怀疑凯撒的急速冒起与贪污或内线交易有关，但追查下去便发现案情并不单纯。至少有九笔交易，凯撒是透过某人死亡而获取暴利，比如放空某家企业的股票后该企业的总裁暴毙而股价崩盘，或是竞争对手因为某董事交通意外身亡而搁置计划等。探员们努力侦查、集合各方线索后发现，所有案件的幕后黑手都指向同一源头——大老板秦宝城。

商业犯罪调查科本来打算放长线钓大鱼，暗中搜集罪证，但事情骤然失控，今年跟凯撒集团相关的死亡意外暴增，多达四十多宗。阿达从线人口中得悉原委，推断那些事件都是秦宝城亲自下达的指令，目的是巩固凯撒的业界领导地位，好让独生子接班——线报指秦宝城罹患绝症，命不久矣，他要在被阎王召见前铲除一切对手。秦宝城聘用多个杀手行事，其中不乏地下业界的一流好手。

包括气球人。

阿达半个钟头前获知这消息时，惊讶得头皮发麻。那个不知道用什么药剂让一向壮健如牛的他心脏停搏、命悬一线的可怕杀手，竟然也为秦宝城效力。一开始阿达踌躇于该先制止失去理智的秦宝城抑或是手段凶残的气球人，可是他很快理清头绪，做出选择：秦宝城余命不到半年，但气球人可能继续为祸社会数十载。所以纵使情报不够完整，他也迅速行动，优先追捕那个宛如都市传说的杀人鬼。

"气球人的下个目标在科创中心十六楼，今天便会下手。"

消息来自凯撒某高层干部。一如所有位高权重的大人物，秦宝城身边也不乏吃里爬外、忧虑跟老板同坐一条沉船、密谋后路但求自保的"心腹"。

阿达匆匆跑到警署停车场，一边从口袋掏出车钥匙一边用手机致电葛警官，可是耳机只传来留言信箱的合成女声。他坐进车厢后连忙改打到对方的办公室,却被告知葛警官碰巧休假,一时联络不上。

"组长今天出席女儿的演奏会,可能音乐厅隔绝了电波啦。"接电话的大石说。葛警官的女儿是名钢琴演奏家,去年音乐大学毕业后正式出道。

"该死的!大石,你想办法替我联络组长,告诉他'那家伙'今天很可能会在东区科创中心现身犯案,十万火急!"阿达甫挂上电话便大力踏下油门。

警署和科创中心相距只有一刻钟的车程,而阿达在全速飙车之下更不用十分钟。为防打草惊蛇,科创中心的玻璃自动门一打开他便挂上扑克脸,低调地直往保全柜台疾步而行。柜台后坐着两个穿深蓝色制服的警卫,坐在左边、较年轻的那一个机敏地朝传出响亮脚步声的阿达瞧过去,相反他身旁一头灰发、留了八字胡的前辈却在玩手机,待阿达走到柜台前才舍得放下。

"先生,有何贵干?"年约六十的老警卫以平板的语调问道。阿达看到这两名警卫胸前的胸牌,八字胡大叔叫周建,另一个叫沐家兴。阿达认得他们身上穿的是卓越保全警卫公司的制服,虽然卓越是小公司,但业界风评似乎不错。

"警察。"阿达稍稍拉开外套,让他们看到挂在腰间的警章。年轻的警卫不由得露出惊讶的表情,但人称建叔的周建只稍微扬一下眉毛,站起来仔细瞧清楚阿达的样子。

"那么,长官,是有什么事情要帮忙吗?"建叔淡然地问道。

"十六楼有哪些公司？"阿达直接问道。

"樱桃游戏工作室、EZ系统顾问公司和……阿兴，新的那家叫什么来着？"

"金……金门桥创投基金会。"阿兴诚惶诚恐地回答。虽然这警卫跟自己年纪差不多，但阿达觉得对方应该是菜鸟，没跟警察打过交道。

"今天这些公司有没有访客？尤其是生面孔的。"阿达按捺着紧张的心情追问。

建叔没有回答，转头望向后辈，阿达心想这家伙八成一直在摸鱼，没留意这些细节。

"不……不清楚，现在是办公时间，访客不用登记……"年轻的警卫愈说愈小声，就像生怕被阿达这位长官大人追究责任似的，"不过应该没有什么突发事件，我们没收到报告。"

阿达瞥了一眼柜台后嵌入墙壁的时钟，模拟行针钟的LED短针刚好指着"3"，时间是下午三点整。

没办法了，只好逐间查探吧——阿达心想。虽然不知道这些公司的下班时间，但假如气球人的目标在其中一家公司上班，那下手的时间很可能只剩下两至三小时。

"你们听好，十六楼目前可能卷入严重案件，我不知道犯人是否已经潜入科创中心，所以从现在起禁止任何人进出大楼……"

"长官,这很为难喔。"建叔两手一摊,说,"我们又不是警察,哪来的权力要求一般人留下来?"

"那就想办法拖延一下,说门锁出问题正在修理之类的!万一有人死掉,你能够为那条人命负责吗?"虽然阿达不想摆官威,但秀才遇到兵,此时只能板起脸用这种借口施压。

建叔和阿兴听到"人命"两个字,面面相觑,神色不禁一变。

"可是……长官,"建叔指了指偌大的玻璃自动门,"科创中心是没有门禁的商业大楼,大门根本没有门锁啊!门外有电子钢闸可以关上,但上司吩咐过,除非遇上劫案、暴动或恐怖袭击之类,否则不能动那道钢闸。您要我关上那个吗?"

建叔说罢,伸手打开柜台后控制面板上的一个保护罩,亮出一个红色的开关。姜是老的辣,建叔一副"搞砸了便全是你的责任"的态度,让阿达犹豫起来。事实上,比起责任问题,阿达更担心关上钢闸这种大动作会让调查行动曝光,为葛警官和同僚带来不必要的麻烦。

"那么,你们拉上围栏绳,找个借口要所有人留下个人资料才放行,这总办得到吧?"阿达边说边抬头望向大厅天花板的每个角落,在靠近大门的一角发现监视器镜头,心想即使有可疑人物留下假资料,总会在柜台前多逗留一两分钟,被镜头拍摄到样子。

建叔摸摸下巴,对阿兴说了几句,对方便跑到大厅另一边扛出几根附有伸缩带的黑色栏杆座，把保全柜台右边拐弯后通往电梯间的穿堂围住，留下一条狭窄的通道。

"我的同僚正在赶来，他们来到便会接手。"阿达边说边往电梯间走过去。

"长官，请等等。"阿达刚要转弯便被建叔叫住，"电梯按钮在那儿。"

阿达循建叔所指的方向一看，发现自己左后方墙上有一个触控荧幕，上面显示着一个数字盘。

"这是智能电梯。"建叔从柜台后跨出几步，在数字盘上按下"1"和"6"，再按下"确认"按钮，数字盘上方的方框亮出"16"两个数字后，蹦出一个箭头符号和英文字母"C"。

"电梯C，靠近尽头的那部。"建叔往弯角后指了指。

阿达这时才想起科创中心配备了这系统。由电脑控制的电梯能按照人群想去的楼层分流，有效率地让乘客快速到达目的地，缩短等候时间。每层的电梯间都有相同的触控荧幕，电梯里就只有开门、关门和求助的按钮——除非使用者在搭乘时改变主意要到另一层，否则对一般人来说这设计可是方便至极，节省上下班恼人的排队挤电梯时间。

电梯前有四男一女正在等候，其中一个戴太阳眼镜、穿黑色外套的长发男人在阿达走近时不自然地从众人身边移开数步。出于刑警的直觉，阿达觉得这个长发男有点可疑，多瞧了两眼；对方似乎是察觉到阿达的目光，刻意扭头回避。正当阿达想换个位置再打量对方时，电梯C传出清脆的叮咚声响，电梯门缓缓打开，衡量形势后他便放弃盘问对方的念头。阿达知道，单纯因为举止有点鬼祟便认定对方是气球人的想法十分愚蠢，而且假如他真的是气球人，阿达现在先到十六楼部署会让自己更具优势。

一高一矮的两个男人从电梯出来，跟门前众人擦肩而过，长发男像是在等候另一部电梯似的继续伫立一旁，其余四人则鱼贯步入电梯。阿达稍微再向那可疑家伙瞄一眼后，便跟着前方的人们走进电梯。

"前往，十六楼。"电梯关门后，天花板传来柔和的女声。在只有三个按钮的电梯面板上方有一个十五英寸荧幕，画面正中播放着讲述利用人工智能深度学习分析名人的录音片段、将语音分解重组去模拟本人声线的技术"深假语音"的研讨会花絮，侧栏显示着日期时间、天气资讯和电梯正在经过的楼层数字。

虽然阿达两眼直盯着荧幕，但画面上那些科技宅的话都没有流入他的耳朵里——阿达正在盘算到底气球人的猎物是三家公司之中的哪一家。

樱桃游戏工作室、EZ系统顾问公司和金门桥创投基金会。

毫无疑问，可能性最大的是基金会。凯撒跟金门桥一样有投资新创企业的金融业务，两者显然是竞争对手，纵使阿达从没在凯撒的资料中见过"金门桥"这名字，但假如两家公司同时看中某家潜力丰厚的网路服务公司或小型软体开发商，秦宝城以杀人为手段妨碍敌对公司运作、趁机挖走客户就很容易理解。

"可是目标在其余两家也不无可能……"阿达心想。

樱桃游戏工作室这名字就连阿达都听过，近月爆红的手机游戏《杀戮求生·最后生还者》便由他们开发，盈利相当惊人，有分析师预测全年营业收入可高达八位数。凯撒有投资游戏业，为了铲除分薄自己旗下作品利润的敌手，干掉对方的首席游戏设计师便万事大吉，这也构成充足的动机。

余下的EZ系统顾问公司则不明朗，由于阿达不知道对方的业务范围，所以无从估算。秦宝城曾对一些顾问公司老板下杀手，但那些是和凯撒有利害冲突的投资顾问专家，并非替机构提供系统支援的IT顾问。当然阿达不敢掉以轻心，他知道先入为主的想法很容易导致无可挽回的后果。

只要到了十六楼，逐一查问便会清楚——阿达瞧着电梯荧幕，看着跳动的楼层数字。8、9、10……阿拉伯数字有节奏地变换着，但阿达仍嫌电梯上升得太慢，恨不得立即飞跃到十六楼。

十六楼。

想到这一点，阿达赫然愣住。

他站在电梯门旁边、荧幕正前方，其余四名乘客都站在他身后。刚才在一楼电梯门关上时，系统说出"前往十六楼"，即是首个停顿楼层就是十六楼。然而，科创中心楼高只有十六层，换言之，这电梯里的所有人正前往相同的顶楼十六楼。

换作平时，阿达只会当成巧合，但今天他担心这个巧合是老天爷的恶作剧。

——气球人会不会就在电梯里?

线报透露气球人今天会下手。目标在十六楼。十六楼至今仍未发生事故。距离下班只有两个钟头……

即使没有任何证据显示"气球人就在电梯里",齐备的条件却让阿达无法忽视那微乎其微的可能性。

阿达深知气球人的可怕之处。身为刑警,穷凶极恶的犯人他已见怪不怪,但气球人的恐怖在于警方至今仍查不出行凶手法,杀人于无形,仿佛对方是个通晓魔法的恶魔,有办法以极度残酷、痛苦的方式置人于死地。

简直就像从地狱来的死神。

"咕噜。"阿达不自觉地吞了一下口水。假如上天真的跟他开玩笑,这个冷血的杀人鬼正瞅着自己的背脊,他就像被蛇盯上的青蛙一样危险。阿达不知道对方是否认得他,毕竟气球人曾对他施过毒手,万一对方察觉电梯里有一个正在追捕自己的警探,为了隐藏行踪一定会杀人灭口。

阿达右手悄悄伸往外套里,紧紧握住手枪枪柄,心里却挣扎着,无法鼓起勇气回头观察那四个人。他记得四人里有三名男性,由于葛警官曾跟气球人"背面"交锋,确认对方不是女人,那他要提防的就只有三人。撇除那个穿红色连衣裙的金发女郎,剩下一个是穿灰色西装的上班族,一个是戴鸭舌帽、穿"飞马快递"制服的快递员,最后一个是背着大背囊、腰间挂着一大串光纤缆线和各式工具的网路维修技师。阿达印象中三个人的年纪也是二十至三十来岁，但毕竟刚才进电梯前只瞥了半眼，难保自己不会弄错。

那三个人之中，有一个会是气球人吗？

"自然地回头望一眼，要自然地回头……"

阿达在内心不断重复这句话。

三年前险死的经历让他心有余悸，但身为刑警的他无法逃避这份正视危险的责任。他缓缓地扭动脖子，眼角先瞄到站在他左边的金发女，然后继续向后——

"轰隆！"

阿达差点本能地拔出手枪，不过他勉强忍住，因为千钧一发间他察觉刚才的一声巨响并非来自背后那三人。声音从电梯上方发出，同时电梯震荡了一下后便突然停住，天花板上的省电灯管半数熄灭，环境霎时间变得昏暗。

"咦，怎么了？"

说话的是西装男。因为有他这句话，阿达反而能够堂堂正正转身面向身后众人。他故意微微低头让刘海盖过眼睛，降低被气球人认出的可能性。西装男、快递员和金发女都露出诧异的表情，紧张地左顾右盼，但维修技师只是皱一下眉头，盯着阿达头顶上方的电梯荧幕。

"电梯故障了？我们被困了？"快递员问道。

他的口音有点特别，仿佛就是故意装出来似的。

阿达扫视众人一遍，确认没有即时危险后，维持警觉再回头瞥了电梯荧幕一眼：讲座影片定格住了，正在说话的工程师张开嘴巴的模样像个白痴。不过阿达只在意显示着楼层的数字："13"。

十三楼。虽然情势险峻，但也算是危中有机——阿达想，这意外或许是场及时雨。若气球人真的在电梯内的话，只要拖延一下，葛警官一到场主持大局，就能来个瓮中捉鳖。

当阿达正考虑着下一步时，西装男冷不防地猛然踏前一步，趋近阿达。

"干什么！"阿达右手没有离开枪柄。

"先生，你先借过，你不按求助钮就别挡路嘛。"

被西装男一说，阿达才想起电梯的按钮面板在自己身后。他移过一步，让西装男走到面板前。

"嗨，警卫先生，我们被困了！"西装男按下按钮，对着面板上的对讲器嚷道。电梯门外隐约传来警铃声，可是警卫没有回应。

"警卫先生？嗨，有没有人啊？"相隔十几秒，西装男再按住按钮大嚷，可是面板上的喇叭保持沉默。无论他怎样叫喊，依然徒劳无功。

阿达想过用手机联络消防署，但怕节外生枝，他可不愿意马可波罗饭店的事件重演。由于线报源头十分可靠，他深信气球人今天会动手，万一警方无法阻止那杀人鬼，犹如魔法的杀人现场将再次被跑社会新闻的记者拍摄到，葛警官和警队面临的压力肯定有增无减。

幸好这些家伙没想到报警求助,否则也不知道如何压下他们的声音才好——阿达暗自庆幸。

"不好意思!"忽然间,喇叭传来建叔的声音。

"警卫先生!我们被困——"

"我们已经知道了!抱歉大厅有点混乱……"阿达霎时明白,混乱是因为自己下了要求所有进出者留下资料的命令,两个警卫正手忙脚乱地应付着。"我们已经联络电梯公司的人员,请忍耐一下,他们会在半小时之内赶到!你们之中有没有人受伤?"

阿达和所有人互望一眼,没有人作声。

"没有啦!"西装男对着面板说道。

"那有没有人身体不适,需要紧急处理?"

众人彼此再互望,同样没有人说话。

"也没有!不过麻烦你赶快让我们出去吧,这儿好狭窄,空气好闷,灯又坏了一半,很不舒服啦!"

"明白了,请忍耐一下!我们会尽快让你们脱困!"

建叔话音刚落,电梯里就陷入一片沉默。阿达背靠着电梯门,面向其余四人——金发女在他右边的角落,西装男在他左边荧幕旁,快递员和维修技师分别站在另外左右两个墙角。五人就像围着圆圈伫立着,留下电梯正中央一片小小的空间,形成微妙的领域割据。金发女双臂抱在胸前,低着头不时偷瞄身旁的阿达，就像讨厌对方靠得太近；快递员挨在墙角上，一脸无奈地抱着一个印着公司商标、跟篮球差不多大小的纸箱，偶然稍稍抬头望向天花板，仿佛在看那些坏掉的灯管；西装男和维修技师则掏出手机，自顾自地在按动，不过阿达隐约觉得后者不时望向前方，不晓得看的是阿达还是他身后的电梯门。

阿达冷冷地扫视众人。他知道自己的眼神并不友善，但他管不了那么多，毕竟他无法确定自己是不是跟那个杀手被困在同一个不到两平方米的空间里。这时他终于可以仔细观察面前的家伙们——金发女脸上的妆化得很浓，肩上挂着一个黑色名牌包，那袭红色裙子与这栋商业大厦格格不入，阿达觉得她更像在夜店上班的陪酒女郎。维修技师身材略胖，加上那个胀鼓鼓的背包和累赘的工具腰带，只让人想到"臃肿"这个形容词。快递员身上的制服有点褪色，帽子边缘更脱了线，阿达心想"飞马快递"很可能是那种员工不足五人、只有三台机车的小小快递公司。西装男则没什么特别，就是仪容整洁、平平无奇的上班族，那身灰色的西装既不名贵也不便宜，是很普通的货色。然而，就在阿达打量西装男的时候，他赫然发现一个事实。

他见过对方。

他无法记起自己在哪儿见过这长相，但他肯定有看过。

"先生，怎么了？"西装男察觉阿达紧盯着自己，语气略带防范地问道。

"没——"

"啊呀！"正当阿达思考如何找借口脱身，维修技师忽然怪叫一声，众人望向他。

"小心，这家伙有枪！"技师指着阿达嚷道。阿达这时才留意到自己稍稍转身望向西装男时，被右手握着、外套左襟下的枪柄正好朝向技师。

"别误会！"阿达无奈放开手枪，一边高举右手一边用左手拨开外套，露出警章，"我是警察！"

其余四人脸上换上讶异的表情，但阿达此刻亦异常紧张。他很清楚接下来万一说错话，就可能招来杀身之祸——他必须隐瞒目的，让气球人认为他不至于构成危险才能保命。在短短三秒之间，阿达的脑袋飞快运转，找寻那一条绝无仅有的活路。

"我是商业犯罪调查科的警探。"阿达灵光一闪，掏出名片，分别递给四人。"樱桃游戏开发的《杀戮求生》近日有大量玩家资料被盗，我就来了解一下。你们都是到十六楼吧？有人在那儿上班吗？"

四人摇头，阿达心底不由得高声喊了一声好。为了不让可能在场的气球人起疑，阿达决定运用他的部门身份来消除对方的戒心，再胡扯一起不存在的案子，彻底转移视线。然而万一面前四人里刚好有人在他选的公司上班，那他的谎言就很容易露馅，于是他在短短三秒之内分析了他该选EZ、樱桃还是金门桥——快递员和技师都不可能是员工，所以只要西装男和金发女不在他选的公司中工作就行。游戏公司的员工大概不会像西装男穿得那么整齐，也很难想象金发女与开发游戏的宅男工程师为伍，于是阿达冒险选择了樱桃游戏工作室。

结果他押对了。

"我是一六〇二室的EZ系统顾问的执行长，敝姓甘。"西装男向阿达递上名片，就像收下名片不回敬一张有违商业世界的规则似的。

阿达转向金发女，等待她的回答，可是她却皱起眉头，迟疑了数秒才开口。

"我约了一六〇三的金门桥基金谈生意。"金发女只说了一句。她的声线有点沙哑，阿达猜想这女的可能是个酒鬼，喝酒太多弄坏了嗓子。

"甘先生，你有没有留意到樱桃那边有什么不寻常的事？"阿达回望西装男，问道。既然演戏，就要演到底。

"没有，"西装男神态自若地微笑一下，"不过盗取个人资料应该都透过网路吧，小偷怎可能亲自来到办公室呢？"

"也是啦。"阿达做作地搔搔头皮，回报一个微笑。他抓住这个自然对话的机会，向其他两个目标发动攻势。"那你们呢？要到哪家公司去？你们应该不在这儿上班，但姑且问一问吧。"

快递员怔了一怔——虽然那只是很微小的表情变化，但逃不过阿达的法眼——他似乎不知如何回应。维修技师却先开口："我今天按指示到EZ更新网路系统。"

阿达转头望向西装男，对方也似乎有点错愕。"咦？是……

是今天吗？"

"对，今天，约了下午三点到四点的时段。本来说是下星期一的，但昨天接到电话，要求提早。老实说这预约是硬挤进来的呐，主任都不管我们这些跑前线的死活……"

"哦……可能是我秘书要求的吧。"西装男没理会技师的碎碎念，只歪一下头，耸一下肩。

阿达感到当中有点异样，可是他更在意剩下的那家伙，于是无视西装男和技师，向快递员问道："你要送件到哪家公司？"

"嗯……"快递员从口袋掏出类似手机的仪器，按了几下，说："是……黑……黑白科技有限公司。"

阿达闻言愣了一愣，回头望向西装男。"十六楼有这家公司吗？"

"黑白在六楼。"插话的是技师，"六〇三室。"

"咦……咦？不是十六楼吗？"快递员一脸惊讶，将脸贴近手上显示客户地址的仪器，"哎，我不小心弄错了……"

这场小小的骚动过后，电梯内再度恢复沉静。众人彼此有了初步的认识，气氛理应较和缓，可是阿达反倒觉得有股紧张感隐隐弥漫在空气当中。西装男和技师继续各自玩手机，金发女和快递员依然故我，待在自己身处的角落默然地静候救援。

而阿达几乎肯定这些家伙之中有人有所隐瞒。

他说不出理由，但在举止谈吐之上，他觉得刚才的对话有某些不自然的元素混了进去。每一个人似乎都散发出某种不可靠的气息，纵使阿达理智上知道自己未免过于疑神疑鬼，但他总觉得气球人会为了杀人而使用伪冒身份。排除金发女郎，勉强说的话，就只有西装男身上的疑点比较少。其余两人之间，阿达锁定了他觉得最不对劲的家伙。

快递员。

虽然说任何人都会忙中有错，但快递员身上那件明显洗了很多次、有点褪色的制服，说明它的主人不该是会犯看错楼层这种低级错误的新丁。那顶鸭舌帽压得很低，像是故意要人不容易看清楚他的样子。他偶然瞄向电梯天花板，可能是漫无目的地打发时间，也可能是在观察监视镜头的位置。

最重要的是，阿达嗅得出他泄露出来的那一丝慌张。

也许是感觉到阿达不友善的目光落在自己身上，快递员无意识地将包裹从右手换到左手，打算换个姿势站立，却一个不小心，啪的一声把纸箱掉到地上。

纸箱像骰子般在地上滚动了两下才静止。

"那是空的？"阿达在吐出这句的同时拔出手枪，紧张地以双手紧握，指向对方，"别动！你到底是谁？"

众人看到阿达拔枪无不吃惊，西装男和金发女更僵住不敢乱动，仿佛刚才的警告是冲着自己说的。快递员一脸惊呆，不知道该拾回纸箱还是高举双手投降。

"我……我就是飞……飞马快递的……"

"你快递一个空纸箱吗？还撒什么谎？"

"不……不，不是送件……是……是收……收……"

"收什么收！"

"刑警先生，他应该是想说'收件'吧。"技师突然插话道，"客人要寄件但没有纸箱，都会让快递员带箱子给他们嘛。"

快递员用力点头。看到对方一副快要哭出来的样子，阿达内心再次动摇。气球人该不会这么窝囊吧？但假如这些全是演技呢？我会不会反过来露出马脚了？阿达心里七上八下，不知道如何解释拔枪这行为。

"警察先生，查个个人资料失窃，犯不着拔枪吧。"西装男一脸疑惑地说。

事到如今无法隐瞒了。

"好吧，我就告诉你们。"阿达没放下手枪，环顾一下众人，"我收到线报，有一名危险人物今天潜进了科创中心。"

一开始众人听到阿达这句话都愣住，但不久便亮出笑容——除了仍被手枪指着的快递员。

"先生，这样子也不用拔枪嘛，"西装男笑道，"商业犯罪又不会出人命——"

"会。"阿达斩钉截铁地说。

西装男狐疑地瞧着阿达，一脸不解。

"那危险人物要杀害某个在十六楼工作的人。"阿达将枪管微微向下，但仍警戒着，"我估计，目标会是那三家公司的老板之一。"

"也就是说，我的处境很危险吗？"西装男态度依旧轻松，大概觉得阿达只是夸大其词。

"甘先生，假如你真的是EZ的老板的话，对，你有危险。"

"真可笑，你的意思是我可能不是EZ的老板？"

"对，我不知道。我不知道你会不会是冒牌货。"

"拜托！你打开手机上我们公司的网页就会看到我的样子，怎么可能冒充啊。"西装男稍稍皱眉，一副啼笑皆非的样子。

一语惊醒梦中人，阿达单手掏出手机，打开搜寻网页，很快找到EZ系统顾问公司的网页。虽然网站十分简陋，但在吹嘘着"超一流伺服器部署""极完善网路工程""无敌IT风险评估"等浮夸说辞的业务介绍页面中，确实有西装男的大头照。

"很好，那你的嫌疑便——"

"砰！"

阿达的话没能说完，突如其来的一记猛响使电梯剧烈摇晃，接着在半秒间急速下坠。

"哇！"

电梯内一下子乱成一团，阿达一屁股跌坐地上，金发女惶恐地紧靠着墙边，西装男也一个踉跄快要跌倒，但快递员伸手扶住了他。只有维修技师稳住阵脚，身形庞大，重心也较稳定。

在那么一瞬间，阿达以为自己要死了。十三楼的高度，足够让人粉身碎骨，可是电梯急坠了四层后便刹停，荧幕显示着

"9"这个数字。

"你们还好吧？"阿达喊道。

维修技师点点头，其余三人则惊魂未定，没能做出反应。

阿达站起来按下求助按钮，高声喊道："救命！"

"你们有没有受伤？"这次不用两秒，建叔的声音便从喇叭传出，"系统发出警告，显示电梯急促下坠……"

"不用你说！"虽然建叔没有恶意，但阿达对那种置身事外的语气颇为不爽，"电梯突然掉了四层，在九楼停下，到底发生什么事？"

"我不知道……啊，等等——喂！你们要先写好资料才可以离开，别跑！"建叔的声音有点远，阿达猜想大厅的情况比之前更混乱。

"电梯公司的人来了没有？"西装男忧心忡忡地插嘴问道。

"还没到，可能塞车吧……"声音换成那个叫阿兴的年轻警卫。

"再掉九层我们都要死啦！"阿达骂道。

"我们想想办法……"

警卫们传来的最后一句话，始终无法令人安心。虽然直觉上电梯像一个稳固的房间，但阿达眼下才发现乘坐电梯根本和将自己的性命悬在一根不知道有多粗、何时会出意外断掉的钢缆之下没两样。

屋漏偏逢连夜雨，阿达面前的众人仍一脸惊惧，来回瞧着电梯荧幕和阿达手上的手枪；而阿达也担忧着，不知道会被气球人先杀死，还是跟对方一起被莫名其妙的电梯意外干掉而同归于尽——

同归于尽？

"咦？"阿达不自觉地让心底的惊诧吐了出来，这低声的惊呼也勾起其他人的注意，可是面对一连串的奇诡意外，他们都没有作声。

我们被困，或许根本不是意外——阿达此时才想到这个可能。根据过去的经验，气球人下杀手的案子中都会发生不少意外，而过后警方会发现，那些意外都是犯人故意制造出来的，从来不是巧合。

阿达赫然联想到一个吓人的画面。他忆起不久前电梯在十三楼停下来的一瞬，最先听到的是从上方传来的一记轰鸣。

他倒抽一口气，缓缓抬起头，将手枪举向天花板。

"警察先生？"西装男看到阿达的举动，不由得依循他的视线向上看。电梯的天花板平平无奇，坏掉的灯管偶然闪动，但角落间那扇约半米乘半米、可以掀开的隐蔽式活门的后面，仿佛藏着某种无以名状的恐怖之物，一直在等待猎物走进这金属牢笼，献上自己的生命。

弄错了。懂得瓮中捉鳖这招的，可能不止警方。

阿达一直认为，气球人会用毒药之类，让受害者以怪异的死法死去，可是他现在想到这是一个盲点。气球人是杀手，药剂只是一种手段，魔术般的手法也只是一种演出，警方可不能排除对方使用一般的、更直接的方法杀人——让目标在电梯意外中跌死，不正是一种好方法吗？

"那家伙可能在上面。"阿达压下声线说道。其余四人闻言都惊愕地瞧向上方，本来仍然站着的维修技师也立即蹲下，就像害怕有怪物会从上突袭而来。

阿达示意众人让开，让他踏上电梯墙壁上的金属扶手。阿达用力踩了一下，确保扶手能承受他的体重，再踏上另一只脚。他以左手轻轻撑着天花板上的活门，右手举着枪，瞄了身后众人一眼，准备用力往上一推——

"砰砰砰砰！""阿达！"

一个熟悉的声音打断了阿达的动作。声音来自电梯门外，伴随着一连串的拍打声。阿达没想到声音的主人会出现，因为对方不是气球人，而是调查小组的成员。

"大石？是你？"阿达从扶手跃下，赶紧走到门前，确认自己没有听错。

"阿达！你们还好吗？"的确是大石。声音来自接近门顶的位置。

"你找到组长了吗？"

"我已经联络到他了，他正赶来，但叫我先过来支援你！楼下的警卫说你被困在电梯，我就一口气跑上来喽。"大石毫无紧张感地嚷着。大石天生嗓门大，即使隔着电梯门，声音仍非常洪亮。

"你带了多少手足过来?"

"没有啊,就我自己一个!"

阿达闻言差点没吐血,大石四肢发达,只懂得依命令而行,不晓得变通。

"嗨!警卫先生,你怎么跑得这么慢啊!"阿达听到大石在门后朝另一方向嚷道。不一会儿,门后传来另一个人声。

"吁……吁……长……长官,是您……您跑得太快吧……"说话的是年轻警卫阿兴。

"阿达,警卫带来了铁撬和电梯钥匙,我们现在就开门救你们出来!"

咔咔——门外传来不知道是插进金属钥匙还是铁撬的声音。

阿达早知道警卫有方法弄他们出来,但任何保全管理公司在同样的情况下都一样不会动手,因为电梯由电梯公司负责,假如警卫没有充分理由——例如被困者需要急救——擅自撬开故障的电梯门,若有什么损毁便由保全公司承担。假如过程中出了任何伤亡意外,保险公司亦大可以推说超出了承保范围,拒绝赔偿。大石的出现,打破了这个责任问题的困局,建叔可以卸责到警方身上。

但在这一刻阿达并没有细想这些细节。大石和阿兴的声音来自门外上方,也就是说电梯目前并非准确地停在九楼,而是比九楼略低一点的位置。

换言之，只要大石和阿兴撬开九楼的电梯门，便会面对电梯轿厢的上方。

气球人可能正潜伏着的地方。

"大石！住手！"

"嘎！"

阿达没来得及喝止对方，电梯门便霍然打开，亮出半面电梯槽的内壁，以及墙壁上方"洞口"中的大石和阿兴的下半身。

"咦……阿达你怎么拔枪了？"大石抓着铁撬，蹲下歪着头向着电梯里的阿达问道。

"上面！电梯顶！"阿达焦急地回望天花板的活门，举枪向上戒备。

"上面？"大石站直身子，两秒后再蹲下，说："电梯顶上有什么？"

"上面没有人吗？"阿达愣住。

"没有喔。"大石掏出手电筒，往电梯槽照射过去，探头探脑地朝上瞧了老半天，也没看到任何异样。

阿达一时间无法反应过来，但刑警的本能让他迅速恢复应有的警觉性。既然气球人不在电梯顶，代表那家伙很可能就是快递员或维修技师其中一人——

然而他回望两人时，又不禁犹豫起来。面对大石打开的那个缺口，两个人流露出一副得救的神情，阿达直觉上认为他们真的担心过会在电梯里一命呜呼。到底自己的推理是不是出错了？被困电梯真的是意外吗？所以伪冒成访客的气球人也是这场意外的受害者吗？抑或是气球人根本还没抵达，自己只是因为一连串巧合而自寻烦恼？

陷入混乱的阿达无法理出头绪。他恨不得葛警官这时在场，他知道在推理能力上自己远不如经验丰富、察人于微的组长，唯有葛幸一才能透过重重疑云看穿真相。

由于电梯停在比九楼楼地板低的位置，众人只能靠大石和阿兴蹲下身子、一左一右伸手逐个搀扶协助离开。阿达担心过电梯会在某人被拉出时突然下降，电梯口就会变成铡刀一样将人拦腰斩断，但他显然过虑了。就算没有那个年轻警卫帮助，孔武有力的大石也能轻松将众人救出来，每人经过那个八十厘米左右高低差的出口根本不用半秒钟。维修技师本来想率先离开，但西装男伸手阻止，说该让女士先行，还装绅士地扶了金发女一把。阿达故意留到最后，因为他怕事情生变，但直到所有人回到九楼的地板上都没有任何异样，就像一场普通的电梯被困意外和寻常的获救经过。

"大家有受伤吗？"大石环顾众人一遍，问道。阿达望向走廊两边，发现有些上班族站在办公室门前看热闹，议论纷纷，似乎刚才的小骚动引起了他们的兴趣，而阿兴则取出印着"危险勿近"的黄黑双色胶带封条，横向贴在打开的电梯门上，防止这些好奇心比猫还要重的无聊家伙之后误坠。

"没有，"西装男抢白道，"不过这位先生胡乱拔枪，情绪不太稳定，他是你的同僚吧？麻烦你留意一下，我要先回办公室处理要事……"

"不行！"阿达闻言喝止。虽然他已收起手枪，但仍有随时拔枪的觉悟，"甘先生，我刚才的警告不是说笑，你可能有生命危险，请你别轻举妄动。"

"我回公司也是轻举妄动吗？"西装男有点不悦。

"是。"阿达斩钉截铁地答，"还有你们，我要确认你们的身份才容许你们离去。"

阿达指了指快递员和维修技师。

"这……这是非法禁锢！"快递员抗议道。维修技师倒默不作声，只是冷冷地盯住阿达。

"警察先生，那我可以离开吧？"金发女面无表情地说，"那家基金公司的经理正在等我，有什么闪失的话，我代表的集团会向警方追讨损失。"

阿达没想到金发女也懂得摆出这副咄咄逼人的态度，不过考虑到气球人的性别，让她离开也没差。她在墙上荧幕按下数字"16"，不到数秒，另一部电梯便应召而来，她离开前还以睥睨的眼神瞅了众人一眼。

"长……长官，我也要回到一楼，大厅有很多人不愿意留下资料便跑掉，访客又各种为难，我的前辈一个人应付不了……"阿兴说道。

"嗯，那你……"阿达本来想允许对方离开，可是他觉得阿兴的说法有点奇怪,"等等,为什么那些人会为难你们?不过是留下个人资料而已?"

"我也不清楚,但他们就是不愿意,大概是重视隐私吧?"

"嗯……你还是先等一等,待我确认这两人没有问题后,你再回去。我的同事会替你们处理那些不合作的家伙。"阿达指了指大石。阿达没明说的,是他害怕发现快递员或技师其中一人是气球人后,自己或大石会遭到暗算,到时只能眼巴巴看着对方再次逃跑。虽然阿兴看起来手无缚鸡之力,但他好歹是名保全人员,危急之际多少能派上用场。

"警察先生,你还是先说清楚,"西装男插嘴说,"你到底凭什么说有人想要我的命?"

"警方收到可靠的线报,知道某个杀手今天会到科创中心作案。"阿达冷眼扫视快递员和维修技师,"目前已有好几家公司的老板或行政人员遇害,所以甘先生你很可能也是目标。这家伙神出鬼没,杀人如麻,能够使用奇异的手段杀人于无形……"

"你怎么说得像是都市传说一样啊?就像那个啥鬼气球人传说……"西装男笑道。

"正是,可是那不是传说,是事实。"

西装男和快递员听了都露出不可置信的表情,只有维修技师嗤笑一声,说:"刑警先生,你脑袋秀逗了吗?气球人?那不过是骗小孩的鬼故事!而且商业罪案什么时候跟都市传说中的杀人魔扯上关系了?你要撒谎也该撒个高明一点的嘛!"

"信不信由你，我只知道这是逮捕那家伙的机会。"

"这位警察先生，"西装男无视阿达，转向大石，"你的同僚是不是真的有病啊？这是什么妄想症吗？我看你还是先收下他的手枪，万一他待会儿失常，我们都小命不保……"

"呃，这个……"大石一时语塞，他不知道该不该向平民透露气球人小组的消息，尤其他是个局外人。即使他头脑不灵光，也晓得有些情报不能公开，只好少说少错。

"长……长官，你刚才说收到线报，内容是什么？"在西装男和维修技师为阿达和大石添乱的当下，阿兴按捺不住好奇心，悄声问道。

"就是说那个杀手今天会到科创中心十六楼——"

阿达没有把话说完，脑海中猛然闪过的一个念头使他愣住。恍神一秒后，他回头望向电梯。

——"气球人的下个目标在科创中心十六楼，今天便会下手。"

线报是"目标在十六楼"，并不是"目标在十六楼工作"。

阿达赫然想起秦宝城曾下令杀死不少大企业的要员，而刚才金发女郎似乎正是前往跟基金会洽谈合作的公司高层——

"不好！"阿达按捺着激动的心情，往荧幕上按下数字"16"，再紧张地张望。

"阿达，怎么了？"

"那女人有危险！她可能才是目标！"阿达盯着显示电梯位

置的荧幕，可是一台停在一楼完全不动，另一台正缓缓地从七楼下降至六楼。他知道自己不跑楼梯便可能来不及了。

"大石！"阿达冲进梯间前，指了指西装男他们三人，对大石喝道："你给我好好看管他们三个！有什么不对劲别迟疑，先开枪再说！"

西装男他们固然大声抗议，但阿达没有听到，众人叫嚷时他已一口气爬上一层楼梯。七层楼梯说长不长、说短不短，阿达速度再快，也得花上超过一分钟。他喘着气，拔出手枪，推开十六楼楼梯间的门。十六楼走廊没有人，他看到墙上指示着一六〇三室金门桥基金会的方向箭头后，在转角确认没有人埋伏、基金会办公室没有异样便疾步冲过去。

"您好，请问有什么——啊呀！"在"金门桥创投基金会"的牌匾下，接待处的女子本来笑脸迎人地对阿达打招呼，但当她看到阿达手上的手枪立时花容失色，惊惶得想蹲下来躲在柜台后。

"我……我是警察！"阿达举起警章，女生才定过神来站直身子。"那个金发女人还在吗？"

"金发女人？"

"刚才不是有一个金发女人到访，要跟你们谈生意吗？"

"我们今天没有访客啊？"女生一脸不解。

"没有？可是……"

"警察先生，你说金发吗？"一名本来在办公室里工作，因为听到接待小姐惊呼而走出来看看的男生说道,"我刚才上洗手间,回办公室时在走廊看到一个穿红色连衣裙的金发女子搭电梯上来,可是她离开电梯后只在数字盘上按了一下,便乘同一部电梯回去了。你是指她吗?"

"咦?"

阿达脑海一片空白,然而上天没有赋予他思考的余暇。

"叮咚叮咚叮——"

阿达的手机响起,他茫然地从口袋掏出,惊觉来电者是大石。

"喂?"

"阿达!你快回来!麻烦大了,人要死啦!"

手机里传出大石焦灼的声音,阿达更听得出他的语气带着一丝骇然。在大石的声音以外,背景还有一串有如呻吟的奇诡嘈杂声,阿达无法想象九楼到底发生了什么事。

比起向上跑七层楼梯,往下奔跑快得多,阿达差点滚着回到九楼。当他推开楼梯间的门,他便知道刚才电话中那些背景声是什么。

纵使那是常人无法想象的情景。

西装男躺在地上,脸色发紫,双手抓着衣领,身体微微颤动着。虽然他仍然活着,但阿达看得出他距离死亡不过一步之遥,也知道他已经没救了。西装男的脖子像牛蛙般胀起,鼓起来的部分使他的头颅看起来比平时大了一倍,嘴巴还被塞了一大团不知名的粉红色物体,将他的下颚撑至几乎脱臼。阿达定睛看了两秒,才惊觉那团大小如葡萄柚的粉红色物体并非异物,而是西装男的舌头——他的舌头严重发胀,压住他的气管,甚至让他的下巴几近脱臼。

"大石——"

阿达转头望向另一方,只见大石跪坐地上,抱着同样被自己肿胀的舌头塞喉的快递员,正尝试用方法让他呼吸,可是徒劳无功。警卫阿兴跌坐在一旁,一脸惊惧地瞧着这诡异的光景,而在大石身旁还有业已断气的维修技师,死状跟另外两人一模一样。

"大石!发生什么事?"

"我不知道!"大石只瞟了阿达一眼,一边继续用手指努力扒开快递员的嘴巴,一边慌张地说,"穿西装的那个人突然怪叫,之后他的舌头就肿起来,整个人倒在地上挣扎!阿达你叫我提防他们,我本来以为有什么阴谋,可是剩下两个人接着都出现相同症状!我见他们喘不过气,便想方法替他们急救,可是不行了……"

一刹那,阿达以为自己的舌头也要肿胀起来,死神重临索命,可是他没感到身体有任何异样。确认自己没有遭到毒手的那一刻,他立即察觉自己犯了一个先入为主的观念错误,从而下了一个错误的决定——

他不该因为"性别"而排除"金发女"的嫌疑。

"大石,叫救护车!"阿达只丢下一句,没理会大石便回头往楼梯间向下跑。

阿达甫冲回大厅,建叔便立刻抓住他,向围在身旁、面露不悦的两个男人说:"就是这位长官说要留下资料的!冤有头债有主,你们要追究便找他,别问我!"

"警察先生!你知不知道要求访客留下资料严重影响我们的业务?"一个穿T恤牛仔裤的高个子挺着胸膛向阿达质问,"匿名性是网路时代的特质,假如不能保护客户的隐私,我们的损失——"

阿达没让那男人说下去,将他一把推开,直瞪着对方双眼,厉声吐出一个字:"滚。"

那两个男人大概没料到阿达反过来耍狠,其中一人还想反唇相讥,但另一人赶紧拉住同伴。他察觉到阿达深藏的怒火。

"刚才是不是有一个金发的女人离开?"阿达紧捏住建叔手臂,疾言厉色地问道。

"女人?金发?"

"穿红色裙子的,走了不到三分钟!"

"啊……那个啊?我拦不住她啦,这两位先生老缠住我,她没留下资料不是我的错……"

"我不是跟你说这个!"阿达几近咆哮地大嚷,"我是问她往哪儿走了!"

"她啊……对,她在门外坐上一辆计程车,往市中心的方向离开了。"

阿达没回头便往门外直奔，打算冲回自己的车子时，却看到三辆黑色轿车疾速驶至——带头的那辆正是葛警官的座驾。他连忙挥手截停，直接跳上后座，只见葛幸一讶异地瞧着自己。

"阿达？你——"

"市中心方向！计程车，三分钟前开走的！"阿达对负责开车的同僚嚷道。开车的刑警跟阿达共事多年，顿时了解阿达的意思，直接踩下油门让车子往前疾冲。

"阿达，气球人在前面？"葛警官沉住气问道，而阿达点点头。"肯定没错？"

阿达简洁地将九楼三名受害者的状况向组长说明，再补充了刚才被困电梯的经过。

"但……女人？"葛警官狐疑地问。

"我大意了，"阿达悻悻然道，"那可以是男扮女装啊！"

阿达想起金发女沙哑的声线，不由得感到悔恨，自己竟然被露出大腿的连衣裙和艳丽的浓妆骗倒。他自责应该小心一点，禁止那"女人"离开，如此一来，尽管西装男他们可能仍逃不过被杀的宿命，他和大石也有机会跟犯人正面角力。就算最后让气球人逃走，只要他们其中之一幸存，记得那家伙的长相特征，也会是警方寻觅多时的突破口。

车子驶进市中心便遇上塞车，阿达打开车窗，探头环顾四周的计程车，尝试留意当中有没有红衣金发女郎。当他望向前方街角，便发现塞车的源头——该处发生事故，一辆计程车停在路上阻挡了一条车道，车门打开，旁边有不少人在围观，拿出手机在拍照。

随着葛警官的车子驶近，阿达看到计程车车厢里那头金发和红色的身影。他赶紧叫同僚刹车，车子还没停定他已抢先跃出，举起警章拔出手枪往计程车冲过去。

"让开，让开！"他驱赶人群令他们让出一条路，然而当他走近时，却看到意料之外的情景。

金发女半倒在计程车后座的座椅上，鬓发凌乱，右手紧捏胸前，两眼反白，嘴巴被自己发胀的舌头堵住，窒息而亡。

"警察吗？你是警察吗？"一个中年男子看到阿达的警章和手枪，脸色苍白地走近，说，"我不知道她为什么变成这个样子，与我无关！她上车时还没有异样，怎知道突然喊了一声，我从后视镜便看到她变成这副德行。我之后已经立即停车，但她……"

"你是司机？"阿达抓住对方的衣领，问道："你是不是几分钟前在科创中心接她的？"

"对啊，那时候她还好端端的嘛……"

"她一个人上车？有没有同伴？"

"没有，就只有她一个人……她说要到北区第六街，我便开车喽……我真的不知道发生了什么事……"

这家伙不是气球人——事情的发展一再推翻阿达的猜想，他无法理解哪里出了错。为什么这些人全死了？这毫无疑问是气球人的手法吧？可是对方是如何下手的？对方利用电梯那个密闭空间下毒？某种神经毒气？可是同样被困在电梯里，为什么自己没有中毒？还是说，他们被困前已中了暗算，气球人早在自己未到场时已完成任务了？

阿达想到这儿时，脑海赫然浮现他走进电梯前，那道曾令他十分在意的神秘身影——

那个戴墨镜的长发男人。

十五分钟后，救护员分别赶赴两个现场，可是四人已回天乏术。法医后来检验，无法找出死者舌头胀大的原因，葛警官遂判定元凶是气球人。气球人调查小组根据阿达的证词，大规模搜索那个长发男的身份和去向，可是处处碰壁，调查毫无进展——科创中心大厅的监视器拍到嫌犯在阿达进入电梯后不到一分钟便离开大楼，他在保全柜台留下的资料全是伪造，而且大楼没有租户认识这名男子。

更大的问题是阿达发现他被困电梯期间，愿意在保全柜台留下个人资料的人当中，有一半以上填的都是假资料。

葛警官发现科创中心近月有大量身份不明人员进出，原因是大楼三楼有公司装设了加密货币兑换提款机，不想在金融机构留下兑换加密货币记录的人，都来进行不记名的现钞交易，葛警官估计当中有不少是从事黑市买卖或洗黑钱的地下业者，这增加了调查难度。阿达追赶金发女时在大厅遇上的那两个男人，便是这家兑换公司的经营者，他们当然对阿达要求访客留下个人资料大感不满，毕竟使用服务的，大都是不愿意身份曝光的家伙。

追捕凶手一事上，警方束手无策，可是在调查死者身份上，却意外厘清不少案情。直至案发翌日，阿达仍认为气球人受雇于秦宝城，奉命杀死西装男，为了制造混乱故意杀害其余三人——纵使他无法解释金发女、快递员和维修技师的种种怪异行为表现——警方拿到四名死者的个人档案后，阿达才发现令他哑然的真相。

线报"气球人的下个目标在科创中心十六楼"确切无误，错误的是阿达的理解方式。

目标不是"人"，而是"公司"。

表面上EZ系统顾问是替企业提供IT支援的小公司，实际上那只是用来掩饰身份的门面——EZ是一支商业黑客团队，专门盗窃企业情报、窜改数据库资料、挖掘高层干部秘密。简而言之，就是商业间谍。

而四名死者就是EZ的全部成员。

西装男是主脑，快递员和维修技师是前线技术支援——就是潜入目标办公室里安装间谍仪器或偷看密码的人员，金发女则主攻美人计——直接在夜店或酒吧钓那些色迷迷的董事长，打探消息。金发女并非男扮女装，她的声线沙哑的确是喝酒太多害的。阿达觉得西装男面熟，是因为他曾在过去的商业案件中见过对方的照片。西装男虽然年轻，在相关业界却已是老手。

阿达了解这些事实后，终于推敲出被困时感到不对劲的缘由。他估计那四个人刚完成某项委托，所以快递员和技师仍穿着伪装的服饰，而碍于这副装扮，他们四人只好假装互不相识，毕竟他们干的是非法勾当，让陌生人——阿达——留意到只会搞砸自己的生意。当阿达向他们表露身份时，他们更加提高警觉，做出防避——阿达的名片上，正好印着"商业犯罪调查科"。面对"天敌"，四人自然不得不小心，不惜撒谎混淆视听。他们以为阿达的追捕目标是自己。

阿达讹称调查樱桃游戏个人资料失窃，四人已有所警惕，怀疑阿达所言不实，各怀鬼胎找借口脱身。西装男没必要隐瞒身份所以直言，金发女为了避嫌，于是祭出金门桥的名字。快递员资历浅，遇上这种紧急状况不懂应对，在维修技师抢先说出到EZ修理网路后，不知道选哪个答案才是正解，情急下只好丢出他记得的一家位于六楼的公司名。阿达甚至快递员都不知道的是，在电梯里西装男和维修技师一直以手机传信息，商量如何化解眼前的危机——警方在调查死者遗物时，在手机里找到这些对话记录。阿达知悉众人身份后不禁责骂自己愚笨，回忆起被困时维修技师与西装男的对答明明有着矛盾，自己却大意没发现——既然EZ系统顾问本身也提供"极完善网路工程"服务，那何须多此一举另聘维修技师上门更新网路系统？

然而电梯发生意外的原因，阿达和葛警官仍茫无头绪。

物理上的原因警方是查得出来的——科创中心的电梯系统被黑客恶意修改，通过网路加入了使电梯故障的指令，甚至可以让它失控下坠。不过，电梯本身有安全装置，防止灾难发生，即便电梯急促下降，电梯轨道的刹车机关也会自动生效，而这正是阿达他们从十三楼急坠至九楼后电梯刹停的原因。然而犯人的动机则无法得知，这做法充其量只会为电梯乘客带来短暂的不便，不会夺去被困者的性命。正因为这缘故，比起认为始作俑者是气球人，阿达觉得这更可能是科创中心某些租户搞的鬼——科创中心聚集了大量科技专才，其中不乏黑客和以入侵系统为乐的系统专家，也有像研发"深假语音"这类落在灰色地带技术的科研公司。或许有人像西装男他们一样，通过大厅的监视器发现商业犯罪调查科的刑警赶至，以为要对付自己，慌忙执行电梯故障的指令，困住阿达，好争取时间消灭罪证。

至于EZ全体成员为何被秦宝城买凶，葛警官和阿达猜测他们曾对凯撒集团出手，跟秦宝城结下仇怨，招来报复，可是无法找到任何证据。这一场警方与气球人的对决，以后者获得完全胜利告终，调查小组得到的新线索只有监视器影片中戴着太阳眼镜、面目模糊的十数秒片段，以及访客记录簿上一手故意隐瞒特征、写得歪七扭八的潦草笔迹。

最教阿达感到气馁的，是这回不单让气球人逃之夭夭，还无法阻止秦宝城继续作恶。他不知道直到秦宝城病发丧命之前，还有多少人会遇害。

"办妥了吗？"坐在驾驶席的中介人问。

"嗯。这次的委托者安排周到，一切都预约好了，自然没问题。"气球人关上副驾驶座的门，摘下假发，解开领带。

中介人开车，离开凯撒集团大楼的地下停车场。

"你这次没有像上星期科创中心那样子弄得那么大阵仗吧？"中介人驶上公路时笑道。

"拜托，那又不是故意的，都说是逼不得已的嘛。"

气球人再次想起那桩麻烦的委托和出乎意料的危险。

——"这项委托有特别的要求，需要'同时'铲除目标四人，不能让他们当中有人落单，发现自己有生命危险，留下信息。"

警方查不出来的是，EZ并没有对付过凯撒、跟秦宝城结下梁子，相反地，EZ过去半年受聘于秦宝城，盗取了不少敌对企业的情报，又暗中以电脑病毒和勒索软体破坏了好几个竞争对手的资讯系统。秦宝城之所以要干掉姓甘的一伙，全因为四个字——兔死狗烹。利用完了，知情太多，自然要杀人灭口，杜绝后患。

气球人原来的计划是让四人当晚各自回家后因心脏病发或脑动脉破裂等"意外"而死，这样子便神不知鬼不觉，然而他没料到下手当天有警察杀到。

那家伙还是曾经见过他但没死的刑警。

三年前在马可波罗饭店事件中，他不杀阿达是出于计谋的一部分，但也令对方成为少数曾被自己输入指令却没嗝屁的家伙之一。气球人很担心对方会认得自己，毕竟他的最大优势就是"藏叶于林"，以不起眼的外表接近猎物，万一样子被警方知道，那往后麻烦就极大。

更糟糕的是，那个警察是冲着自己而来，知道他当天要下手。

由于委托人要求"灭口"，加上行动已被警方知悉，所以气球人只能使用"被舌头哽噎而死"这种奇诡的手法去杀人——一来不但要杀死目标，更要防止他们在弥留之际吐出委托人的名字，泄露情报；二来，既然警察已知道目标被买凶，让他们死于"自然"反而暴露了自己的杀人手法特质。警方可不知道气球人能令人出现"脑瘤爆破"的假象，一旦知晓，便能够将更多旧案子归纳起来，获得额外的线索。

"'同时灭口'有够麻烦的，"气球人扭开一瓶矿泉水，喝了一口，"假如下次再有同类的委托，还是帮我推掉吧。"

"但我看你做得不错喔。"

"可是实在划不来嘛！"气球人搔搔头皮，不满地说，"虽然委托人特意安排让目标四人同时回到大楼，给我制造下手机会，你又提供了技术支援让我用遥控器使电梯失灵，但要我待机等候一整个月，老天，你知道我多辛苦？这阵子我还要替委托人干掉其他目标，日夜出勤，我快累死了……"

"嘟嘟嘟嘟——"

一串手机铃声打断了两人的对话。气球人捡起放在身旁的一部手机，瞄了一眼，叹了口气再说："看，还有这种缠人的善后工作，你说是不是划不来？"

气球人按下接听按钮，换上另一种语调。

"嗯，老板！是，是……不啦，谢谢赞赏，但我不再做了，反正没过试用期对不对？不用一个月前提出辞职信吧？嗯……建叔他太夸奖我啦，可是老板您不用再挽留，我真的另有打算。对了，我要出国一阵子，这手机号之后会没人接啦……好好，后会有期！再见！"

气球人挂掉电话，想起当天在大厅听到阿达说出"人命"二字，不由得项脊一凉，差点以为对方来逮捕自己。眼看阿达早不到、晚不到，偏偏碰巧跟目标共乘一部电梯更是超级大意外，他差点想打退堂鼓，可是四人同时现身的机会绝无仅有，只好硬着头皮执行原定计划，还得求神拜佛那些家伙不会笨得被阿达抓辫子，察觉他们跟凯撒的雇佣关系。为了确认警方知道多少，他甚至在搀扶一众目标离开电梯、同时输入"五分钟后舌头充气二十倍"的指令后，冒险向阿达探问"线报内容是什么"。那时万一让阿达想起三年前见过自己、跟自己握过手，那就万事休矣。

真是划不来的工作。

"唉，也许警方已经盯上我了。"气球人叹道。

"安啦，我收到的情报是，他们仍在追查那个想到三楼换钱的男人，以为他是你。"

"说不定你收的是假情报喔。"

"总之放心吧，反正秦宝城不会再下令，按照警方惯例，事件会不了了之。你确定你刚才的工作办妥了,就没有问题啦。"

气球人点点头,望向车窗外的蓝天白云,思绪徐徐远去。秦宝城明天便不会再下令杀人了,因为他将会失去杀人的理由——十二个钟头后,秦宝城的接班人儿子便会因心肌梗死"意外病逝"。

今天灭口的是干脏活儿的低层小人物,难保明天杀的不是出谋献策担当左右手的自己——所有位高权重的大人物,身边总有密谋后路但求自保的心腹啊。

/ 5. 谋情害命 /

我在这个车厢后座里,已经等待了差不多一个钟头。

为了不让人察觉,我弓着背,蜷缩着身子,整个人几乎躺在座位上。

夏天的车厢非常闷热。即使车子停在室内停车场,没有被太阳直接照射,那股热力仍教我汗流浃背。我想车厢里的气温有四十摄氏度以上——虽然我也明白,这热度很大的原因是来自我的身体。人类的正常体温有三十七摄氏度,密封的车厢就像一个保温瓶,而我就是当中的发热体。

我很想打开空调,可是我知道这是不可能的事。开空调要启动引擎,引擎一开,他人便会注意到我了。

妈的,电影中的杀手这些时候不都是很帅的吗?为什么在现实里实行起来却如此狼狈?再这样下去,恐怕我要在这辆陌生的车子里晕过去了。

话说回来,这车子真是豪华,不愧是德国名车。座椅宽敞、软硬适中,而且座位外面包的是真皮,触感舒适,跟我车子的"仿真皮"座椅在感觉上有天壤之别。车厢的空间很大——如果换成我家那台小巧的日本车,恐怕我在半小时前就已经闷死了。

"踢嗒——"我竖起耳朵,车外传来脚步声。声音清脆,步幅不大,脚步声的主人应该是穿高跟鞋的女人,很可能是我的目标。

我沉住气,把身子缩得更低。脚步声愈来愈近,最后停在驾驶席外。

"哔——"那个人按了防盗遥控器的按钮,车子就像回答主人似的,发出愉快的声音。

我的心里也同时发出愉快的声音。

车门咔的一声打开,那个女人坐进驾驶座。一如所料,她只有一个人。她戴着做作的红框太阳眼镜,浓妆艳抹,头戴一顶白色的宽缘帽子,身穿白色的洋装,脖子挂着一串明亮圆润的珍珠项链。如果我没猜错,光那顶帽子的价值已足够支付我一个月的生活费,那串珠链足够我买两辆车子。

女人没察觉我这个躲在后座的不速之客。我稍稍坐直身体,盯着后视镜中她那姣好的脸孔。

她关上车门,插进钥匙启动引擎。这个蠢女人至今仍未看到我。我再把身子坐直一点,挺起胸膛,双手交叠放在大腿上。

她系上安全带,再调整一下后视镜……

"哇!"

她终于看到我了。

"你……你是谁!"她吓得整个人向前倾,一手握着车门门把,却忘掉自己扣上了安全带,即使打开门也逃不了。

"别紧张,郭夫人。"我笑着说:"你忘了吗?是你约我的啊。"

"我约你?"她仍握着门把不放。

"我是气球人。"

"你就是那个……杀手?"她压下声音问道。

"没错。"

"我不是约你两点钟在西区的车站见面吗?"

"你认为我会在客户预定的地点跟客户碰面这么笨吗?就算对方不是警方卧底,万一被设计了怎么办?"我说。我知道她今天早上会到美容中心,所以早一步潜入她停在停车场的车子里。"郭夫人,请你明白,我们这一行做事必须小心一点,毕竟动手的是我,有些愚蠢的客户以为只要我完事后被灭口,他们就可以一劳永逸。"

"你怎么有办法走进我的车子里?"

"这些防盗工具只是小玩意儿,认真一点就能解开。"我掏出一个遥控器,"问题是这小工具的价钱不菲,一般盗匪才不会花大钱买这种东西。"

"那么,我们现在到哪里……商谈?"郭夫人问。

"就在车厢里谈好了,"我指了指前方,"不过麻烦你一边驾驶一边谈,这样子我们既不会被骚扰,也不用担心有第三者听到我们的对话。我想你也明白,杀人和教唆杀人同样大罪,我这个杀手万一有什么下场也可说是意料之中,可是你贵为富豪企业家郭庆言的妻子,最后有个不光彩的结局就未免太悲哀。"

郭夫人点点头,表情有点慌张。她将车子驶离停车场,往高速公路驶去。

"还有一件事我希望你马上做。"我说。

"什么事?"她紧张地问。

"麻烦你把冷气开大一点,我快热死了。"

车子驶上高速公路。周三下午一点多的高速公路上汽车并不多,灿烂的阳光照射下,远方的山峦呈现一片闪亮的绿色。

郭夫人的心情似乎已平复下来,她脱下太阳眼镜,气定神闲地聊着一些琐碎的事,还不时从后视镜偷瞄坐在后座的我。

在我潜入车子前,已调查清楚郭夫人的底细,而事实上,她的底细可说是人人皆知。她原名丁婕雯,今年三十五岁,是企业家郭庆言的第三任妻子,三年前郭氏的第二任妻子死去后,她在翌年嫁入郭家。虽然丈夫比妻子年长差不多三十岁,这场婚姻在当时亦引起不少羡慕目光——女人都嫉妒丁婕雯可以嫁给亚洲二十大富豪之一、全球第二十六位最有影响力华人、家财超过一百亿美元的庆鸿集团创办人郭庆言;而男人则羡慕郭庆言可以娶到选美出身、被称为二十一世纪性感尤物的影坛美女丁婕雯当妻子。

虽然他们宣称"爱情与财富、年龄无关",但任何人都知道,如果不是郭庆言如此有钱,丁婕雯才不会对他看上眼;而如果丁婕雯不是拥有36D的身材和标致的脸蛋,郭庆言亦不会在对方身上大撒金钱。

我透过后视镜仔细端详郭夫人的样子。她真人比杂志照片更迷人,即使年届三十五,外表就像一个二十出头的少女。不过,她拥有少女没有的妩媚,在她艳红的嘴唇上,流露出一份成熟女性的妖娆。

我想起一个老套的说法——蔷薇都是带刺的。这么动人的美女,现在正面不改色地委托我这个杀手,去干掉一个她讨厌的人。

"我想你替我杀掉绮岚。"

"郭绮岚?令千金?"

"请你搞清楚,她只是我丈夫的女儿。"

虽然有点意外,但看样子,又是老掉牙的戏码吧。

郭绮岚是郭庆言的独生女,是郭庆言的第一任妻子所生,而这位夫人在绮岚出生后不久便因急病死去。郭庆言一直醉心事业,在四十多岁时才得此女儿,疼爱得不得了,媒体都形容她是郭氏的掌上明珠。她今年十七岁,在名门女子高中就读。由于她青春可人、样子漂亮、礼仪端正,对人有礼又没有富豪二代的架子,深受媒体和宅男喜爱。

"你要我干掉她，是为了你丈夫的财产吗？"郭庆言的亲人就只有妻子和女儿，这种猜测虽不中亦不远吧？

"那……是理由之一，但不是重点。"郭夫人露出厌恶的表情，说，"虽然我入郭家门已有两年，一直以来我也以为自己是郭家人，但我上个月才知道，对他们来说我还是外来者。那对父女根本就没有把我放在眼内。"

"发生什么事？"

"我丈夫……他患上癌症，还是末期的。"郭夫人眉头紧皱。

"哦？坊间没有这消息喔？"

"连对我这个妻子也不肯说，你认为他会告诉别人吗？"郭夫人的声调渐渐提高，"庆言他竟然只把这消息告诉女儿，对所有人都保密！我这个妻子，他根本没放在心上……"

"那你怎么知道的？"

"有天我偷听到绮岚讲电话，对方好像是庆言的医生，内容提到什么报告、什么末期、什么不可以让我知道……后来我趁着绮岚不在家，偷偷打开她的抽屉，发现那份报告。"郭夫人的语气带着愠怒，"上面写着，庆言只余下半年的寿命。我不敢拿着报告跟他对质，只好以试探的口吻去问他身体有什么不妥，他却装作没事，还发怒骂我多管闲事。"

"所以你知道丈夫快死，要把另一位合法继承人干掉就是了。"我淡然地说。

"我就说不是那样子!"郭夫人大嚷,"我最受不了的是他们两父女瞒着我!就算我嫁给他两年,跟他出席大大小小的场合,他还是把女儿放第一位!"

换言之,是妒忌吧。女人的心理都是如此。

"好吧,总之杀掉郭绮岚就行,对不对?"为了安抚对方,我把话题转回她的目标上。

"不,我不要这么简单杀死她。"郭夫人目露凶光,说,"我要制造一个场景,让她充满戏剧性地死去。"

妈的,麻烦又来了。为什么我老是碰上这种要求多多的客人?我当杀手当了七年,七年间总是遇上这些家伙。拜托,让我简简单单、干干脆脆把目标做掉,皆大欢喜就不行吗?

"你想要什么'场景'?我擅长将死者伪装成意外致死,成功率可说是百分之一百……"

"我想你先去绑架她,然后撕票。"

靠。

"绑架?"我问道。

"不是真的绑架,先干掉她再把尸体绑走也可以。我只是要教训庆言,既然他如此溺爱女儿,就让他感受一下女儿被绑、生死未卜的滋味,然后在知道女儿被杀的那一刻崩溃。"

"这样做对你来说没有什么好处啊?"

"当然有,"郭夫人露出狡猾的笑容,"我要庆言在死前的这半年里,知道在绝望的时候,就只有我能够给他安慰和支持。"

女人的独占欲真是可怕。

"那么说,你想我替你杀害郭绮岚,再伪造绑架的迹象,数天后才让尸体曝光?"

"就是那样子。"

我叹了一口气,说:"明白了,我就照着办。"

"真的没问题?"郭夫人好像对我如此爽快答应感到讶异。

"没问题。虽然工夫不少,要花点时间准备,而且我另外还有委托,但应该没问题。"

"另外还有委托?"

糟,差点说溜了嘴。向第三者透露客户资料是我们这一行的大忌。

"啊,郭夫人请你放心,我是专业人士,即使同时处理三宗甚至四宗委托,也会顺利完成。"

其实我最讨厌一心二用,可以的话我也不想同时接下两份工作啊。

"关于费用方面……"我说。

"钱的方面你不用担心,"郭夫人嘴角微微上扬,"我的私房钱不少。我听说公定价是五万美元,我要求你加上伪装绑架,我出双倍,十万。如何?"

"不,我这次想收的报酬有点不一样。"

"哦?是黄金,还是珠宝?抑或是车子或不动产?房子有点麻烦，因为会有契约的问题……"

"我想要你的身体，一次就好。"我面不改色，在后视镜中盯着她丰满的胸脯。

"你……你是什么意思？"郭夫人显然没想过我会这么说，脸色一阵红一阵白，结结巴巴地说。

"丁婕雯小姐，"我特意叫她的本名，"你以前在娱乐圈中，不是靠陪睡才得到那些片约、那些机会吗？你当年选美得到冠军，在好莱坞的电影中客串一角，都是用身体换来的吧？你不用隐瞒，我老早查得清清楚楚。"

郭夫人没有即时回答，沉默数秒，说："我已经很多年没有那么做了。我可以给你更多的钱，二十万？三十万？"

"我不要钱，我只要你。"看到她的窘态，不禁让我得意起来，"钱我随时可以赚到，但让你有求于我，机会难逢。其实你应该觉得这交易划得来啊，只要陪我睡一次，就可以省下十多万元。你以前的价码也没有这么高吧？我知道你曾替某位牵线的工作，跟好些有势力的男人有过……'关系'啊。"

郭夫人在后视镜盯着我。她虽然一副嗔怒的模样，但仍无法遮掩天生的艳丽。良久，她轻叹一声，问道："只是一次？"

"只是一次。"

"好吧，反正我又不是什么黄花闺女。"郭夫人的表情闪过一丝苦涩，再疾言厉色地说："但你得保证，你会完成工作。"

"我向你保证，我收取你的'报酬'时，郭绮岚一定已经不在人世了。"我露出诚恳的笑容。

跟郭夫人首次碰面后的第五天,我再次约她见面,讲述计划。

"怎么这次不在我的车里谈?"甫坐下她便问道。我们身处一家高级法式餐厅内,坐在看得到海景的落地窗前的一张桌子旁。

"这表示我信任你。"我回答。这间餐厅当然是我挑选的,客人不多,而我戴上假发、架上眼镜、穿上笔挺的西装,一副公子哥儿的模样。

郭夫人回头张望,看到我们附近一个客人也没有,服务生也站得老远的,登时露出放松的表情:"你准备得如何了?"

"大致上已准备妥当。"我说,"不过我们先点餐,吃过东西后再慢慢谈。"

我招来服务生,点了几道名贵的菜式,再开了一瓶红酒。我很少尝到这些佳肴美酒,觉得舌头上享受得不得了,但郭夫人却对前菜和甜品甚为挑剔,说这间餐厅的质素不如外界所说般出色。

吃过饭后,我摇着酒杯,跟她谈论杀人大计。

"我的计划是这样,"我掏出一张名片,"你是这间俱乐部的会员吧?"

名片上写着"比佛利山俱乐部"。这是一间以名人为顾客对象的私人休闲会所,有高尔夫球场、泳池、健身房、按摩中心、餐厅酒吧等设施,会员非富则贵,是有钱人联谊娱乐的热门地点。

"没错,是钻石级的会员。"

"你女儿也是会员吧?"

"那个丫头不是我的女儿,"郭夫人露出憎恶之色,"不过是的,她也是会员。"

"我调查过了,郭绮岚小姐从暑假开始,每个星期二和星期五早上都会到俱乐部游泳一个钟头,锻炼身体。"为了避免刺激郭夫人,我用上郭绮岚的全名,"她没有约朋友,只是自己一个人游泳,而俱乐部在平日早上客人不多,那是下手的良机。"

"你打算在泳池下手?"

"我没有这么大胆,别忘了你提出的要求,我们要'绑架'郭绮岚,不是单单把她杀死。在泳池里杀人我当然做得到,但当着救生员和其他客人面前大喇喇地抬走尸体,不太可能吧。"

"那么……"

"下手的地点是更衣室。"我啜了一口红酒,说,"等她游泳后到更衣室换衣服时,我把她杀死。这个时段更衣室人不多,要动手不太难。把她杀死后,我伪装成清洁工,将尸体塞进放毛巾的手推车,然后往停车场,把尸体搬上车子。当你丈夫发现女儿失踪后,俱乐部职员会察觉她遗下的衣服和物品,到时就会知道她被绑架。明天就是星期二,我打算明天动手,而且我调查过了，明天俱乐部有维修工程，有一批工人会进入会所工作，发生'绑票案'，他们有最大的嫌疑。"

"好，那就拜托你了。"

"不，郭夫人，你误会了，我叫你出来是因为明天的工作你也有份。"

郭夫人眼睛圆瞪，一脸诧异地看着我。

"我有份？"

"比佛利山俱乐部是私人会所，我独个儿走进去很困难。可是，你是会员，只要你带我进去就没有问题。"

"笑话，为什么我雇用你，反而要我冒险？"

"郭夫人，我这一个要求只是专业判断，认为是成功率最大的方法。你的女……郭绮岚出入俱乐部有司机接送，她很少有机会落单，想在平时下手相当困难，即使成功在街上绑走她，也会留下大量证据。警方一旦追查起来，麻烦不少。"

我顿了一顿，再说："而我要求你协助的只是很轻松的部分。我扮成你的朋友，跟你一起驾车进入俱乐部，到酒吧喝酒，席间我离开十分钟下手，把郭绮岚杀死放进后车厢，然后跟你会合，驾车离开。没有人会想到你的车子里藏着你丈夫女儿的尸体吧？"

郭夫人有点犹豫。

"如果你拒绝的话，我可以再想其他方法，但很可能要多花一两个月来调查和准备。"我挨在椅背上，说，"因为你说过，你的目的是让只余下半年性命的丈夫投向你,我想你非常重视'时间'这一因素,期望我尽快完成工作,所以我才提出这个有点冒险的计划。你放心,明天你的任务就是陪我进出俱乐部,以及在俱乐部酒吧喝上一两杯罢了。"

看来"时间"一词相当有力,郭夫人迟疑数秒,还是点点头,表示答允。

我举起酒杯,说:"让我们预祝计划成功。"

郭夫人微笑着,跟我干杯。

谈了差不多两个钟头,确认每一个细节后,我们准备离去。我招招手向服务生示意结账,然后对郭夫人说:"这一顿,你不会让我请客吧?"

郭夫人嗤笑一声,一脸"不过是小数目"的样子,从手袋掏出信用卡,递给服务生。该死,那张信用卡是黑色的,就是传说中"尊贵身份的象征、信用额无限"的黑卡。早知道我就开一瓶贵十倍的酒。

我吩咐郭夫人打电话回家,讹称将车子借给朋友,叫司机来接她。为了明天的工作,我必须在车子上做一些准备。

"我想,你不会希望郭绮岚的尸体在你车子的后车厢里留下血迹或毛发吧?"

于是,这一天我驾着一辆德国名车回家。我不想太招摇,但为了工作,没办法吧。还好我没有邻居,而房东这阵子跟儿子媳妇去旅行了。

星期二早上九点，我驾着车子，跟郭夫人会合。我仍戴着那顶假发和装扮用的眼镜，在这种炎热的天气下套一顶厚厚的假发，真是教人浑身不自在。

我接到她后，往比佛利山俱乐部驶去。驶进俱乐部大门时如意料中顺利，警卫看到郭夫人的车子当然不会拦下来——虽然我留意到他们眼光中的讶异，毕竟今天驾车的是我这个陌生男子，而郭夫人坐在我身旁。

"你要驶到哪里去？我的专用车位在左边。"郭夫人看到我把车子转往右边，问道。

"我之前查过俱乐部的平面图，在更衣室附近有一扇侧门，把车子停到那儿比较方便。"我笑着说，"我不想推着藏尸体的手推车逛大街。"

郭夫人点点头。从刚才开始，她的表情就很紧绷，紧张得不得了。

"郭夫人，请你放松一点。这样子会引起他人怀疑喔。"

我把车子停好后，提着运动用的手提包，跟郭夫人并肩走进俱乐部大楼。由于她是常客，接待员不但没要求她登记，更没有过问我是谁。嘿，看来拿黑卡的人真是特别尊贵，哪管她的黑卡只是附属卡。

今天我一身休闲服装，郭夫人也穿着轻便的连衣裙，就像结伴到俱乐部打球的样子。我先到男更衣室，将手提包放进储物箱，拔出钥匙，回到大厅，再跟郭夫人一起走进俱乐部的酒吧——由于现在是早上，酒吧只有我们两位客人——坐在窗前。俱乐部的酒吧设在二楼，从窗户可以看到俱乐部的游泳池，正好让我们监视着郭绮岚的一举一动。

"一杯玛格丽特，一杯长岛。"我对女侍说。

鸡尾酒送上来后，我们侧着头，注视着泳池的情况，偶尔说几句话，在服务生面前装作熟络。虽然郭夫人按捺着焦躁，装出一副从容不迫的样子，但她不用一会儿就喝光了她的玛格丽特。

"我的也拿去吧，酒精可以减轻你的紧张。"我把喝过两口的长岛冰茶推到她面前，她呆看着杯子一会儿，便啜了一口。长岛冰茶的酒精度比玛格丽特高得多，不一会儿，郭夫人满脸红霞，话也变多了。

"来了。"我看到郭绮岚走进泳池的范围。她穿着一件连身的粉蓝色泳衣，身材虽然没有郭夫人那么凹凸有致，但以一位十七岁的女生来说已是相当有看头。泳池里有两位六七十岁的老伯，加上在泳池边的救生员，我的视野里只有四个人，要监视目标的行动可说是易如反掌。

郭夫人也透过玻璃瞪着郭绮岚，她的眼神充满妒忌和恨意。女人真是可怕。

郭绮岚在游泳池来来回回地游着，其间我不断留意着有没有其他人走进泳池，以及郭夫人的样子。我不时提醒她装作友善，偶尔要露出微笑，以防服务生觉得奇怪。她只好刻意发出笑声，还装模作样地掩着嘴巴,演技有够烂的,不过我相信可以瞒过他人的眼睛。说起来,她的演技这么烂,难怪要陪睡才抢到片约。

四十五分钟后,郭绮岚离开泳池,抓起放在躺椅的毛巾擦擦头发。接着,她朝通往更衣室的通道走过去。

"我要工作了。在这儿等我。"我对郭夫人说。

我离开酒吧,到男更衣室取回手提包。手提包里是一件灰色的连身工作服,我没脱下身上的运动装,直接把工作服套在上面。我再脱下眼镜和假发,放进手提包里,然后戴上工人的帽子。

我确定走廊没有人后,走进杂物房,把收集毛巾的手推车推出来。这手推车除了支架和轮子外,其余由帆布组成,长宽高都有一米,只要盖上一堆毛巾,别说一个,就算收藏两个甚至三个十七岁的女生也绰绰有余。我再顺手从架子取下一个告示牌。

我把手提包丢进毛巾车,谨慎地推着,走到女更衣室前。俱乐部有数个更衣室,而这个设在游泳池旁,刚才我没看到其他女性泳客,我几乎可以肯定里面只有郭绮岚一人。不过,为防万一,我仍小心翼翼地推开大门,窥看里面一下后,在门前放下"清洁中"的告示牌,才蹑手蹑脚地推着车子走进去。

更衣室里真的没有人,甚至连郭绮岚也不在——然而在角落淋浴间传来淅沥的水声。我慢慢地走到转角,透过毛玻璃,看到一个赤条条的身影正在冲澡。

我不能确定那是不是郭绮岚,所以只好在一旁窥伺着。三分钟后，水声中断，那个赤裸的轮廓转过身，伸手打开玻璃门。

那是郭绮岚。

她一丝不挂，清爽地从淋浴间走出来。她的肌肤上留着一件式泳衣的晒痕，小麦色的手臂和大腿跟嫩白的纤腰和胸脯形成强烈的对比。水滴从她的腋窝经过乳房流向小腹，沿着身躯滑出一道道迂回的曲线。她从挂钩取过浴巾，轻轻抹过那些水点，然后往胸前一围，向我这边走过来。

我不再躲在角落，踏向前一步，突然站到她的面前。

"哇！"

郭绮岚本能地发出惊叫。我连忙伸手捂住她的嘴唇，一手抱住她的腰，让她动弹不得。

"早安，郭绮岚小姐，我是来杀死你的。"确认她的叫声没有引来警卫后，我带着笑意，以几乎脸贴脸的距离，直视她的双眼，缓缓地说。

"郭夫人，我们该走了。"我只花十分钟便完成工作，回到酒吧。而且其中有两分钟花在戴假发上。

"咦？已经……完成了吗？"郭夫人有点惊讶。

"我的效率一向很高喔。"我笑着回答。

"你有没有留下指纹？"她问。

我伸出右手，说："我在指头上涂了特制的胶水，不会留下指纹的。"

我陪着郭夫人走到停车场。当我打开车门时，郭夫人心不在焉地盯着后车厢的位置。

"没错啊，就在里面。"我压下声音，"不过放心，死人是不会跳出来对付你的。"

郭夫人慌张地坐进副座，我微微一笑，坐到驾驶席上。刚才推着毛巾车出来时没遇上半个人，这次的工作蛮顺利的。

我驾着车子，离开俱乐部，十分钟后驶到一条杳无人烟的郊外路上。从走上车子开始，郭夫人一言不发，眼神飘忽不定。

我把车子停在路边。

"为什么停在这儿？"郭夫人不安地问。

"让你验货嘛。"我边说边打开车门，走到车后。郭夫人惴惴不安，跟在我的后方。

"尸体就在里面，"我敲了后车厢两下，说："你要不要看？"

郭夫人露出犹豫的表情。拜托，人是你要求杀的，现在才给我害怕？

"好，我要看。"郭夫人一咬牙，狠狠地点头。

我打开后车厢，郭夫人随即发出微微的惊呼。裸体的郭绮岚以奇诡的姿态，侧身蜷伏在黑色的塑料布上，她的双手屈曲交叠在胸前，膝盖顶着胸部，把乳房挤到一边。她的头埋在拳头和大腿间，只露出小半边脸庞，一头散发搭在肩膀上。本来围在身上的浴巾掉落了一半，只围在腰间，半遮着私处，却露出大半边臀部。

"刚才为了方便把尸体塞进毛巾车,我把她弄成这个样子。"我对郭夫人说:"如果你想看清楚她的样子确认一下,我可以把脖子扳过来,不过老实说,死人的表情不大好看。"

"不用了……这臭丫头化了灰我都不会认错。你是用什么方法杀死她的?"

"唔,你就当我用毒吧。"我才不愿意向她解释我的异能啊。

"嘿……绮岚,你现在后悔也太迟了。"郭夫人自顾自地说道。我很想告诉她,我们不是在拍电影,这种无意义的烂对白没有人会欣赏。

"好了,"我把后车厢关上,直盯着郭夫人的俏脸,说:"现在我要收取'报酬'。"

"现在?"郭夫人愣住,高声地问。

"我办好工作,人也死了,我收报酬可说是天经地义啊。"

"可……可是……不用这么急吧?让我先有点心理准备,改天我再给你,好吗?"郭夫人有点窘困,双手抓住裙摆,就像一位不知所措的小女生。

"郭夫人,你没留意我们这场交易里,我给了你很大的让步吗?"

"什么让步?"

"我没先收你的'订金'喔。"我以不怀好意的眼神,扫视着她全身上上下下，"一般来说，工作要先收一半订金，但我一直没提出要求，因为我不想无赖地在工作前先要你跟我睡一次。我冒很大的风险完成工作，顺着你的意思弄成绑架的样子，如今你还要跟我找借口？丁婕雯小姐，这未免太不公道了吧。"

郭夫人无言以对。

"丁小姐，我现在就要你跟我上床，你愿不愿意？"我对我这时仍能装出绅士的语气，暗暗感到不可思议。

"我明白了……"郭夫人露出觉悟的表情，说，"但我从来没在车上做过……"

"我说现在，并不是指在这儿呀。"我失笑地说，"我又不是'车床族'。"

郭夫人红着脸，不好意思地低下头。我想，她的粉丝大概连性命也可以不要，来换取我现在的位置吧。

我驾着车，二十分钟后回到市区，来到一间不起眼的爱情宾馆前。我把车子驶进狭小的停车场，然后跟郭夫人走向大厅。

"你去登记。"我说。

"我？"

"我想你驾轻就熟吧？"我以嘲讽的语气说，"记得用假名啊。"

郭夫人一副受委屈的样子，不情不愿地独自往柜台订房。让这个充满自尊心的女人折服，令我有一股说不出来的快感。

不一会儿，她拿着钥匙，默默地走过来。

"给我表现得欢愉一点好吗？我完美地替你完成愿望了啊。想想你最讨厌的家伙已经不在人世、你的丈夫在剩下的日子只有你、在他死后由你继承过百亿美元的财产，你这时候应该开怀大笑嘛。"

郭夫人勉强地笑了一下。虽然她仍是面有难色，但我知道，刚才我提到绮岚的死、继承遗产等，她的表情起了一点变化。

我们走进房间内。房间里有一张偌大的圆床，天花板镶着镜子，床头架子放了两盒保险套。浴室就在玄关旁，不过浴室的墙壁都是透明玻璃，从房间可以一览无余。

"你先去洗澡吧。"我说。

纵使不是自愿，郭夫人仍如我所言，放下手提包，慢慢松开肩带，脱下连衣裙。裙子往下褪，郭夫人的肌肤逐寸逐寸地展现眼前，她穿着粉紫色的名贵内衣，丰满的胸脯几乎要从胸罩里蹦出来，小巧的内裤遮掩不住她那浑圆的屁股。

或许她回忆起数年前"工作"的经验，她的动作渐渐变得利落。她轻轻解开胸罩的扣子，转身背着我脱下内裤，然后对我投过一丝柔柔的眼波，稍稍掩着胸前和私处，走进浴室。

我坐在房间里的沙发上，透过玻璃，清楚地看着她冲澡。她以香皂擦过脖子，缓缓滑向乳沟，揉一下胸脯，再往大腿内侧移过去，似是在诱惑我。水蒸气慢慢让玻璃起雾，她还特意用手擦干净，让我继续欣赏她那像舞姿的表演。靠，这家伙当年用这招掳获了多少男人？比起她那破烂的演技，这真是高竿的演出。

洗了一刻钟,她从浴室出来。她以浴巾遮掩住身前,但又没有把浴巾围上,走过来时浴巾左摇右摆,她修长的大腿和洁白的小腹若隐若现地暴露在我眼前。

"你以前就是靠这样子赚名气吧。"我笑道。

"别说扫兴话。"她对我亮出一个深邃的表情,"该你去洗了。"

"我不想洗澡。"我从沙发站起来。

"我讨厌满身汗臭的男人。"郭夫人噘噘嘴。她这个表情,真的不像三十五岁。

"我就是不想洗,难道你要帮我洗吗?"我揶揄道。

"那……算了吧,不洗就不洗。"郭夫人跪坐在大床上,右手仍抓住浴巾,盖住乳房和腹部。她裸露的背脊在墙上的镜子映照出来,比不少模特儿的身形还要漂亮。

我连鞋子也没脱,坐在床沿,伸手夺去浴巾,丢在一旁。她缓缓躺下,赤裸的胴体就在我眼前,香皂的气味和她的体味混合着,形成一种教人意乱情迷的芬芳。她轻轻喘着气,眼睛半合、嘴唇微张,酥胸随着呼吸微微颤动,加上仍未消退的酒意,这一刻的丁婕雯散发着女性诱人的气息。

我抓着她的手腕,将她按住,脸孔靠近她……

"抱歉,我还是不跟你做。"我说。

当我放开她,站起来待在床边时,她如梦初醒,对我的行动亮出不解的神色。我想,面对如斯尤物,我是第一个悬崖勒马的男人吧。

"为……为什么？"郭夫人撑起上半身，讶异地问。

"因为你要死了。"

我话音刚落，郭夫人猛然按住胸口，痛苦地挣扎。她努力地喘着气，但空气却无法抵达她的肺部似的，只见她在床上滚动了一两分钟，然后一动不动，死了。

我在刚才输入了"冠状动脉充气形成空气栓塞"的指令，这也是我最擅长的指令。

我从口袋里掏出一个塑胶袋，从中捡出两三根头发，散在郭夫人赤裸的尸体旁。仔细检查一下房间里没有遗下证据后，我走到房门前，从窥视孔确认外面没有人后，走到房外，再低头疾步离开。

回到停车场，我连忙走上郭夫人的车子，离开宾馆。我驾着车子到刚才停过的郊区公路上，不同的是，这回我停下的位置在公路上一个偏僻的停车处，旁边泊着我那辆廉价的日本车。我确认附近没有车辆和路人后，关掉引擎，离开车厢。

我走到车后，打开后车厢，动作诡异的郭绮岚仍蜷缩在里面。

"完成啦。"我说。

郭绮岚的眼珠微微转动，然后伸直手脚，探出裸露的身子，一脸不耐烦地说："你怎么弄这么久啊！害本小姐要闷死啦！"

"别胡说，我给你预备的氧气瓶足够你用十个钟头，现在不过是一个小时左右，再关你半天也不会有问题。"我作势要关上后车厢的盖子。

"好啦，好啦，别闹了。先给我一点穿的可以吗？"郭绮岚往我身后瞄了一眼，拉起浴巾遮住一边乳房。

我走到自己的车子旁，打开车门，拿出大小姐要求的东西。

"拿去。"我给她递过一双鞋子。

"你这家伙！"

"你之前预备的衣服在我车上，自己过去吧。我还有善后工作要处理。"

"真不像话，好歹我也是你的老客户耶。"

虽然郭绮岚嘴上这么说着，她倒乖乖地穿上鞋子，围着浴巾，半裸地往我的车子走过去。在阳光之下，她那两截色的肌肤闪闪发亮，大概因为刚才在后车厢里闷了一个钟头，身上沾满汗水。

我先把后车厢的塑胶布和放工作服的手提包拿起，放到自己车子的后车厢里，再将藏在塑胶布下的携带型氧气瓶、小型二氧化碳过滤器和水壶拿走。

"你竟然把水喝光了？我不是叫你尽量少喝点吗？万一你尿出来，我们就有麻烦了啊！"我骂道。

"因为太热嘛！况且我又没尿，你再抱怨我就在你的车子里小便！"

妈的，什么礼仪端正的千金小姐、什么宅男女神，根本就是装出来的。我一直很想跟郭夫人说,你丈夫女儿的演技比你高明太多了。

我从自己的车子取出手提吸尘器,把后车厢清洁一遍后,再把驾驶座、副驾驶座、后座一一吸干净。我的手指涂过胶水,不会留下指纹,只要把碎屑吸走,留下证据的可能性就更小。

当然,我还有好几个保险方案。

我再次从口袋掏出那个塑胶袋,把里面的头发撒在车厢里。这些头发都是我在公车座位、餐厅、戏院等地方收集回来的,头发的主人是谁我压根儿不知道,只是万一警方怀疑案情不单纯,这些头发足够让鉴识人员困惑好几个月甚至好几年。

我把车钥匙丢在座位上,将车窗留下一线没关,再关上车门。善后工作已完成,之后就不是我可以控制的了,一切只能靠运气。

我回到自己的车子,只见郭绮岚仍一丝不挂地坐在后座,浴巾也被丢在一旁,而她的衣服就在她身边。

"大小姐,你干吗还光溜溜的啊?"

"好热啊,先让我凉快一下嘛,反正之前也给你看光了。来,给我把冷气开大一点,我快热死了。"

真是个难以捉摸的女生。我摇头苦笑,只好照她的指示去做。

我脱下假发和眼镜,转动车钥匙,载着一个裸体的十七岁少女,离开这个停车处。

而这个女孩,是我的委托人。

两星期前,她委托我杀死她的后母丁婕雯,也就是郭夫人。

我一向讨厌同时处理两宗委托,所以当中介人交来第二个委托时,我本来想推却,不过委托人的名字引起我的兴趣。

丁婕雯?

不正是我要处理的目标吗?

因为这个缘故,我决定跟她会面。出乎意料,她要求杀死的,正是第一委托人。本着先到先得的服务精神,我只能跟郭夫人说句抱歉了。

然而最令我讶异的,是她们两人都要求杀人以外的服务。郭夫人要求伪装成绑架,这还容易处理,郭大小姐的要求才教我头痛。

"我想你替我杀死丁婕雯这个女人,而且要让她死在跟情人幽会的时候。"

两星期前,郭绮岚跟我说。

"那么,郭夫人的情夫是谁?"我问。

"没有。"

"没有?"

"没有,她根本没有情夫。"

"慢着,你要我让她死在幽会的床上,但她没有情人?"

"没错。"

"天哪,我从哪儿变一个情夫出来啊?"

"我管你，你只要告诉我你干还是不干。我给你四倍的薪水。"

报酬实在丰厚，而且郭大小姐将来会继承庞大的资产，可能的话我也想保留这位客户。

"好吧，我安排一下，看看有什么方法可以完成。"

所以当我知道郭夫人主动联络我时，我认为是一个可以利用的机会。也因此，我提出她用身体当作委托费用的要求。

提出这要求时，我没有详细考虑过做法，之后才想到每一个细节。我先戴上假发和眼镜，跟她到餐厅吃饭，更在餐厅里让她用信用卡结账。当她的尸体被发现时，警方大概会调查她死亡前两三天的行程，信用卡记录便会说明"她曾和某位神秘男士聚餐"，而之后这男人驾着她的车子一起到俱乐部，亲昵地把喝过的鸡尾酒给对方喝，离开俱乐部后到爱情宾馆，任何人都会猜这人不是男妓便是被包养的小白脸。从郭夫人死亡时的模样，人们只会猜测她是在幽会时心脏病发，小白脸害怕起来，慌张地逃走。我知道宾馆走廊和大厅有监视器，所以特意装出落荒而逃的样子。

小白脸惊惶地驾着郭夫人的车子逃走，丢弃在郊区公路的车子翌日被警方发现——这是基本设定一。如果警方认为郭夫人的死有疑点，想找寻那位情夫协助调查，车子上的毛发应该能阻止警方找到我，这是基本设定二。最好的情况是设定三——我将车子留在停车处，没关上车窗，就是想让偷车贼出手。那个停车处是飙车族活动的黑点,天黑后好些混黑道的小伙子在那儿聚集,看到这样一辆名车,不出手才怪。只要经过他们的手,即便之后被警方找到,车上的证据已被这些混混儿弄得一塌糊涂。

我在事前已跟郭绮岚谈好所有细节,甚至为行动进行演练。她在事发前四天已带我到过比佛利山俱乐部,让我实地观察每一个细节,安排行动中的每个步骤。她也试过躲在后车厢,练习在黑暗中开启氧气瓶。我打开后车厢时敲两下就是暗号,如果一切顺利她就装出那个蜷缩的怪模样,如果有任何意外——例如氧气瓶出问题——就把手绕到背后,我立即改变部署,先处理"尸体",再杀死郭夫人。后车厢里本身的空气足够一个人用二十分钟,这个后备方案亦够安全。

我跟郭绮岚约好在更衣室见面,然后用毛巾车把她运到后车厢,不料这位大小姐自顾自地冲起澡来,真是给人添麻烦。而且这个笨蛋明知道我会出现,看到我时仍不自觉地大叫,万一惹来警卫怎么办?幸好一切都有惊无险。

"大小姐,我现在载你回去俱乐部,让你取回留在更衣室的衣服和包包……"我对在后座张开大腿在扇风、毫不知羞的郭绮岚说。

"不用啦,放在储物箱,没有人会动。我改天去拿就行,反正也不是什么值钱的东西。"

我想,对她这种世界级富豪二代来说,"值钱"的标准跟我们这些庶民想的大大不同吧。

"那么你想我载你去哪儿？回家吗？"

"别那么扫兴嘛！"郭绮岚向前倾，靠着我的椅背，嘴巴贴近我的脖子，说，"我们先去什么地方玩玩吧。"

"我可没有这个心情。"

"呵，是因为刚才没有先上我那位美艳动人的后母才动手，现在后悔了吗？"大小姐调侃道。

"如果我真的干了，就会留下大堆证据，我可没有愚蠢得因为下半身的一时冲动危害自身安全。"

"那就是后悔吧？"她再次以嘲弄的语气说。

"我就说没有。我可是专业的。"

"为了弥补你的损失，除了我应承给你的金额外，附送我这青春少艾的肉体，现在就在车里让你爽一下，好不好？"她在我耳边吹气，以挑逗的语气说。

"大小姐，我不是'车床族'，而且我对你没有兴趣。"我面不改色，淡然地说。

"啧，真是不解风情，暴殄天物。"郭绮岚骂了一句，躺回后座的椅背上。虽然坊间以为她清丽脱俗，但她其实是个放荡随便得离谱的家伙，时常到酒吧钓帅哥，和她有过关系的男人多如繁星。郭夫人跟她相比，简直就是"三贞九烈"。

"你还真是恶毒，想出这种方法来陷害郭夫人。"我改变话题。

"哼，我才没有陷害她！她本来就是这么下贱的女人！只有这样做,爸爸才会永远对她死心,我不会让爸爸栽在这种变态坏女人手上!爸爸是我的!"这个滥交的"恋父狂"骂人下贱变态,我都不知道该不该吐槽。

"你为什么会想到让她误会郭老爷患上癌症呢?"郭庆言患癌的消息是假的,纯粹是郭绮岚欺骗郭夫人的手段,无论电话还是报告都是伪造的。

"我想让那女人早一点露出狐狸尾巴!"大小姐摆出一张臭脸,说,"爸爸早前因为'雄风不再',所以经常求医,我就借这个机会制造他患绝症的假象。男人的自尊不会让他对那女人说出事实,正好让那臭三八胡思乱想,哼。"

她的做法某种程度上引出郭夫人的杀意,不过到底谁是因、谁是果,我就说不出来了。无所谓吧,反正我只是个打工的。

"搞不好郭老爷明年再娶一个更幼齿的进门,到时你有什么打算?"我问。

"如果看不顺眼,那时又要拜托你啦,帅气的气球人大哥。"郭绮岚光着身子,摆出娇媚的姿态,露出小恶魔般的笑容。

三年前,我已替她解决了前一任的后母。当时她只有十四岁。

那时她也是带着这个小恶魔的笑容来委托我。

如果说郭夫人是带刺的蔷薇,那郭大小姐便是含有剧毒的秋水仙、夹竹桃吧。

漂亮无垢的外表下,奇毒无比,足以致命啊。

/ 6. Shall We Talk /

一定是弄错什么了——葛幸一警官心想。

坐在冰冷的石床边缘,葛警官只能茫然地盯着面前的墙壁或左前方的灰色钢门,脑袋一片空白。在这个不足六平方米的拘留室里,除了石床外只有一组不锈钢马桶和洗手盆,因为房间位于地下一楼,所以连半扇窗户也没有。白色的墙壁年久失修,长满壁癌,天花板上一根灯管发出照亮这密室的刺眼光线。紧闭的钢门门板上有一扇高五十厘米、宽二十厘米的玻璃监视窗,用途大概是给警卫检查被囚者的举动;门框上方有一道通风口,不过上面焊接着铁丝网,从斑驳的锈迹和卡在网眼的厚厚灰尘看来,这拘留室一直乏人打理。

——比起警局的拘留室,这儿更像监狱的单独牢房。

这是葛警官对这空间的第一印象。

过去三十多年,他抓过不少歹徒恶棍进这种拘留室,他却从没想过自己有反过来被关的一天,而且更是临近退休才晚节不保。

一个钟头前,疲惫的葛警官刚下班,却在家门前被三个不速之客拦住。

"葛幸一警官,我们怀疑你跟一宗刑事案件有关,请你跟我们回警署协助调查。"

领头的便衣警员举起警章,对一脸错愕的葛警官说道。葛警官不认识对方,只能从警章知道这年轻警员隶属北方警区的凶杀组,倒是对另外二人略有印象,葛警官依稀记得他们是总部内部调查科的成员。

"什么案件?"葛警官狐疑地问。

刑事警员正要开口,却被内部调查科的其中一人插话打住。

"我们回到警署再说明。"那个理平头的家伙冷漠地说,"麻烦你合作。"

无可奈何之下,葛警官只能随对方乘上警车。车子往北行驶,经过隧道和高速公路,花了四十多分钟来到北方旧城区。葛警官多年来职位只在总署各部门调动,几乎没到过偏僻的北警区办案,就连自己正前往哪一间分局也不晓得。

"妈的,有记者。"警车拐过一个街角时,内部调查科的平头男骂了一声。葛警官仍没来得及反应,连串闪光伴随着快门声从前方射进车厢,另一个内部调查科的警员立时将一件外套盖在葛警官头上。

"那些天杀的浑蛋从哪儿收到消息啊……"平头男嘀咕道。

葛警官本来想说自己用不着遮脸，但平头男和他同僚的态度让他察觉事情比他预想的严重得多——这样子防止媒体拍到照片，代表葛警官在他们眼中不是"协助调查者"，而是"嫌犯"。

接下来他的遭遇更说明了他的预想没错。

警车停下后，葛警官被警员们一左一右架着肩膀，继续以外套覆盖头颅，半推半拉地往前走。"别挡路！""滚开！"在平头男的吆喝下，他们疾步走进室内，撞开几扇门，转进梯间。快门声渐渐从身后远离，平头男拿走外套，葛警官才发现自己已来到地下一楼。他在墙上看到"B1"的字样，旁边有一个指示牌，上面写着"拘留室"，文字后还有一个指向通道的红色箭头。

"拘留室？"葛警官怔了一怔。

"今天抓了很多人，这分局的侦讯室不够用，请葛警官你屈就一下。"平头男以不带感情的声调说道。他们通过分隔拘留区与梯间的闸门，沿着墙壁粉刷成灰白色的走廊向前走，拐过弯角来到尽头一间拘留室的钢门前方。

葛警官被关进拘留室前，没有办正式的逮捕手续，警员只扣押他的手枪、警章和手机，就连皮夹和手表也没拿走。他无法理解这是什么意思，依照警方守则，协助调查和被捕是两码子的事，如此暧昧不清的做法令他恼火。

然而独处于拘留室内，葛警官渐渐冷静下来，开始思考目前的处境。

到底自己涉及什么案件？

谈到北区，葛警官很自然地想起黑道，毕竟昔日城中势力最大的黑帮家族就扎根于此地；然而自从十多年前这家族意外瓦解后，其他小帮派纷纷割据地盘，北方旧城区由黑道"骠马帮"掌控，无论人数、财力或影响力亦无甚威胁，而且葛警官近日也没听过什么涉及黑道的凶杀案，所以他现在的状况应该跟黑道无关。

那还有什么案子？葛警官不断回想近日的新闻，一起事故赫然浮现脑海——上个月有一名在警务部财政科担任文书工作的警员被刺杀，第一现场正是位于北区的死者住所。虽然警队内部知道受害者是谁，但因为案情敏感，媒体都只以"警员A"作为死者代号。半年前警方爆出私刑虐打社运分子的丑闻，警民关系陷入低谷，不时有民众包围警局抗议示威。警察以武力镇压示威者，拘捕后再传出被捕者失踪被杀的传闻，造成恶性循环，愈演愈烈。据说警方高层认为该凶杀案是仇恨警察的极端分子所为，于是以防范再有警员被杀为理由禁止媒体披露案情细节。

倒是警察内部弥漫着一股不安的氛围。因为即使凶杀组没公开，局内人也听过关于案件的流言——警员A不是被一刀刺死，凶手像是施以酷刑般刺上三十多刀，令A失血过多、受尽折磨而丧命。

就像为了替曾被虐待的受害者报复一样。

说到近期北区最严重的案件，葛警官只想起这桩。但假如真的是这谋杀案，那为什么要自己"协助调查"？

想到这儿，葛警官不由得眉头一皱，想起那两个格格不入的家伙。

那两个来自内部调查科的警员。

他们出现，代表案件跟警察内部有关，犯人或共犯可能是警队中人。

不会吧？

葛警官没有天真到以为警队里所有成员都是正直善良、廉洁奉公的好警察，可是他认定"杀害同袍"远超任何警员的底线，不可能发生。虐打社运分子事件曝光后，纵使表面上警队上下一心，实际上警员分裂成支持及反对两派，有同情社运分子的警察向媒体泄漏消息，让内部调查科插手调查泄密，这是不少警员也知道的事。葛警官理解泄密者的心情，但假如说当中有人协助仇警分子，提供情报或制造机会让同伙下手，那实在难以置信。

然而即便如此，自己是嫌疑人之一吗？葛警官犹如丈二和尚，摸不着头脑。

葛警官入职以来从没行差踏错，他虽然不是逢案必破的神探，但成绩在刑事警官之中尚算中上，他更自豪于自己从来没耍阴招，堂堂正正地搜证、侦查、捉拿犯人。他肯定自己的个人档案里没半个污点，若然内部调查科盯上他甚至抓他回来"协助调查"，便代表他们掌握了某些很确切的证据。

什么证据？

葛警官思前想后，仍无法理出半分头绪。

"唉。"他想到自己明明快退休，却在职业生涯最后一年遇上这种倒霉事，不禁叹了一口气。

这几年间，上天似乎有意跟葛警官作对，不幸接踵而至。先是在一次追捕犯人的过程中伤及膝盖旧患，害他无法再上前线；然后是误信银行投资某新兴市场债券，结果财产一夜之间蒸发了九成；再来是跟妻子屡生龃龉，导致熟年离婚……在这三四年间，葛警官就像被噩运盯上似的，生活中每一个能出差错的环节都出错。

而最令他痛苦的，是失去女儿蔚晴。眼看她以资优生身份越级就读音乐大学、毕业成为受人瞩目的钢琴家之际，她的人生乐谱却骤然打上休止符。就算这悲剧不是葛警官跟妻子离婚的主因，也绝对是导火线。如今他每天下班，回到空无一人的家都让他感到抑郁，为此他寄情工作，将警务当成他人生的全部。

到底从何时开始，他的人生变成了下坡道？

都是那浑蛋气球人害的——葛警官心想。

十年前他向上级成功争取成立气球人调查小组，却没料到整整十年间仍无法逮捕犯人归案。小组和气球人曾多次交手，但结果总是功亏一篑，让对方逃之夭夭，甚至无法查清对方的犯案手法。纵使葛警官在其他案件中表现出色，屡屡在短时间内侦破悬案，但事情只要一涉及气球人，葛警官便变得像误上职业擂台的业余拳手，只有挨打的份。

他当年曾认定气球人是他的"宿敌",但原来对方是他的"天敌"才对。

"阿葛,你知道我一向支持你的调查小组,不过你要紧记保持低调,假如被媒体盯上,发现我们一直抓不到这杀人魔,警方的面子挂不住。"数年前葛警官的上司、刑事部姜部长如此叮嘱道。警方高层接纳葛警官的建议成立气球人调查小组,是姜部长大力游说的结果,对今天已晋升至副处长的这位上司,葛警官可说是感愧并交,一方面感激对方的支持,另一方面对久久没能逮捕气球人归案而惭愧。近年警方因为丑闻备受压力,姜副处长更是焦点人物,媒体记者全天候追访,本来铁定能在两年内到手的处长一职,如今也可能失之交臂。

葛警官心想,也许气球人不但会杀人,更懂得下咒,追捕他的警察全都交上噩运。

气球人调查小组多年来替换过不少成员,有人在其他案子中受伤提早退役,也有人因为心灰而向葛警官请辞。在缺乏人手的劣势下,葛警官只好招揽旧部加入,就连傻愣愣的大石也正式成为小组成员之一,跟十年前小组成立时的精英小队有着天壤之别。幸好干劲十足的阿达仍留在小组里,对葛警官来说是一大安慰。

但也只是聊胜于无的安慰。

工作上的不顺遂影响了葛警官的性格,他由原来的沉稳务实变得神经兮兮。那次膝盖受伤,是因为临时收到气球人的情报害他分心所致的吧？投资失利，是因为只顾着调查气球人、忽略财务安排而造成的吧？跟妻子关系破裂，是因为自己过度投入追查气球人才疏忽导致吧？

葛警官不是个小家子气的男人，他知道这些想法不过是借口，但这些念头一直挥之不去。

而教他最难以接受的，是近几年气球人似乎消失了。

小组仍不时收到情报，但结果都是不实的消息，气球人没有像以前一样明目张胆地犯案，或是做出预告杀人。他就像对这场追逐战感到厌倦，单方面决定中止游戏，让警察们对着一大堆旧档案干着急，自己躲在暗处嘲笑着。

葛警官对此感到懊恼。他不知道自己退休后气球人是否会再次犯案，到时自己只是平民，没有介入调查的权力。而且，在退休前无法捕获对方，那会是他人生一大遗憾。

可是这一刻他的想法有一丁点变化——他没料到自己会被同僚抓进拘留室。

这几年间已遭遇过太多不幸，谁还会在乎某个神秘杀手是否逍遥法外？

"在人生的遗憾清单上多添一笔也不痛不痒吧……"瞧着白色的墙壁，葛警官喃喃自语道。

"……嗨。"

拘留室里忽然响起一声呼唤。声音虽微弱却很清晰，葛警官赫然抬头望向钢门，怀疑人声是从门上的通风口传进室内，可是他将脸孔凑近门上的监视窗却不见外面有半个人影,甚至没看到负责看守的警员。

"嗨。"

站在门旁的葛警官赫然回头,因为声音从他身后传出,可是拘留室里明明只有他一人。他谨慎地往房间尽头走过去,眼睛打量着室内每个角落。

"嗨——"

当第三声响起时,葛警官朝声音来源瞧过去,发现源头就在不锈钢洗手盆下方的墙上。靠近地面的墙角有一个比拳头略小的洞,他不晓得那是排水孔还是老鼠洞。

"谁?"

葛警官朝洞口轻声喊了一句。他跪在地上,将脸庞贴近地面,尝试望向墙洞的另一端,可是洞中一片漆黑。他猜想洞的彼方是相邻的拘留室,但由于看不到洞里有光线,那么这墙洞很可能是排水孔,管道弯曲延伸连上相同的污水渠。假如被扣押的嫌犯故意堵塞洗手盆的排水口,地上又没有这排水孔的话,只要打开水龙头便可以使房间淹水,制造麻烦。

"是葛幸一警官吗?"

葛警官愣了愣,心想为何对方知道自己身份,但回想到刚才平头男在走廊说了句"请葛警官你屈就一下",那旁边房间的囚犯听到并不出奇。墙壁后的拘留室应该是靠近走廊闸门那边的第二间,而葛警官身处的是第四间。

"嗯,你也是被内部调查科抓来'协助调查'的手足吗?"葛警官不嫌脏,靠在墙边、坐在地上反问道。他想起平头男说侦讯室全满了,那很可能有其他被调查的警察跟他一样,给丢到这地下一楼的拘留室干等。

"葛警官你不认得我的声音吗?"对方轻松地回答,"我是气球人。"

一开始,葛警官没有反应过来,但一秒后他猛然站起,惊异地直盯着墙角的排水洞,再霍然转头望向钢门,警戒着他的"天敌"会否在下一秒闯进来对他不利。

"你——你是气球人?"葛警官确认钢门外的走廊没有动静,深呼吸一口气,强装镇定地问道。

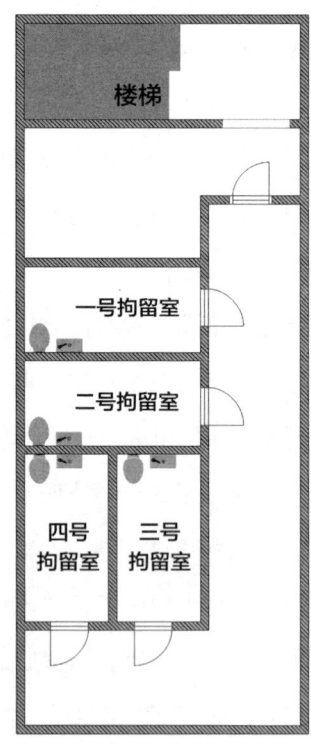

"对啦。我想我们差不多十年没这样子聊天了?我还记得那次在饭店碰头喔,那时你用枪指着我的背脊,机关枪似的一直问我问题;这回你没枪在手,那我们可以'平等'地好好谈谈啦,哈哈。"

葛警官感到项脊发凉。那个魔术杀人鬼跟自己只有一墙之隔,说不定他不用担心内部调查的事,他的人生只余下最后数分钟。

"你……你是来杀我的吗？"葛警官按捺着颤抖，问道。

"才不是呐，我跟你一样，待在这鬼地方不过是身不由己。我这边的马桶有一股尿骚味，我快被熏死了，能早一刻脱身就好……你那边应该好一点吧？假如能和你交换房间就好了，可惜这儿不是我们上次碰面的五星级饭店……"

葛警官哑口无言，他无法确认对方是否在说谎，意图让他放下心防，暴露弱点。他至今仍不了解气球人的杀人手法，不晓得对方能否利用那个排水洞注入毒气，让他在密室里暴毙——拘留室的空气中似乎飘散着一股淡淡的酸甜味，他暗想自己也许已中毒，命不久矣。

然而，就在他感到焦虑的同时，他察觉这是千载难逢的机会。

他有可能反过来套对方的话，解开多年来的疑团，刺探对方的身份和来历，以及那神秘、不可思议的杀人手段。

更重要的是，他有可能趁这机会抓住对方。

纵使葛警官每次跟气球人对决都是吃败仗，他仍掌握部分线索。他知道气球人是个性情乖戾的杀手，估计话匣子一开便会侃侃而谈。

"你怎么被抓了？"葛警官以平板的语调问道。

"哎哟，你想套话吗，葛警官？"对方嗤笑一声，"你不如先问一下你自己为什么被关起来吧！"

"我没有被关，只是来协助调查。"葛警官嘴硬地反驳道。

本来他不想回答，但对方那一句反问实在刺到他的痛处。

"嘿，'协助调查'。那我也是来'协助调查'罢了，呵。"

那轻佻的语气令葛警官反感，但他决定无视，继续刺探对方。

"你向我承认身份，不怕我待会儿告诉同僚吗？"

"以阁下目前的处境，你认为他们会相信你吗？你跟他们说：'隔壁拘留室里的家伙就是那个传说级的杀手气球人！'他们只会以为你胡说八道，企图转移视线、找借口脱罪吧？"

"我有什么罪要脱？"葛警官反驳道。

"北区凶杀组找你'协助调查'，你认为呢？"

这家伙比我知道得多——葛警官心中一凛，他没料到对方知道那些警员里面有凶杀组成员。

"哈，我没涉及任何凶杀案，才不担心。"葛警官笑道，虽然连他也觉得自己的笑声不自然。

"嗯，对啦，这个世上没有冤案，监狱里的全是十恶不赦的坏蛋，无辜者一定会得到公平公正的审讯，而且警察都会如实记录所有供词，不会为了邀功安插罪名。"

葛警官知道对方故意说反话刺激自己，决定反客为主，不让对方继续牵着自己的鼻子走。

"你这两三年怎么消失了？"葛警官问。

"我退休了。"

"哼,杀人魔也会退休?忍受内心沸腾的杀人欲望不辛苦吗?"

"葛警官,你这样看我实在教我好伤心喔。"墙壁后的声音缓缓地说,"你以为我享受杀戮吗?我才不喜欢,杀人麻烦死了。我跟你没什么不同,一样是时势所迫,不得不出卖劳力,努力工作赚生活罢了。"

"呸,我跟你怎可能一样!"葛警官怒道,"你是杀人如麻的罪犯,我是维持治安的警察,你哪能说什么鬼'赚生活'来跟我相提并论?"

"假如这世上没有罪犯,那警察也会消失,你的身份就是要有我这种人存在才有意义,否则你只是个一事无成的废人。"

"但这世上罪恶永远无法根除!就是因为社会有邪恶,我们才有必要去扑灭它——"

"对,无法根除,所以一定有人要干坏事,用来彰显你们这些英雄有多正义、多伟大嘛。既然如此,上天选中我担任歹角,我也是无可奈何的啊。"

"你说什么狗屁歪理!"

"对你而言的确是歪理,但对我来说却是很自然的事。"对方顿了顿,语气中减少了半分轻浮,"善恶是什么?道德是什么?我从来搞不懂。葛警官你知道吗,我从事这行业多年以来,见尽了人间百态。我的委托人以千奇百怪的理由委托我去干掉目标,有些以你的标准而言大概蛮'合理',像复仇、嫉妒、抢夺金钱或权力；然而更有一堆莫名其妙的，假如我说出来，你一定会惊讶于人们怎么为着芝麻绿豆的小事希望另一个人从世上消失。"

"所以那些人跟你一样是变态——"

"葛警官你的所谓'正常'跟'变态'，只是以历史和宗教建构成的价值观而定，你没有方法去证明那观点是'正确'的。对你来说，人命是最宝贵、最值得保护的事吧？可是换个角度看，一切只是统治者考虑族群整体利害得失而硬挤出来的借口。由于活在某个群体之中，所以考虑到群体的最大利益而必须尊重彼此的性命，但只要细心一想，便会发现人类其实都是浑蛋，是贪得无厌的掠夺者，因为这说法代表了人类只需保护同族生命，却可以任意杀生、剥夺其他物种的生存权。你吃牛排时有感谢那头为你奉献血肉而死的牛吗？你开车时有想过废气造成全球暖化，让北极熊、鲸鱼、蜜蜂等大量物种濒临灭亡吗？你没有，因为人类都是自私鬼，是伪善者。"

"你难道不是人类吗？你不自私、不伪善吗？"

"我很自私啊，我杀人从来也只是为了自己，但我不是那些以杀人为乐的家伙，假如在这个乌烟瘴气的混账社会我可以不用杀人而活得安好，我才不会去干那些吃力不讨好的麻烦事。"对方忽然换了语气，略带笑意地说，"至于我是不是人类嘛，嘿，我真的不知道。坊间不是一直这样说吗？说气球人是都市传说。我可能已经不是人类，化成另一种形而上的存在吧？既然如此，我杀人跟你捏死一只蚂蚁不过差不多而已……"

接下来一分钟，二人无言。虽然葛警官想找方法套话，但对方的一番话颠覆了他过去对气球人的行为侧写。他不完全相信对方的说法——也许那家伙正在胡扯，盘算着杀死自己逃离现场的阴谋——但万一那是真正心声，那就超越了他的想象。

——气球人不是"愉快"杀人魔，对权力没兴趣，只是极端的利己主义者和反社会主义者。

过去，葛警官和下属觉得气球人是个强大、可怕、狡诈、无恶不作的杀人鬼，可是如今回想，调查小组会不会过度神化对方，自乱阵脚，无法客观地看破真相？气球人会不会浑身弱点，其实一直惧怕警方的追捕？那些引人注目、将死者像变魔术般杀死的例子，会不会另有目的？相比起这些高调的案子，气球人是否有低调的杀人方法，那些夸张的尸体是用来掩饰他的其他行动吗？

葛警官几乎忘了目前的处境，全心投入思考气球人的事。

"你到底用什么方法杀人？"葛警官开口问道。

"嗳，我十年前不是已经说过那是'商业机密'了吗？"

"你……是用法术或巫术杀人的吧？"

"任君想象。"

"你——"

"嘎——"

当葛警官正要追问，走廊尽头处通往楼梯间的闸门传来开门声，似乎有人要过来。

"糟糕，我们花太多时间闲扯淡了——"墙后的声音变得着急，"听好，接下来的盘问你可以如实作答，但假如涉及金钱，即使你明明不知情也要装出一副了然于胸的样子！"

"什么？"

"你想平安无事就照我的指示去做！我跟你现在同坐一条船，我们能否及早离开这臭气冲天的监牢，就看你的表现了！你别忘记这世上可是有冤狱这回事！"

"慢着，你知道他们正在调查哪一桩案子？"

"还有哪一桩？当然是警员A！"

"等——"

葛警官把喊到唇边的话吞回肚子，因为脚步声已来到钢门外，他连忙坐回石床上，装出一副若无其事的表情。

"咔——"

钥匙打开门锁，开门的是内部调查科平头男。葛警官站起来，准备跟对方离开前往侦讯室，平头男却伸手示意他坐下。

"楼上暂时没有空房间，我们在这儿做笔录。"

葛警官愣住，疑惑地盯着平头男。

"这儿？"

"葛兄，反正只是协助调查，不用太正式。"平头男身后冒出一道声音，葛警官定睛一看，才发现站在平头男身后的正是内部调查科科长施警官。人称"老施"的施科长比葛警官还要年轻四岁，警阶却高一级，虽然职务上没交集，但二人曾在警界的联谊酒会碰面，有过数面之缘。老施身旁还有一个穿制服的年轻警员，葛警官猜想是这分局派给内部调查科科长做跑腿。

"施科长？怎么要劳烦你……"葛警官没想到堂堂内部调查科的指挥官亲自到场盘问自己，但他不愿意说出"盘问"这二字，话说到一半便止住。

"事关重大，而且我怕这些'小咖'不懂规矩冒犯葛兄，只好亲自跑一趟。"老施耸耸肩，面露微笑。他身后跑腿的警员搬来一张椅子，放在打开了的钢门旁让老施坐下，自己和平头男则站在老施身后。

葛警官只好坐回石床上，心里七上八下。他实在难以接受在拘留室接受查问——在拘留室侦讯的通常都是重犯，他过去就提交过不少在拘留室拍摄的盘问影片给法院当证供，被告清一色是杀人嫌凶——可是连施科长也愿意"纡尊降贵"亲自跑来查问，他也不好吭声。

"葛兄，"老施从平头男手上接过一份文件，戴上从胸前口袋掏出的老花眼镜，"上个月二十五日星期四晚上九点到翌日凌晨四点，你在哪里？"

听到老施不加修饰的询问，葛警官不由得皱一下眉。

"我是嫌犯吗？"

"啊，不，不。"老施抬头一笑，"保险起见，按惯例要问问。葛兄，二十五日星期四晚上九点到翌日四点，你在哪儿？"

"二十五日……我在家。"葛警官无奈之下只好如实作答。他感到老施友善态度之下的那一份强硬。

　　"唉，没有不在场证明啊。"老施摇摇头，叹道。

　　"施科长，我们到底是谈什么案件？"

　　"葛兄，你是聪明人，应该早猜到啊。"

　　"警员A？"

　　"还有别的吗？"

　　葛警官不记得警员A被杀的日期，但如此一说，上个月二十五日晚上九点至翌日清晨四点便是法医推断的死亡时间。

　　"你们怀疑我是凶手？"葛警官紧张地问。

　　"不，不，葛兄，那只是姑且一问。"老施笑着搔了搔下巴的胡子，再说，"就算我们知道你在嫌犯的可能范围里，我也不认为你涉及案件。"

　　"什么范围？"

　　"有证据显示，凶手是你们那个什么'气球人调查小组'的成员。"

　　葛警官大感惊诧，他没料到这节骨眼上会冒出"气球人"这名字。

　　"我……我们小组成员？"

　　"葛兄，请先让我继续发问吧。"老施瞧回文件，"根据记录，上个月二十六日你们小组召开了会议，对不对？"

　　一个月前葛警官收到情报，怀疑南区某律师之死是气球人所为，但调查后发现真凶是死者的妻子，她因为听过"气球人传说"，毒杀丈夫后故意将尸体布置成奇诡的状态，企图误导警员。解决案件后，葛警官召开报告会议，日期便是上个月二十六日。

"对……那会议是在上个月二十六日。等等，你想告诉我：我们弄错了真凶？那律师的命案真的是气球人所为？他跟警员A有关？"

"葛兄，我对什么气球人、皮球人没兴趣啦，"老施语气似乎有点嘲讽，"我只想知道那场会议上有没有成员表现异常？"

葛警官听罢问题，才晓得对方压根儿不相信气球人的存在。虽然气球人多年来犯案累累，一般人却不知道这杀人鬼正潜藏于社会一隅，就连警队里面也只有真正见识过气球人可怕手段的警员才支持葛警官的调查小组。葛警官庆幸自己没有向对方透露"气球人就在隔壁拘留室"这惊天情报，纵使不服气，他也认同那恶魔的说法很有道理，说出来的话老施一定会觉得他在胡扯。

"那天的会议……我没察觉有任何不对劲。"

"哎，是这样吗？犯人可是在你们开会的数小时前以行刑般的手法折磨、杀害了一位手足，假如还能逃过葛警官你的法眼，那家伙可真不简单啊。"

"你凭什么确定凶手就在我们小组里？"

老施将文件放在大腿上，直盯着葛警官的双眼。

"好吧，虽然本来是机密，但我不告诉你你一定不死心。"

老施边说边摘下眼镜,"媒体以为警员A被杀是因为极端分子向警队报复吧。"

"不是吗?"

"不是。A在被杀前,向内部调查科告密,指警队内部有人勾结罪犯。然而他在跟我们见面、提供证据前便被灭口了。"

葛警官感到一股不安直冲脑门。

"A说跟罪犯勾结的同僚是气球人调查小组成员?"

"嗯。"

"不可能!我挑选的手下都是忠诚依法、大公无私,没有人会做出这种伤天害理的事!"

"你组里有一个组员叫阿达吧?"老施戴回眼镜,向文件瞄了一眼。

"他是我的手下之中最有干劲的成员,我退休后他会接管调查小组——"

"他去年在商业犯罪调查科处理的一宗案件,因为下属处理程序失误导致法官宣布被告无罪。"

"那又如何?"

"假如那失误是他指使手下故意制造的呢?"

"阿达不会做这种事!他才不会指使部下渎职!"葛警官激动地站起来。

"葛兄你先坐下。"老施没被对方的举动影响,淡然地说,"我只是提出一些可能性而已,换你坐我的位置,你也会如此思考吧?"

葛警官很想否认,但他知道对方言之有理,只好悻悻然地坐回石床上。

"另外你的手下中有一个叫志宏……"老施翻过文件第二页,"他半年前曾被交通部的同事逮到超速驾驶,因为他和交通部某位警官有交情,结果取消了罚单。"

"那……那只是单一个案!超速和杀害同僚程度上也相差太远了吧!"

"还有这个叫大石的。"老施扬起一边眉毛,"他有多次擅离职守的记录,理由最荒唐的一次是'背一个行动不便的老婆婆到医院',结果让监视中的毒贩逃跑。"

大石就是这种笨蛋啊——葛警官本来想如此反驳,但说出来的话,大抵只会雪上加霜,让对方对小组成员有更强的偏见。

"施科长,我以人格保证大石是好警察,他或许有点笨,喜欢多管闲事,但勾结罪犯之类的指控不可能是事实。"

老施闭嘴不语,双眼眯成一条线,盯住葛警官。他翻开文件的下一页,再说:"葛兄,那你又如何?"

"我?"

"你之前在高展银行投资债券,差不多亏了全副身家吧?"

葛警官倒抽一口凉气,他没料到对方连自己的财务状况也查得一清二楚。然而与此同时,十几分钟前那句他几乎已遗忘的"指示"遽然在心中浮起。

——假如涉及金钱，即使你明明不知情也要装出一副了然于胸的样子。

"那是事实，又如何了？"葛警官如实承认。他不愿意依从"天敌"的劝告行事，但他对自己的投资很清楚，所以根本不用假装知道。

老施从文件中取出两张纸，递给葛警官。葛警官以为是自己的户头资料，却没想到完全是别的东西，而且定睛一看，更令他头皮发麻。

那是气球人调查小组的开支报告和拨款单据。十年前葛警官成立小组，自然向财政科申请拨款津贴，用来支付成员的加班薪金、线人报酬以及一切公务开支等等，每年拨款不多，他现在手上的去年开支报告就详细列明每笔款项的资料；然而，在另一张财政科的拨款单据上，却有一个数字教他大吃一惊——财政课拨款单上的金额多了一个零，小组收到的钱应该是原来的十倍。

小组里有人做假账，亏空公款。

葛警官几乎想冲口而出，大嚷他没见过这单据，可是霎时间他冷静下来。

——这不正是气球人指示的情况吗？

对这笔款项他毫不知情，按道理他要大力否认，据理力争，证明自己清白，可是这一刻他仿佛觉得按常理行事只会掉进万劫不复的境地。他无法解释原因，可能是生物本能的危机感，也有可能是潜意识被那句荒谬的指示影响，但总之他知道他正站在人生的抉择点之上。

要听从死敌的话吗？

"那……又如何？"葛警官做出选择，装出一副平淡的表情向老施说道。

"你没看清楚吗？两边的金额对不上。"老施讶异地问。

"对不上又如何？"

"也就是说你们之中有人报假账，中饱私囊！"

"当然不是，我很清楚当中的理由。"葛警官不知道如何回答，只好胡扯。他渐渐觉得自己做了一个饮恨终身的错误选择。

"什么理由？"

"事涉机密，无可奉告。"

老施瞠目结舌，平头男和制服警员面面相觑，似乎无法理解目前的情况。老施和平头男交换了一个眼神后，从椅子站起，摘下眼镜，对葛警官说："葛兄，你这样不合作让我们很为难。我先给你一点时间好好想一下，待会儿再来问你，希望到时你能坦承一切。"

眼看着三人正要离开，葛警官打破沉默，说："慢着。"

"怎么了，你想跟我们说明了吗？"

"不，我想知道你们今天还抓了哪些人进拘留室。"葛警官以拇指指了指身后的墙壁。

"我这边跟你一样，'事涉机密，无可奉告'。"老施亮出一个带敌意的笑容，关上钢门。

葛警官听到走廊另一端传来闸门的关门声后，他走到钢门前，透过监视窗确认门外没有人。紧张过后，不禁叹一口气。

"葛警官，你干得好好喔。"来自排水口的声音再度响起，"不过你太调皮了，竟然想打听我的身份。"

"哼，我一定是失心疯才会听从你的话。"葛警官坐到洗手盆旁的地上，背靠着墙壁，低头对着墙洞骂道。

"但你现在了解麻烦有多大吧？"

葛警官不由得诺塞。他仍信任部下，可是那张拨款单据说明了另一个事实——他身为小组指挥官，账目文件只要签名核实，归档、存档、递交财政科等等工作都由下属处理。假如说中间有人私吞款项，那负责的成员便最有嫌疑。

而负责这工作的，正是大石。

问题是，葛警官不相信大石会做出这种事，或者该说，大石的头脑可没灵光到懂得这样做。

"你知道做假账的犯人是谁？"葛警官丧气地问道。

"我知道，但因为你刚才尝试探听我的身份，为了惩罚你，我才不要跟你说。"

"浑蛋。"葛警官本来就没期待对方会说真话，"那家伙便是杀害警员A的凶手吗？"

"对。"

"你为什么知道那么多？"

"我虽然退休了，但我依然掌握很多情报，好歹我曾是地下业界的顶尖人物嘛。"墙后的声音变得很愉快,"话说回来,姓施的说你的部下勾结罪犯,杀死A灭口,你没考虑过那个'罪犯'正是在下吗?也许你此刻正愚蠢地被罪魁祸首摆布啊?"

"肯定不是你。"葛警官想也没想,回答得干脆。

"为什么?"

"假如你要杀人灭口,犯不着用刀刺杀,那不是你的作风。"

"哈,想不到我在警界也有知心朋友哩。"

"少往自己脸上贴金,我有机会逮到你,一定把你大卸八块。"

"葛警官你真爱开玩笑。"

"你为什么要我撒谎说知道账目的事?"葛警官话锋一转,问道。

"因为这样做我和你才能平安无事离开这鬼地方……不,应该说'你'才能平安无事离开,我总有办法全身而退,只是得花上更多时间。而我实在不想继续待在这个教人倒胃口的房间了。"

"我是问,为什么我假装对账目知情能让我离开?"

"你待会儿就会知道了。"

"待会儿?"

"等那姓施的回来,你便会知道原因。"墙后的声音顿了顿,再说,"葛警官,你与其探究这个,不如好好推理一下警员

A的案子吧？你不觉得案情上有很明显的矛盾吗？"

"什么矛盾？"

"枉你自命神探，这个也看不出来？就当是我给知音人的奖励，送你一个小提示——你好好想一下，为什么犯人要用那种方法杀死A？"

葛警官对这讥讽有点恼怒，但他没作声，因为经对方提点，他也察觉乍看合理的事件有它的不自然之处。警员A被杀，一般人以为是仇警分子为了复仇而行凶，但老施如今指出犯人是葛警官小组的成员，杀人动机是为了灭口，那案情就有一个怪异的地方。

为什么要行刑似的刺上三十多刀来杀人？

葛警官很清楚，这种手法代表了两个可能性，一是凶手对死者有血海深仇，为了泄愤，故意折磨对方；二是凶手以此逼受害者说出秘密，简而言之就是拷问。问题是，如今两者都不合理——警员A发现有同僚渎职，基于职责向内部调查科报告。假如说犯人因此怀恨在心，杀人灭口之余还耗费如此长时间去慢慢折磨死者，犯人的动机和行为未免过于不相称；而若然说是为了迫使死者交出犯罪证据，那又多此一举，因为内部调查科已锁定嫌凶范围，作为罪证的账目亦明显不是犯人能消灭的东西，财政科的电脑里一定有副本。

说到底，这根本不像是以"灭口噤声"为目的的凶杀案。

凶手想在A身上取得什么情报？

再者，一般受刑者在透露秘密后、没有利用价值便会被杀，A挨了三十多刀才失血过多而死，即是说他没有招供，犯人没有得逞。换言之犯人大概仍未掌握那项资料，或是没拿到那东西。

葛警官无法猜想当中的理由，他不断地思考不同的假设，判断下属之中谁最可疑，但任凭他如何努力仍没法理清头绪。比起家庭他更重视工作，他对部下的信任远胜于对妻子和女儿的了解，因此他也完全不能想象阿达、大石或志宏他们会瞒着自己盗取巨款，甚至为了自保杀人灭口。

——其他人现在是不是也被抓来协助调查了？

葛警官心思一转，突然想到这点。他知道换成他当调查者，他也会同时间将所有嫌犯逮捕，以免走漏风声，万一案件涉及其他犯人也能一网打尽。平头男说过侦讯室全满了，那很可能今天被抓到这分局的，正是气球人调查小组全组十几名成员。

当想到这点，葛警官猛然站起，惊惧地瞧着墙洞。

——气球人是我的部下之一？

这念头浮现之际，葛警官浑身起鸡皮疙瘩，然而不到数秒他的理智告诉他这不可能。因为他对部下比对家人还要熟识，他有自信能认出对方的声线和语调，十年前一役可能没察觉，但今天跟那家伙隔着墙聊了这么多，假如对方是跟自己共事的部下，他有自信识破其身份。

然而，假如气球人不是自己的部下却一样是警队成员……

葛警官陷入沉思。考虑到气球人的狡诈特质，对方说自己

"退休了",很可能是指"我从杀人的工作退休了,现在换了跑道",他不能排除那家伙混进警方的可能性。也许他跟警员A的案件无关,却被内部调查科歪打正着,一并当成嫌犯抓来,如今正在担心自己的过去曝光。为了掩饰,对方一定伪造了不少文件,不尽快洗清嫌疑,那些文件被老施盯上是迟早的事。

"喂,你说你退休了,之前杀人赚的钱赚够了吗?"沉默了老半天,葛警官对墙洞问道。

"还好啦。"

"现在百物腾贵,今天觉得足够的积蓄日后很可能不够用,毕竟你没有退休年金。"

"你怎么知道我没有?"

"你是公务员吗?"

"葛警官你又捣蛋了,想试探我吗?"对方嘲笑道,"你死心吧,我早看穿你现在的想法,所以我说的一切也可能是谎话。我劝你别将心思放在我身上,好好考虑自己的处境,毕竟你还要应付待会儿的盘问。"

葛警官碰了一鼻子灰,只好闭嘴。他感到一个头两个大,一方面想侦查他追迹多年的罪犯,另一方面却要面对被侦查的不利处境,进退维艰。

然而在这片迷雾里,另一个猜想赫然冒起,甚至让葛警官陷入更深的疑惑。

墙后的人真的是气球人吗?

那家伙的语气的确跟十年前在饭店遇上的那人相像，可是事隔多年，记忆不大可靠。虽然对方能说出十年前的事，但葛警官曾在调查报告中记录对峙经过，任何读过那份报告的警员都能说出相同的事实。迄今为止，墙后的人没有说出能证明他便是气球人的关键证据。

——假如他不是气球人，那主动跟我搭话的目的为何？

是内部调查科的诡计？是北区凶杀组的计谋？是跟罪犯勾结的部下的同伙，为了扰乱调查故意误导自己？又或者，那家伙真的是气球人，而警员A凶杀案的确是他所为，用刀刺杀是为了制造混乱？

葛警官愈想愈乱，他不知道是自己渐渐失去推理的能力，还是这局促狭隘的环境令他的脑袋难以好好运作。

"嘎——"

走廊弯角后的闸门再度传来声响，葛警官从沉思中惊醒过来。他瞄了手表一眼，时间已接近午夜，距离上次侦讯差不多已有一个钟头。

"他们来了？"葛警官不自觉地对墙洞说了一句，可是，墙后没有回应。

"嗨，浑蛋？"他压下声音再说一句，但墙洞依旧沉默。脚步声渐近，他也不管隔壁那家伙是否真是气球人、自己是不是被设计了，赶紧再次坐到石床上，挂回扑克脸。

然而钢门被打开后，葛警官脸上不由得流露讶异之情。

"阿葛，辛苦你啦。"

站在老施和平头男身旁的，是一直提携葛警官的姜副处长。

"副处长，您怎么……"葛警官连忙站起敬礼，但姜副处长微笑摆手，示意不用。

"处长责成我处理这案子，既然涉及高级警官，我自然也得亲自上场。"姜副处长苦笑一下，"干我们这一行，管你是低级警员还是处长，有需要的话凌晨也得当值啊。"

"不好意思，副处长……"葛警官不禁向对方鞠躬道歉，纵使他自问错不在己身。

"不打紧，不打紧。"副处长轻松地点点头，指了指身旁的老施和平头男，"他们说你对关键的案情细节有所隐瞒，是吗？"

"没有，没有。"

"葛兄，你刚才不是说什么'事涉机密，无可奉告'吗？你到底什么时候察觉账目有误？为什么你明知有人亏空却不作声？"老施咄咄逼人地问道。

葛警官理亏词穷，只能呆站在石床旁边，苦思如何作答。要坦承自己根本毫不知情，只是被他人唆使煽惑，胡扯一番？然而那个"他人"正是自己追捕十年的杀人魔，对方目前更被关在隔壁拘留室……说出这些"事实"，不显得荒谬绝伦，难以置信吗？

"阿葛，你放心直说出来就好，多年来我对你充分信任，你不用担心说出某些违规的事害自己惹麻烦,我这个副处长能做出保证。"副处长伸手拦住老施,让情况降温,"警界上下不分阶级,只要是警队中人便是手足,事情不是严重违法的话我都有办法罩住。"

"我——"

"砰!"

就在葛警官打算说出自己其实一无所知之际,走廊传出一声巨响,像是有什么东西撞上闸门。副处长、老施和平头男不约而同地回头张望,可是走廊呈九十度转弯,他们看不到另一端的情况。

"沙沙——"

似乎有什么重物被拖行的声音。

葛警官也因为那不寻常的声音提高警觉,不自觉地向拘留室出口踏前一步,想一窥究竟,可是他的举动被老施觉察。

"别过来。"老施不礼貌地伸出食指指着对方,就像警告意图反抗逃走的犯人,但葛警官才没有理会,站在门边探头,勉强瞄到走廊的光景。

"救……救命……"

随着一声近乎喘息般的低声呼喊,一道人影蹒跚地从走廊弯角后现身——一个身穿制服的警员狼狈地拖着另一个穿便装的男人的上半身,跌跌撞撞地向众人所在的拘留室一步步走过去。警员虽然仍戴着警帽,但血流披面,左边肩膀染红了一片,腰间的枪袋空空如也，似乎刚经历了一场死斗；被警员拖过来的男人浑身血污，地上被拖出一道长长的血痕，不知那人是生是死。

"有……有人袭击……"不晓得是因为伤势太重还是体力到了极限，警员甫拖着生死未卜的男人转过弯角，吐出这半句话后便倒地不起。平头男和老施见状立即拔枪戒备，葛警官见状也想上前帮忙，但他刚踏出一步便给老施挡住。平头男将葛警官狠狠推回室内，关上钢门，葛警官只能靠在门边，焦灼地透过监视窗继续观察情况。

"你振作一点！"老施等三人趋前将倒地的警员和男人拖离开弯角，平头男则紧握手枪，往前探视袭击者有没有尾随那两人而来。葛警官想起前阵子那些仇警分子曾扬言会对付警察，不确定他们是否挑这间分局进行突袭。

"他死了。"老施检查过满身是血的便服男人后，吐出一句话。葛警官站在门边，隔着玻璃目睹一切，就连他们的话也通过门顶的通风口听得清楚。

"科长，似乎没有人追——呜呀——"

葛警官不晓得平头男那声惨叫代表什么。他用力将脸贴上玻璃，可是碍于角度狭窄，他根本无法看到走廊弯角那边发生什么事。他只看到面前两个倒地的染血男人，以及直瞪着平头男所在之处、面露惊惧的老施和姜副处长。

"发生什么——"

"呜呀——"

就在葛警官面前，老施和副处长先后倒下。他本来以为二人被枪击，但他没听到枪响，然后仔细一看，惊觉回忆中的恐怖片段再度在现实中上演——

"气球人！"

葛警官狂怒的喊叫无法制止杀人魔术重现眼前，老施和姜副处长的脖子同时被一股隐形的力量扭断。二人在地上挣扎着，手脚犹如痉挛般屈曲，手掌在空气中乱抓，形成一副教人悚然的异常光景。颈椎骨折断的声音再次传进葛警官的耳朵之中，他更看到姜副处长死前那张苍白的脸和惊骇的眼神。他用力敲打钢门，尝试阻止自己敬重的上司被杀死，可是对方的头颅像坏掉的发条玩具，整整转了两圈才停下。

"住手！给我住手！"

葛警官大嚷，但为时已晚。隔着钢门，走廊上躺着一堆尸体，而他不知道气球人下一个目标是不是自己。

"妈的，气球人！给我滚出来！我要将你这孬种碎尸万段，拿去喂狗！"葛警官回头对着墙洞愤怒地吼道。

"啊呀，葛警官，大家都是文明人，嘴巴放干净点比较好。"

无赖般的声线再次响起，然而这个回应，让葛警官背脊一凉——声音是从他身后钢门门顶的通风口传进来的。他猛然回首，透过门上的监视窗，看到那个血流披面的警员缓缓爬起，拍打身上的尘埃。

"初次'见面'，葛警官，在下气球人。"对方笑道。他将警帽的帽檐按下，让葛警官无法看到他的双眼，加上满脸鲜血，对方难以看清样貌。

"你……你……拘……拘留室——"葛警官不住回头望向身后的墙壁，同时又警戒着门外的气球人。他仍被眼前的光景震慑，无法把话好好说出——他不晓得明明被关在另一间拘留室的气球人，怎么摇身一变成了从外面跑进来、拖着另一个男人、头破血流的警察。

"你以为我被关在隔壁的拘留室吗？"气球人耸耸肩，边说边背着门后的葛警官蹲下，检查老施等人的尸体，"抱歉让你误会了，我之前的确待在那房间，但门可没有锁上。"

"没……锁上？"

"对啊，不过我和你一样'被困'在这鬼地方，我没完成委托杀掉目标可不能离开。那边的房间尿骚味超重，被迫待上老半天，实在倒胃口。"

葛警官此刻才察觉这全是气球人设计的一场戏，他老早装扮成警察在二号拘留室等候，待目标人物现身、时机成熟便涂上血浆，假装受伤让对手松懈，再近距离下杀手。

"你——你被委托杀死副处长——"

"他是主要目标，还有姓施的，以及其余一些警察。"气球人头也不回，继续翻地上尸体的口袋，"这委托有够夸张的，名单一整串长，还好这位副处长是最后的了，我可以好好休息一下。"

"你——你骗我说退休了。"葛警官本来想痛骂对方残杀无辜，但他按捺着怒气，因为他仍没放弃逮捕对方的想法，尤其他首次如此接近这杀人鬼。

只要拖延便有胜算——他猜想气球人之后还要面对如何离开这分局的难关，假如楼上有警员察觉地下一楼有异，那气球人反而成为瓮中之鳖。

"我没骗你，我真的退休了，只是有一件以前遗留下来、不能推却的委托。我跟你们这些警察不一样，我很有职业道德的，做出过的承诺就算退休了也得完成。附带一提，这委托我不但没酬劳，还得自掏腰包花钱筹备，足足弄了一整个月，唉，只怪我人太好。"

"为什么你要大费周章，装神弄鬼在这儿杀害他们？"

"不是'他们'，"气球人仍没回头，自顾自在搜死者们的身，"是这个姓姜的。记者们每天追着他不放，我根本没办法瞒过狗仔队接近他……说起来，十年前那个医生还好处理一点哩。"

葛警官想起副处长因为丑闻被媒体苦缠，没料到这反而成了他的护身符，使气球人缺乏下手的机会。

然而在这霎时间，即使细节仍未厘清，葛警官赫然发现一个事实。这事实教他眼前一黑，一股强烈的反胃感从喉头涌上，五脏六腑像被绞住般难受。

"你……你……你这浑蛋！你利用我引副处长出来！你叫我

撒谎说知道账目拨款什么的,就是为了引副处长掉进这陷阱!"

"呵,是啊。"气球人停下动作,回头瞄了一眼,"谢谢你这么合作,担当帮凶这个角色。"

"我……害死了姜副处长……"葛警官难以接受事实,悲愤交加,双手握拳不住捶打钢门,指甲掐进手掌心,几乎掐出血来。

"在这个人吃人的社会,假如你没助我解决他,你也自身难保喽。"气球人轻描淡写地说,"这是互惠互利吧。"

"我才不要你的帮忙!"

"你是个忘恩负义的自私鬼,我救了你你还在抱怨。"气球人从老施的口袋搜出一支手机,一边滑动画面一边回答道。

"你胡说什么?"

"你还懵然未觉自己掉进了怎样的一个陷阱。"气球人站起来,低着头走到钢门前,"刚才我说过,做假账的家伙便是杀害警员A的人,严格来说不是'一个人',而是'一群人',而主谋正躺在我脚边。"

"副……处长?"葛警官无法掩饰脸上的惊诧。

"嗯。而根据他们的剧本,数天后报纸便会刊出惊天大新闻——谋杀警员A的凶手竟然是屡破大案的著名刑事警官葛幸一。"

"我……我?"

"葛幸一警官虚构名为'气球人'的都市传说杀人鬼,成立装幌子的特殊调查小组，十年来利用警方的经费漏洞私吞巨额公款。财政科的警员A发现葛氏的罪行，尝试告发，却被葛氏和同伙先下手为强灭口，并且伪装成仇警分子所为。在北警区凶杀组和内部调查科努力不懈下，终于揭发葛氏的恶行，将他和同党一网打尽。"气球人一口气说道，"这样的剧本不是很完美吗？"

"我没有做过！在法庭上我能自辩，证明这一切都是不实的指控——"

"死人如何自辩啊？"

葛警官目瞪口呆，他没想过副处长和老施准备杀死自己。

"你今天被抓进这儿，本来就没有机会活着离开。"气球人笑道，"他们干掉你后便会将你伪装成自杀，配合一堆罪证，世人便会认定你是畏罪自杀。"

"我在警队一向受敬重，同僚们都了解我的为人，那些账目单据不足以将我定罪！"

"加上你认罪的自白，那便足够了吧？"

"我哪做过什么自白？"

"你没有，但要伪造出来并不困难。"气球人按下从老施身上取得的手机，将画面贴在门上的监视窗。葛警官不由得怔住，手机播放着一条影片，主角正是坐在拘留室石床上的自己。

——葛兄，上个月二十五日星期四晚上九点到翌日凌晨四点，你在哪儿？

——我是嫌犯吗？

　　一个多小时前的盘问过程在手机画面重现。葛警官没留意当时有镜头在拍摄，但从影片的角度来看，镜头应该藏在站在老施身后的平头男或年轻警员身上。看到这片段，他冷汗直冒，因为他回想起过往呈交给法庭的好些侦讯影片——那些在拘留室拍摄、盘问杀人犯的片段。

　　"但……但我没有承认过任何罪行——"

　　气球人拿走手机，在上面输入一些文字。虽然葛警官看不到对方双眼，但他目睹气球人嘴角扬起，正不怀好意地笑着。

　　而当对方按下画面某按钮后，手机传出的声音令葛警官深感战栗。

　　——是我指使部下杀害同僚……他太多管闲事。

　　这句话的声线和语气，和葛警官一模一样。

　　"看，我不就说'伪造不困难'吗？"气球人笑道，"近年有一种叫'深假语音'的电脑技术，只要输入某人说话的样本，就能使用人工智能深度学习来模拟出那个人的声线，东区科创中心就有一家公司专门研究这个。样本愈多，合成出来的语调愈神似。"

　　葛警官忆起老施的盘问过程，想起自己曾说过的那几句话，不由得打从心底发寒。

　　——阿达不会做这种事！他才不会指使部下渎职！
　　——那……那只是单一个案！超速和杀害同僚程度上也相差太远了吧！
　　——施科长，我以人格保证大石是好警察，他或许有点笨，喜欢多管闲事，但勾结罪犯之类的指控不可能是事实。

　　"这软体可不是我故意安装的，它本来就在手机里。功能有点'阳春'，但看来是他们用来评估盘问取得的声音样本够不够伪造足以毁你清白的罪证吧，之后再让同伙用电脑好好弄一遍，加上特效修改影片，稍稍改动你的嘴形，将伪造的音轨嵌进去，那法庭就会有一件确凿的证物……啊，不对，反正你人已死，让这伪造影片'意外流出'，给媒体报道就行了，舆论将矛头指向你，姓姜的安然无事，警队铲除一匹害群之马，民众有怪罪的对象，皆大欢喜。"

　　葛警官一脸茫然。他不相信自己会被当成替罪羊，尤其气球人声称主谋是他敬重多年的副处长。理智上他知道眼前一切证据吻合，感情上却无法接受。

　　更重要的是，他没忘记面前的人是他追捕多年的目标，即使自己陷入被诬害的圈套、同僚口蜜腹剑意图置自己于死地，他仍执着于抓住气球人这杀人魔术师。

"我不相信。"葛警官说道,"这一切不过是片面之词,天晓得你会不会是在误导我,就像一个多小时之前一样。"

"哎,葛警官,你可真顽固啊。"气球人从口袋掏出一个小小的黄色信封,"这里面就有你所需要的文件证据,证明警员A是发现了什么而招来杀身之祸。"

"既然你说副处长他们可以造伪证来冤枉我,那我怎知道这什么鬼证据会不会是你伪造出来的?"

"嗨,你这家伙——"气球人语气有点不耐烦,但忽然顿了一顿,又说,"你……该不会是在拖延时间吧?"

葛警官被对方说破心事,不由得怔了一怔。

"我说啊,"气球人换回轻松的语调,"你以为拖延时间,楼上的人发现不对劲,我就会在这儿被围攻吗?你太天真了,我既然完成了委托仍赖着不走,跟你继续聊这些五四三,便代表我已准备好退路嘛——你以为楼上还有半个活人吗?"

犹如上千只蚂蚁在背部往上爬,葛警官几乎窒息。他记得气球人有方法令目标在自己逃离一段时间后才死亡,那么,他很可能潜伏在隔壁拘留室之前已对楼上的所有警员下杀手——虽然气球人说他不享受杀戮,但只要挡在他面前,他才不管涉及多少条人命,都会一一铲除。

"你这恶魔……"葛警官咬牙切齿地骂道。强烈的挫败感涌上心头,他只能勉强站在门边以言语发泄。

"我真是人太好，为什么要花时间跟你说这些呢？"气球人摇头叹道，"呵呵——算了，我还是快快了结，早点回家休息好了。"

气球人捡起老施的手枪，隔着玻璃指向葛警官。

我要死了——葛警官心想。面对这杀人鬼，他虽然已置生死于度外，但被枪嘴直指，他仍本能地往后退了一步。

"砰！"

葛警官伸手往前挡住之际，却发现没有子弹从监视窗打进来，只见气球人以枪柄敲碎玻璃。葛警官以为对方准备用"杀人魔术"解决自己，将他的头颅扭转七百二十度，对方却往室内丢进一件东西——

一串钥匙。

"你手够不够得着门锁我就不管了。"气球人笑道，"最后送你一个小情报：检查一下楼上那些死去的警察们的手臂，你会发现有趣的事。我先失陪，后会无期。"

"慢着！气球人——"

葛警官的喊叫没能阻止对方离开，当他伸手从破掉的监视窗摸到钢门外的钥匙孔位置、成功找出钥匙串里哪一把能打开门锁时，已是十分钟后的事。门外只有四具尸体，以及气球人展示过、声称装着证据的黄色信封。葛警官打开信封，里面只有一张小小的存储卡。

即便确信为时已晚，葛警官仍一鼓作气地跑到楼上，期望有人能逃过气球人的杀手。然而刚冲出梯间，眼前的景象叫他大吃一惊。

葛警官面前的确横七竖八地躺着一具具脖子被扭断的尸体，可是令他吃惊的不是这些死者，而是周遭的环境。

这儿根本不是警察局。

一楼连接楼梯间的门廊堆满纸箱和杂物，加上旁边一些蒙尘的机器，这儿比较像废弃工厂或仓库。门廊左边有一扇没关上的门，葛警官跨过地上的尸体，发现门后是个像休息室的房间，除了排着几张长沙发外，门口旁边还有一个小酒吧。每张沙发上搁着几具尸体，当中有男有女，男的有穿制服也有穿便服的，但女的都衣着性感，就像是夜店的陪酒小姐。地上散着碎掉的酒瓶、酒杯和小吃零嘴，而角落的一张沙发上有一对衣衫不整的男女，女的跨坐在男的大腿上，就像二人正在缠绵，可是他们的头颅都像茎秆折断的麦穗，无力地垂在彼此的肩膀上。最让葛警官诧异的是，那男人可是穿着警察制服，纵然他的裤子早褪到小腿上，手铐则扣在自己的手腕上，而警帽却戴在女方的头顶。

葛警官退回门廊，往右边走过去，他仍无法理解这环境。但当他穿过右边的走廊，踏进那个像仓库般的偌大房间时，他就明白一切。在那房间里，除了地上的死者外，有一张张长桌子，桌上有一个个化学实验室专用似的仪器，而接近房间入口的长桌上却放满一包包白色的粉末。

这是制毒工厂。

葛警官终于回想起在拘留室闻到的酸甜气味是什么，那是制毒过程中化学品散发出来的味道，酸的是安非他命，甜的是可卡因。包装毒品的桌子上有一个死去的制服警员俯伏着，他身边的另一个死者便是和平头男一起抓葛警官来的北区凶杀组组员。

——检查一下楼上那些死去的警察们的手臂，你会发现有趣的事。

气球人最后搁下的话令葛警官十分在意，纵使他难以接受目前看到的一切所暗示的事实。他走到死去的凶杀组组员身旁，卷起对方的左手袖子，没看到任何异样，可是卷起右边袖子时却看到了——

在那条手臂上，有北区黑道"骠马帮"的帮派文身。

葛警官厘清案情的所有细节已是一周后的事。也因为这些细节，他猜想气球人真的是个懂法术的杀手。

在那张记忆卡里，记载了警员A被杀的理由——里面有警察财政科多份文件拷贝，显示警方在财政上有很大的人为漏洞，然而那些漏洞却跟葛警官一开始想象的不一样。

他本来以为气球人调查小组的开支跟拨款单据有差异代表有人亏空公款，但结论完全相反。钱不是被偷走，而是增加了。

姜副处长利用警方来洗黑钱。

根据记录，这漏洞在葛警官初成立气球人调查小组已被利用。副处长——当时仍是刑事部部长——跟黑道"骠马帮"勾结，协助对方清洗贩毒的黑钱，他暗中将警队中的同伙加进葛警官毫不察觉存在、名义上隶属气球人调查小组的特殊队伍名单，然后伪造拨款单据，将黑钱当成公务津贴发放给这些部下，部下们再将这笔钱全数存进警队的储蓄暨福利合作社。合作社委员会成员全是副处长的爪牙或同党，他们有权选择将合作社存款基金投资到什么公司，结果款项回流到由"骠马帮"合法经营、当作掩饰地下生意的财务企业去。

阿达仕屹的商业犯罪调查科再厉害，也没办法想象在同一栋大楼办公的财政科会被用来洗钱。

制毒工厂里除了葛警官外无人生还，死者共计三十六名，当中一半以上是警察；而同一天晚上还有四十七个警察离奇死亡，当中大部分来自北警区以及内部调查科，死者全是死于颈骨折断。经调查后，所有被杀警察都在警员A调查到的名单之上，是收取不法利益、包庇黑道的腐败警察，不少更是有双重身份的黑道成员——事实上，弱小的"骠马帮"早成为姜副处长的禁脔，部分警察和黑道早同化了。

葛警官被拘押的地点除了是"骠马帮"的制毒中心外，亦是帮派提供警员"福利"的娱乐场所，黑警们可以在这儿获得妓女或毒品的招待。调查发现，那个伪装成拘留室的地下一楼本来是黑道用来监禁、拷问敌对组织成员的地点，而老施和同伙们过去曾不止一次利用它来禁锢无辜者，让对方以为自己身处警局内——当然，那些被禁锢、吐露秘密的家伙之后都人间蒸发，很可能被埋到了北区的树林之下。

　　回想起被平头男带去"协助调查"的经过，葛警官不禁责骂自己太大意。搜查队在制毒工厂找到一箱摄影机和闪光灯，葛警官此时才了解他在"假警局"外被记者突击也是整场戏的一部分。他被平头男用外套蒙头，不是为了让"记者"拍不到他的样子，而是要防止他发现那根本不是警察分局。

　　而他猜测，当时气球人已伪装成警员，穿着制服混进工厂，并且杀死一人，和尸体一起在二号拘留室等候多时了。

　　除了葛警官被关的四号拘留室，其余房间的门锁都不能上锁。他不知道本来黑道和黑警们一向只需要一个房间来演戏，还是一至三号拘留室的门锁事前被气球人破坏，逼老施他们选择四号室，让气球人顺利地反过来演另一场戏来欺骗对方。气球人指示葛警官谎称对拨款知情，正是知道老施他们担心节外生枝，万一葛警官早发现单据有异样，曾对部下说明，那必须在杀掉对方前确认情报，堵塞漏洞。而要让葛警官开口，只能依赖比他高级的警官，也就是这个犯罪集团的最高干部姜副处长。

　　葛警官推测，气球人花了差不多一个月来筹备，对数十名警察逐一下毒手，使所有人同一时间遇害——除了魔法或超能力，他想象不到第二个解释。至于气球人如何确知当天葛警官会被"拘捕"、副处长何时现身，葛警官无法想象出答案。也许对方依靠运气，或是有强大的情报网络后援去推理出这个结论。

　　新上任的副处长十分感激葛警官揪出害群之马——毕竟葛警

官替他解决了职场上的竞争对手——但葛警官一直耿耿于怀。接受气球人的恩惠本来已教他不快,更难接受的,是他发现那个装着记忆卡的信封上面的地址。

那是葛警官的住址。

警员A本来是将证据寄给葛警官的,只是气球人从他的信箱偷走了信。

警员A搜证归纳的名单之中,没有姜副处长的名字,他只发现老施之上有一个"更高级"的警官涉案,可是不确定身份。他没有笨到向内部调查科举发老施这个科长,反而在察觉自己很可能被盯上时,将罪证寄给出了名正直的葛警官。

老施等人拷问警员A,就是想知道他有没有将证据给了谁,但他宁死不屈,没有说出秘密。葛警官想到,假如气球人没偷走这封信,他自己看到罪证,八成会向最信任的副处长求助,那早在一个月前他已经继警员A一命呜呼。

气球人不只救了他两次,还为警员A讨回公道。对方明明是十恶不赦的杀人鬼,在这案子里更屠杀了接近一百人,葛警官却无法指责对方邪恶——毕竟比他邪恶百倍的家伙,一直披着正义之师的外皮和自己共事。

——人类都是自私鬼,是伪善者。

合上案件的报告书,一个人待在总部办公室的他想起气球人这句话。

人类为了保护同族生命,可以任意剥夺其他物种的生存权,那对警察来说，这个"同族"的定义是不是缩小至同僚呢？对姜副处长来说，它的定义是否更小，只有那些同流合污的手下才是"同族"呢？

葛警官没法找到答案。

离退休只有一个月，他知道他这辈子也不可能抓住气球人了，但经历过这场险死还生的冒险，他也不再在乎自己的"遗憾清单"上有多少项。

"或者至少可以弥补一项吧。"葛警官想。

他打开手机，在通信录上找出离婚妻子的号码，按下拨号。

7. 最后派对

"珍珍、小宝，你们要听爷爷的话，别调皮喔。"

"嗯！""嗯。"

看着爸爸妈妈的车子远去，珍珍更感郁闷。因为工作关系，珍珍和小宝的父母要到外国出差半个月，两小姐弟只好寄住在祖父的家。珍珍并不讨厌她的爷爷——虽然他们一年只见面三四次——但要她在暑假期间，离开自己的家到这个偏僻的郊区居住，跟同学朋友暂别两个星期，对这个九岁的小女孩来说称不上是什么愉快的体验。

"姐姐！这里好多花草树木啊！"六岁的小宝牵着姐姐的手，兴奋地摇着她的手臂。

比起满怀心事的姐姐，乐天的小宝对这个陌生的环境感到雀跃。在他的眼中，这个地方恍若天然的乐园，偏僻的社区就像神秘的村子，四间屋子好似四座古老的城堡，通往小山丘的道路宛如魔界森林的入口。透过丰富的想象力，小宝觉得这儿比位于市中心的家更好玩、更有趣。

这是珍珍和小宝第一次到祖父的家。每年春节、中秋等节日，祖父都会到市区跟他们吃饭，平日偶尔会跟儿子和孙儿通电话聊两句，爷孙之间不能说很要好，但亦不至于太陌生。珍珍听父亲说过，知道祖父是个有钱人，虽然外表看不出来，但他拥有这个郊区的大片土地，还有十多栋房子收租，租客都称呼他"房东先生"。

每年珍珍和小宝生日，祖父都会托父亲给他们大红包，只是父母怕宠坏孩子，命令他们把九成的金额存起来——不过余下的一成，也足够珍珍购买让同学们羡慕的巨大熊娃娃，以及让小宝买最新款的动漫玩具。

祖父的家比珍珍所想的，亮丽得多。珍珍知道祖父住在偏僻的郊区时，还以为会是一栋破落的木屋，没想到比自己所住的家还要豪华，客厅的电视比家里的大上一倍，更有巨型的音响。这栋房子有两层，一楼是大厅和厨房，二楼是寝室和客房。小宝看到房间时很高兴，因为客房里竟然放了两部电视，还有两台电脑。小宝的妈妈从来不准他每天看超过两个钟头的卡通，周末才准许他打一会儿电动，他没想过祖父的家除了神秘漂亮外，还有这么"厉害"的设备。

"珍珍，小宝，你们几点睡、玩多久、看多少电视都可以，"祖父对他们说，"不过如果你们睡过头、迟了回来赶不上吃饭时间，你们就要饿肚子喔。"

珍珍和小宝点点头。他们早听过父亲提及祖父的管教，知道爷爷喜欢训练孩子自律。

"爷爷，我要到外面探险！"虽然室内的玩意儿很吸引人，但小宝对外面的环境更感好奇。

"这一带很安全，没有什么车子，你们可以随便逛，不过蓝色那栋房子有一位租客，他在家里工作，你们不要跑去骚扰人家，给人家添麻烦。"祖父指了指窗外，虽然从这房间根本看不到那间蓝色的小屋。

"爷爷，我还要去森林！"小宝兴奋地说。祖父和珍珍一时间也不明白"森林"是什么，在小宝一番比画的说明后，他们才知道他说的是道路尽头的小山丘。

"你们不要自己跑上去，那边有野狗，我又怕你们迷路。我最近有点风湿痛，改天带你们去走走，好不好？"

小宝大力点头，眼神充满着希冀。珍珍没把心思放在什么森林山丘，她只在盘算怎么打发这两个星期的时间，回家后跟好友小丽她们聚会。

"一个钟头后吃中饭，我煮了咖喱，别顾着玩耍忘了下来喔。"老祖父说完这句便离开房间。看到爷爷孤寂的背影，珍珍突然觉得有点惭愧。昵称丽塔的奶奶在珍珍出生前已病逝，而爷爷一直坚持留在这个小社区当房东，不肯到市区跟儿媳、孙儿一起居住，这十多年来老祖父只是一个人孤零零地住在这僻静的郊外。今天难得有机会跟孙儿生活，闲话家常，身为孙女的自己却老是想着两个星期后回家跟朋友见面，珍珍心想，自己未免太自私了。

当珍珍一边打开包包、取出课外读本和作业，一边反省自己的态度时，小宝却按下电视遥控器，蹦到床上，坐在电视前。

"小宝！看电视不要坐得太近。"

小宝听到姐姐的话，连忙往后退，坐在床的另一端。

"怎么没有卡通啊？"小宝换了几个频道，电视上只播着肥皂剧和新闻。

"不要一直按，按坏了你要赔给爷爷喔。"珍珍吓唬弟弟说。小宝吐吐舌头，乖乖地放下遥控器。

"……昨晚在城南博物馆发生的五尸命案，至今仍未有任何进展。现场消息指出，五名死者中，有三人是博物馆的职员，两人是参观者，所有受害者皆手脚痉挛，死于心脏衰竭，陈尸于博物馆的大厅及职员室内。由于馆内监视器被破坏，警方未能翻看事发的过程，而博物馆馆长路炳然博士透露，馆内正展出的一批欧洲化妆盒遭盗，馆方仍在清算损失。该批化妆盒由一位私人收藏家借出，估计市值六千万元。虽然警方没有在现场找到证据，但警方发言人表示相信五位死者死于中毒。另外有消息指出，有部分调查人员认为犯人与过去类似的离奇凶案有关，现正全力侦查中……"

电视传来这样的报道。珍珍没有特别注意细节，但小宝津津有味地聆听着。

"姐姐！这一定是表哥说过的那个'气球人'做的！"

"别傻了，气球人什么的只是表哥说来戏弄你的。"

"不是啦，表哥说过，那是一个连警察叔叔也抓不住的大坏蛋喔！"

有时珍珍觉得自己的弟弟有点不正常。一个未满七岁的小鬼，竟然对什么杀人案件、都市传说产生兴趣，换作一般小孩，听到这些话题都会哇哇大哭，这家伙却兴趣盎然地追问下去。不久前，十六岁的表哥在亲戚的婚宴上跟小宝说"恐怖的气球人"的故事，说什么有一个擅长利用魔法杀人的杀人魔术师潜伏在城市之中，犯下无数诡异的杀人案，没想到小宝没被吓倒，反而一直抓着表哥问长问短，烦得表哥要向小宝父母赔不是。珍珍猜想，小宝如此胆大一定是拜那些"名侦探什么"的卡通所赐。在小孩子的认知里，杀人犯跟警探的周旋，都变成游戏似的对决。

珍珍经常无法理解小宝的想法。

——小宝真的是自己的弟弟吗？

珍珍不止一次有过这样的怪念头。珍珍品学兼优，运动万能，加上可爱甜美的笑容，在学校是万人迷，受尽师长的宠爱、同学的爱戴。然而，小宝却是个"怪咖"，小小年纪便经常闯祸，在学校里弄哭同学，又让老师气得半死。两姐弟的性格南辕北辙，珍珍精明干练，小宝糊里糊涂。珍珍其实很清楚，弟弟的糊涂只是表象，小宝比同年纪的孩子都要聪明，只是他的想法十分古怪，就连爸爸妈妈也捉摸不透。

虽然珍珍和小宝性格迥异,但姐弟俩亦有一个共通点。

他们都很喜欢对方。

珍珍忘了从何时开始,弟弟时常牵着自己的手,跟着自己跑来跑去。就连跟着父母一起外出,小宝也喜欢牵着姐姐的手。有时小宝闹别扭,父母拿他没法之际,只要珍珍开口,小宝就会乖乖听话。纵使弟弟不大可爱,珍珍每次听到小宝亲热地喊她"姐姐",她都觉得心头冒起一份温暖。珍珍猜想,自己用功学习、行为端正,说不定是因为想立一个好榜样给弟弟仿效。

一个钟头后,珍珍和小宝到大厅跟祖父吃中饭。电视上仍播着博物馆事件的报道,但祖父没有理会,只顾着跟孙儿边吃边聊天。珍珍觉得爷爷比平时话更多,他在问两姐弟在学校的生活之类。

吃过饭后,珍珍要替爷爷洗盘子,但老祖父说:"你们两个去玩吧!别抢了我享受家务的乐趣。"

"姐姐,我们到外面探险喔!"小宝走到大门边,伸手扭动门把。

"爷爷,我带小宝出去逛逛!"珍珍向着厨房喊道。

"别走太远!"厨房传来祖父的回答。

珍珍牵着小宝,离开这栋白色的房子,站在庭园里四处张望。小宝像只猴子般蹦来蹦去,一时跑到房子后观察水管和排水沟,一时攀上栏杆远眺树丛后的风景。

"姐姐,我们来玩捉迷藏吧!"小宝突然说。

"你不是说要探险吗？"

"捉迷藏更好玩喔！"

"可是我们连这附近的环境都不清楚啊。"珍珍环顾四周。

"就是不清楚才好玩呀！"小宝又一次说出超乎珍珍理解的话。珍珍好一会儿才明白，小宝是说比起早就知道每一个隐蔽的地点，对环境一无所知会更好玩。

珍珍本来想拒绝，但她灵机一动，说："好，不过你先等我一下。"

珍珍回到房间，拿起一本课外书，塞进小包包里，带着包包回到庭园。

"你要当鬼吧？"珍珍问。

"不是鬼！是名侦探！姐姐是怪盗，我就是要把你找出来！"

"好好，怪盗或什么都好，总之我现在要躲起来了，你先合上眼数一百吧！"

"姐姐不可以躲到爷爷不准我们进去的森林里，或者跑回家里看电视，让我在外面一直找你喔！"

"行了，我就会躲在这附近。"珍珍说。她倒没想过，先回房间躲起来这一招。

"我数了喔！一……二……"小宝面向玄关旁的柱子，手掌盖着双眼，慢慢地数数。

珍珍推开栅栏旁的闸门，蹑手蹑脚地往右边走去。她沿着道路一直走，经过无人居住的绿色房子，来到蓝色和黄色两栋屋子前。她想起爷爷说过蓝色屋子的租客在家工作，嘱咐他们别骚扰人家，于是她悄悄走到蓝色的房子后面，拨开树丛，找到房子外墙和草丛之间一个小小的空间。她倚着墙壁坐在一块砖头上，然后从包包掏出书本，在阳光下看起书来。

珍珍本来不想玩什么捉迷藏，但她想到这样比带着像顽猴一样的弟弟四处"探险"来得轻松，她只要找一个地方躲好，就可以慢慢看书。祖父提过蓝色房子有人住，珍珍猜小宝未必猜到她躲在这儿。等到小宝找不到自己，哭着要找姐姐时，她再跑出去露面。

珍珍想到这儿，满意地露出微笑。

珍珍开始阅读手上的课外书。那是一本简译版的《绿野仙踪》，她来爷爷家前只读了数页，主角多萝茜才刚"误杀"了邪恶的东方女巫，被善良的北方女巫唆使强抢死者的银鞋，踏上找寻奥兹国魔法师之旅。

"……也是时候吧。"

珍珍忽然听到说话声。她把视线从故事书移开，左右张望。她的前方是向上倾斜的陡坡，声音并不是从那儿传来的，她便抬头向左右两边查看。透过树丛间的空隙，她看不到任何人影，可是，声音再一次传来。

"你是认真的吗？"

珍珍侧耳细听，发觉声音是从背后传出。她的身后便是蓝色屋子的墙壁，向上一看，发觉原来上方有一扇窗子。虽然玻璃窗紧闭，但声音还是从房子里跑出来。

"干了这么多年，够了。而且再干下去……我怕失手。"

从声音可以知道，房子里有两个男人，他们正在交谈。珍珍觉得偷听他人的隐私很不道德，于是站起来，打算另找一个地方躲起来继续看书，可是当她听到下一句话时，却不由得僵住。

"真不像你，昨天博物馆的差事就干得很漂亮啊！五条人命，咻的一声便解决了，愚蠢的警方至今还一头雾水呢。"

博物馆？警方？五条人命？珍珍想起之前看到的新闻报道，感到疑惑。

"不，我觉得那已经是极限了。"

"但你最后不是干掉目标人物，完成委托了吗？"

"话是这么说……"

"你是我遇过最好的杀手，这些年来，我介绍给你的工作你全都完成得干净利落，几乎没留下半点证据。如果你现在退下来，大客户找我，我都不知道要把委托转交给哪个人好了。"

珍珍惊惶地掩着自己的嘴巴，额上冒出一滴滴冷汗。房子里的人是杀手！是昨天在博物馆杀死五个人的杀手！为了听得更清楚，她把耳朵贴近墙壁，专心地聆听着二人的对话。

"我近来觉得有点力不从心，"另一人说，"你当中间人，不用上前线，当然觉得无所谓，但我要应付所有突发情况啊。就像昨天，我本来预计馆内只有三名职员和那个人，怎么料到原来有一个无关的客人在厕所。如果我一时大意,没发现他,我今天搞不好已被逮捕了。长期躲在后方的你又怎会明白我的难处呢……"

"阿……"珍珍听不清楚对方的话,他似乎在叫那个杀手的名字,"虽然我只负责接头,但我也要下很多工夫,确保你的身份不被暴露啊。"

"总而言之,我决定退休了。"

"我手上还有好几个委托,其中有两个想给你,你不妨考虑一下?报酬方面我可以再提高一点。"

"我都说了不是钱的问题!"那人怒吼。

"啪。"

一只手掌突然搭在珍珍的肩膀上,吓得她几乎尖叫出来。

珍珍骇然地回头一看,只见小宝天真无邪的笑容。

"找到你啦,姐姐……"

小宝话未说完,珍珍连忙把他拉住,捂住他的嘴巴,紧贴着墙壁,缩到一旁。

这时候,她才猛然惊觉自己的处境非常危险。

不到两秒,她听到有人走到窗前,伸手打开窗户。幸好窗台稍为向外凸出,她跟小宝缩在墙下一角,刚好身处于一个盲点。

"怎么了?"房间里其中一个人问。

"没什么,我想我听错了。可能是野猫。"那个人关上窗子,说,"看,我已经变得这么神经兮兮了,再干下去一定会失手。"

"唉，无论如何，我不会死心的。或者你先休息几个月，我之后再跟你谈吧。"

珍珍听到两人往房间的另一端走去，按捺着忐忑不安的心情，伸长脖子，从窗户的边缘偷看屋内的情况。她看到在玄关前，一个三十来岁的男人正跟一个长胡子的大叔握手，那男人说："好，我们之后再谈，就当我放一个长假。"

"嗯。之后再联络，阿诚。"胡须男说。珍珍这一刻听清楚那个杀手的名字，他大概叫"阿成"或"阿诚"。

胡须男离开屋子，男人关门后，开始收拾桌上的咖啡杯。

"嘿，再谈？今晚你就会心脏病发嗝屁，这样我就可以安心退休了。"男人自言自语道。

珍珍感到莫名地惊惧，她再一次蹲下，回望自己紧抱着的小宝，只看到他以不解的眼神盯着自己。她不敢松开手掌，生怕一放手，小宝说话会引起杀手的注意。

"只要被发现，就死定了。"珍珍汗毛直竖，眼角渗出泪水。她知道这时候要尽快离开，可是她双腿发软，而且她觉得只要发出丁点脚步声，就会被屋子里的人发现。

"沙……"屋子里传出水声，那个人进去浴室，开始洗澡。

"珍珍，要趁现在逃跑啊！"珍珍在脑袋中对自己说，可是双腿就是不听使唤，没有半点要动的意思。"现在不逃就没有机会了！""你还要待多久啊？"珍珍不断责骂自己软弱，但她就是没有勇气踏出第一步。

"唔……"小宝摇摇头，看着珍珍，不懂她在挣扎什么。

"为了小宝，一定要逃跑啊！"珍珍心底突然冒出丁点勇气。她奋力站起来，仔细听着房子里的水声，然后抱住小宝，战战兢兢地离开那个树丛和墙壁之间的小空间。

当她走到道路转角，离开蓝色屋子庭园有一段距离时，她拖着小宝，头也不回地狂奔，一口气跑回祖父家门前。刚才从屋后走到屋前，其实不用二十秒，但她觉得那二十秒就像一个钟头那么长，那么可怕。

"姐姐，发生什么事啊？"小宝仍是一脸纯真，对珍珍刚才陷入的恐惧一无所知。

珍珍本来不想说，但她害怕小宝会胡来，于是把听到的对话告诉对方。

"那个人就是杀人的坏蛋喽？"小宝讶异地问。

珍珍点点头。

"我们快告诉爷爷，让他报警。"珍珍说。

"不要啊，万一警察叔叔不相信我们，那个坏蛋就会害姐姐跟爷爷了。"小宝说。

珍珍没想过这个可能，但仔细考虑一下，情况真的如弟弟所说。警察会相信两个小孩的话吗？如果警察不相信，惊动了杀手，他们就会变成被灭口的目标。

毕竟那家伙连接头的中间人都解决了。

"姐姐,我们要先找到证据,警察叔叔才能够逮捕犯人啊。"小宝抬头跟姐姐说。珍珍有点诧异弟弟懂得那么多,连"逮捕"这种词语都懂得说,不过细心一想,大概是从那些侦探卡通学到的。

"别干危险的事啊!"珍珍焦急地说。

"我们回去好好想一下法子吧!姐姐这么聪明,一定会想到方法的!"

小宝这时候仍气定神闲,珍珍再次觉得弟弟是一个"怪咖"。不过,她想这也是最合理的做法,虽然邻居是个危险人物,但看来没有立即的危险,先待在祖父家,至少能确保弟弟的安全。

晚上,珍珍和小宝待在房间,思量对策。虽然吃晚饭时祖父觉得孙女神情有异,但他只以为是孩子想家,没有在意。

"不如当作什么都不知道吧!反正我们半个月就回家了。"珍珍说。纵使这想法很消极,但对两个十岁不到的孩子而言,这或许是最好的决定。

"万一那个坏蛋以后要害爷爷,怎么办?"小宝冷静地说。珍珍皱起眉头,觉得很不安——没错,两星期后他们便离开了,但祖父还继续待在这儿,而那家伙是个连伙伴也会杀掉的狂魔啊。

"告诉爷爷不行,装作不知情又不行,该怎么做才好啊……"珍珍哭丧着脸说。

"我就说，由我们找证据嘛！"小宝乐天地说。

"小宝，这是现实，不是卡通漫画啊！"珍珍板起脸，认真地对弟弟说，"我们怎么可能找到杀人证据？"

"姐姐，我们不是要找杀人证据喔！"小宝说，"电视说那个坏蛋除了杀人外，还偷了东西嘛！我们只要找到那些'贼仓'就有证据了！"

"你是说'贼赃'吧……"珍珍想了想，反问道，"你怎么肯定他还没卖掉赃物啊？而且说不定那些赃物在中间人手上呢？"

"当然在他手上啊。如果在中间人那里，他就不会杀死中间人嘛。"小宝一脸轻松地说。

珍珍怔了一怔，觉得弟弟言之有理。她没想到小宝从那些卡通里学了一堆无用的知识，偏偏这刻派上用场。

"我们只要在这阵子留意一下那个人的生活，有没有奇怪的样子就行啦！坏蛋都会露出……露出脚的！"小宝嚷道。

珍珍本来想纠正弟弟误用的词语，但她的心思都放在计划上。只是打探一下，旁敲侧击，应该不会有什么危险吧？如果能抓到坏蛋的辫子，就能确保爷爷的安全了。

"好吧，我们明天一起去。"珍珍点点头。她想，房东的孙儿跟住客打个招呼，应该不会引起怀疑吧？顶多被当成顽皮的小孩子罢了。

小宝从床上翻落，坐在书桌前，打开图画簿，拾起色笔在上面画画。

"姐姐,我来计划一下侦查的'步周'!"

珍珍不知道小宝打算有什么"步骤",她只担心自己能不能镇定地面对那个可怕的男人。

翌日上午,珍珍和小宝吃过早餐后,一起走到蓝色房子前监视。泊在房子前的车子不见了,珍珍猜那男人不在家里。她壮着胆子,走到房子的窗前探视,室内没有半个人影。

"糟糕,他会不会去卖赃物了?"珍珍说。

"不会,犯人不会刚犯案就立刻卖掉赃物喔,因为很容易被警察知道!"小宝又一次祭出他从卡通学到的侦探知识。

整个上午,珍珍和小宝都待在蓝色和黄色的房子前,等待着男人回来。直到中午,仍不见踪影。

"姐姐,我肚子饿了,我们要回去吃中饭喔。"小宝拉了拉珍珍的衣角。

珍珍看看手表,回头看着静谧的道路彼方,牵着弟弟的手,回到祖父的家。

下午两人再次走到蓝色房子前,待了半个钟头后,珍珍听到远方传来引擎声。她连忙拖着小宝躲到黄色房子庭园一角,在树丛后窥看着。

男人回来了。

那个人离开车子,提着两袋像是装满日用品的塑胶袋,慢慢走向玄关。

珍珍和小宝目不转睛地盯着男人。男人默默地掏出钥匙，打开门锁，走进屋子内。

"姐姐，我们靠近一点看看吧！"

珍珍点点头，于是两人从树丛后走出来，慢慢走近蓝色房子。

可是他们只走了三四步，便遇上意料之外的情形。

男人从房子走出来，跟他们碰个正着。

珍珍大吃一惊，连忙抓紧小宝的手。她压抑着不安的心情，装出好奇的样子，望向男人。

"还好我们还没走进他的园子里……"珍珍心想。

"哦，小朋友，你们是房东先生的孙儿吗？"男人面露微笑，主动跟他们打招呼，一边往车子走过去。

"嗯，嗯。"珍珍回报一个僵硬的笑容。她希望对方只把她当作怕生的小女孩，不会怀疑她有什么企图。

男人打开车门，再从座位取出两大袋日用品。珍珍看到，不禁骂自己大意，没想过对方要分两次提东西回家。

"你们来爷爷家玩吗？"男人仍然笑眯眯的，态度相当亲切。

"我们来住两个礼拜。"珍珍答道。她想，她没必要撒谎。

"我听过房东先生提起你们，你叫……珍珍，而你叫小宝，对不对？每年春节他都会到市区探望你们吧。"

珍珍没想过，原来自己和弟弟的名字早被对方知道。

"爷爷也提过，阿诚叔叔你一个人住在这儿，在家里工作。"小宝像是不甘示弱，插嘴说。

"哦？"男人眨眨眼，笑着说，"对啊，我在家里工作，所以你们最好别在这边玩耍哪。"

"嗯，我们知道了。我们先回去，拜拜。"珍珍拉了小宝一把，生怕他会连"凶案"或"贼赃"之类都说出来。

珍珍拖着小宝回头走，男人却突然叫住他们："等一下。"

男人的声音就像冰冷的刀锋，刺进珍珍的背脊。

"什么事？"珍珍开始慌张，怕昨天偷听的事情被拆穿。

"别叫我叔叔，我还没那么老啊。"男人大笑道，"叫我哥哥就好啦。"

珍珍舒一口气，挤出笑容，说："嗯，那再见了，阿诚哥哥。"

小宝跟着姐姐向男人摆摆手，然后一同回到祖父的家。

"没有露出马脚吧？"珍珍心想，"不过，对方知道我们是谁，又警告我们别走近他的房子，我们可不能继续监视了。"

"姐姐，我们再去侦查吧！"刚回到房间，小宝便说出跟珍珍想法相反的提议。

"那个人已经留意到我们，他知道我们的事情比我们知道他的还要多！我们怎么可以再去啊！"珍珍皱着眉头说。

"如果我们不去侦查，就什么也做不到啦！"小宝打开放在书桌上的图画簿，指着他画的"侦查步骤"，说："我们要先找到'贼仓'，拿给爷爷看，爷爷就会相信我们，找警察叔叔，让警察叔叔抓那个坏蛋，就像卡通里……"

"够了！"珍珍听到"卡通"二字，按捺不住，对小宝大骂，"别再玩这种愚蠢的侦探游戏！说不定我昨天听错了，或者那个男人是个演员，他跟那个胡须大叔在演戏呢！他是好人也好、坏蛋也好，我都不想再管了！"

小宝呆住，眼眶红了。一直以来，珍珍从没对小宝动怒，没骂过他半句。这一刻姐弟之间出现了第一道裂痕，房间里只余下一片静默。小宝没有哭出来，他只是抽着鼻子，忍住泪水，拿着画笔在纸上涂涂画画。

珍珍感到十分懊悔。她觉得自己把话说得太重，想跟小宝道歉，可是，她害怕道歉后小宝又会固执地继续他的侦查游戏，万一有什么意外，她会内疚一生。

晚饭时，祖父看出两人有点不对劲，不过他以为是姐弟间因为玩游戏之类发生的小争执，也就不过问。

珍珍想，只要睡一觉，小宝便会忘掉他们之间的不和。但结果出乎她的意料。

早上，小宝没有一如以往地跟姐姐亲热地说早安，亦没有耍脾气为难珍珍。珍珍起床时，发觉旁边的床上空空如也。

"小宝！"珍珍大惊，向房间四处张看。她的第一个念头是小宝被那个人抓住了，但细心一想，自己仍在房间里就证明不是那回事，如果杀手真的潜进房子，她现在也不能活着找弟弟。接下来她猜想弟弟向自己报复，特意躲起来吓她，于是她打开衣橱，蹲下查看床底下，看看小宝是不是缩在一角闹别扭，可是小宝都不在这些地方。她无意间走到窗前，往窗外一看，发觉小宝正在庭园前方，沿着道路往左边走去。

祖父房子的左方是断头路，再往前走便是往山丘的小径。珍珍匆忙地穿上外衣，连脸也没洗便冲出房子。当她走到路上，已不见小宝的踪迹。

"小宝！"她呼叫一声，四周没有回应，就只有早晨的鸟啼和夏蝉的鸣叫。一股不祥的预感教珍珍背脊发凉，她没再多想，沿着道路往山丘跑去。

经过道路的尽头、小径的入口，珍珍来到山丘的树林之中。山丘小径并不阔，而且愈往山上延伸，小径就渐渐消失，和泥地、树丛融为一体。珍珍喘着大气，一边跑一边呼唤着小宝，没理会衣服被泥土弄脏、手腕被树枝割痛，心里就只记挂着弟弟的安全。

"小宝！"走了差不多十分钟，珍珍快要哭出来。

"姐姐！别这么大声啊！"小宝忽然从树丛中窜出，拉住珍珍的手。

"小宝！"珍珍一把抱住弟弟，看到他平安无事，什么争执都忘掉了。

"嘘！姐姐，别出声，那个坏人就在我们前面啊。"小宝指了指山丘的另一边。

"那个……人？"珍珍大吃一惊。

"我今早去侦查，看到那个人走出园子，四处望了一会儿后，就往山丘这边走过来。我一直在后面跟着他，因为听到姐姐你叫我，我怕他发现，才走过来叫住你喔。"小宝一脸紧张地说。

珍珍望向小宝所指的方向，面前是一片翠绿的树丛。"难道那个人把赃物藏在山丘上？"珍珍暗忖。

小宝牵着珍珍，说："再不走就要跟丢了啦！"

珍珍犹豫起来。

"不，小宝，我们不要去。"

"为什么啊？姐姐，我们这样做真的不是愚蠢的侦探游戏，是真正的侦查喔！"

"不，不是那个原因……"珍珍回头望向她走上来的路径，说，"再往前走，我们就会迷路了。"

小宝张望一下，发觉周围是模样差不多的树丛，他的眼神也露出一点疑惑。

"我们不懂这里的地势，万一失去那个人的踪影，我们便无法找到回头路。"珍珍抓住小宝的肩膀，说，"你认不认得上来的路？"

小宝咬一下嘴唇，摇摇头。他自己很清楚，刚才一直追着那个男人的尾巴，根本没在意上山的方向。

"我们先回去吧。"珍珍说。

"但是……"小宝仍不死心。

"小宝,如果我们在这里迷路,饿死了,没办法告诉爷爷我们所知道的事,有一天那个坏人要伤害爷爷,你说怎么办?"

小宝讶异地张开口,然后大力捉紧姐姐的手。

珍珍微微一笑,牵着小宝往回走去。树木之间的样子都差不多,他们走着走着,山坡渐渐变平,但风景却非常陌生。

他们已经迷路了。

"姐姐,对不起……"小宝发觉事态严重,红着眼跟珍珍道歉。

"不,都是我不好,我昨天不应该对你发脾气……"珍珍安慰弟弟说,"如果我昨天没骂你,你就不会独个儿出去侦查了……"

小宝摇摇头,擦擦眼睛,紧紧握着姐姐的手。

"我想我们好像往东边走太远了,"珍珍望向天空,看到早晨的太阳,"我们往这边走,看看能不能找到路。"

珍珍内心其实相当不安,不过为了让弟弟放心,她故作坚强。

而这份坚强,在她嗅到异样的气味后,渐渐地粉碎。

空气中弥漫着一股怪异的臭味。珍珍和小宝起初没有在意,但气味愈来愈强烈,当他们发现气味的源头时,恐怖感就像野兽一样,霎时间狠狠地咬住他们的咽喉。

那是一大堆动物的尸体。

在一片草丛之间，躺着十几只猫狗的尸体。有的已经腐烂，身上爬满蛆虫，看样子已死了好几个星期甚至几个月；有的仍可认出样子，似乎只死了几天。这些猫狗的死状恐怖，有的头颅胀大，眼珠从眼窝脱下，有的四肢扭曲，以怪异的角度扭成绳结的样子。有一具猫尸，前肢肿胀成球体，就像它有三个头，尾巴和后脚却扭成脆麻花的图形。

"姐……姐姐！"小宝骇然地指着旁边一棵树，珍珍抬头一看，只见有一只狗的上半身挂在树杈上，红黑色的肠子从破开的身体悬垂着。

"别……别看。"珍珍几近反胃，但一想到小宝在身边，便鼓起勇气，拖着小宝从那个地狱般的场景逃跑。她不知道自己走的方向正确与否，她只知道，至少要离开那个恐怖的屠宰场。

他们不知道跑了多久。不过，当他们停下来时，他们发觉前方是山丘的小径入口，不远处便是道路的尽头。

"回……回来了！"珍珍抱着小宝，小宝高兴地点点头。

不过，当珍珍想起那些恐怖的动物尸体时，便高兴不起来。

那些是……那个人所做的？

珍珍想起表哥说的"气球人"传说。传说中，这个恐怖的杀手能隔空杀人，有个外国人曾被他用魔法杀死，脖子像瓶盖那样子扭开，是至今仍未解决的著名悬案。

难道那是真的？

新闻里说过,博物馆的凶案中,警方认为凶手跟过去某些离奇的案件有关,搞不好真的如弟弟所说,是"气球人"所为?

山上的猫尸狗尸,是"气球人"用魔术杀死的?是为了取乐,还是为了练习?

珍珍感到一阵恶寒。如果以上的猜测属实,那么,爷爷的处境便很危险了。珍珍想,自己和弟弟只要待半个月就能回家,但爷爷要继续住在这个杀人魔的邻家。某一天那个"气球人"狂性大发,爷爷便会像那些猫狗一样惨死。

对一个小女孩来说,这些念头实在太可怕,也太沉重了。

珍珍牵着小宝回到祖父家。祖父一脸严肃地坐在客厅沙发上,正在看电视。

"我说过,如果不准时就没有早餐吃。"祖父说,"你们一早就去玩,现在只能饿着肚子等中饭了。"

珍珍和小宝没有因为没早餐吃而感到不快,事实上,他们现在没有胃口吃任何东西。那股怪异的腥臭仍留在他们的鼻腔之中。

"对不起,爷爷,我们先回房间去了。"珍珍忍住担心的泪水,说道。

"刚才你们去哪儿玩了?"祖父觉得她的反应有点怪。

"没有,只是在外面逛一下。我们有听你的话,没有打扰阿诚哥哥。"珍珍一边说一边步上楼梯。

祖父看到他们没有说什么,就不再追问,继续看电视。当珍珍和小宝回到房间后，祖父突然想起一点。

"谁是阿诚哥哥？"

午后的阳光格外灿烂，祖父戴着草帽，拿着小铲子，在庭园打理花卉植物。珍珍透过玻璃窗，默默地看着爷爷的身影。她心乱如麻，不知道该怎么办。要跟爷爷说这三天的遭遇吗？他会相信自己吗？就算带他去找那些可怖的猫狗尸体，能证明住在邻家、笑容可掬的男人就是博物馆凶案的犯人、以魔术杀人的神秘杀手吗？

珍珍回头望向小宝。小宝坐在书桌前，拿着色笔在画画。珍珍留心一看，却教她几乎尖叫出来。

小宝正在绘画山上那乱葬岗的情景。

红色的、黑色的，一片凌乱。虽然是小孩子的涂鸦，一般人看不出内容是什么，但珍珍一眼就知道弟弟画的是不久前他们遇上的可怕经历。

"小宝！你别画这些鬼东西！"珍珍惊讶地嚷道。她并不是发怒，而是对这些回忆感到厌恶。

"不行啊！姐姐，这是记录！"小宝放下颜色笔，牵着姐姐的手，说，"就算我很害怕，我都要画下记录啊……"

珍珍感到弟弟的手心一片冰冷。即使她觉得自己的弟弟是个"怪咖"，但她从弟弟的手心知道，其实小宝也很害怕，一般的小孩早已吓得哭着喊妈妈，小宝却仍坚持把看到的记下来。现在支持着他的，是那份埋藏在小小身躯里的正义感，以及对姐姐和爷爷的关怀。

这一点，珍珍也一样。

只是，面对如此强大的敌人，两个小孩可以干什么？

黄昏时，祖父弄了糖醋排骨、清蒸鲈鱼、豆苗虾球当晚餐，每一道都是珍珍和小宝喜欢的菜式，可是他们食不知味。祖父看到，还以为自己一时失手，调味技巧不好。

"叮咚。"

门铃响起，珍珍和小宝几乎吓得跳起来。祖父放下碗筷去应门，两小姐弟却紧张得几乎要把刚吃下去的饭菜都吐出来。

"房东先生！不好意思，我赶着外出，有一件事情想拜托您。"珍珍光听到那声音，就知道是那个戴着假面具、装作好邻居的杀手。珍珍和小宝庆幸饭桌的位置在房间的另一边，他们的座位刚好被架子遮住，不用跟那个坏蛋的目光接触。

"哦？怎么了？"祖父说。

"我有点要事不得不到市区一趟，但我网购了一些电脑零件，快递公司说待会儿送来。那些东西我赶着明天用，可不可以麻烦您替我签收？"

"没问题，举手之劳罢了。"

"那好极了，我今晚会晚归，您帮了我一个大忙。"男人的语气很是感激，"我会打电话跟快递那边说明，麻烦您替我保管，我明早过来取。过几天请您喝酒报答您。"

"哈，不用客气啦。"祖父笑道。

"我要先走，不然迟到了。再见！"

随着大门关上的声音，珍珍和小宝不禁放下心来。

晚饭后，小宝拉着珍珍，小声地说："姐姐，机会来了！"

"什么机会？"

"进去那个人的家找'贼仓'的机会！"

珍珍大感错愕，着急地说："你还想闯进他的家里！"

"姐姐，刚才他说今晚会晚归，我们不用怕啊！"

"可是我们上哪儿找钥匙？"

"爷爷是房东嘛！我在客厅架子的抽屉里看到有一串钥匙，那一定是后备的。"

"但是……"

"不要'但是'啦，姐姐，这样下去，爷爷和我们都有危险喔！"

珍珍犹豫半刻，最后还是点点头。

祖父饭后坐在客厅中看电视，珍珍和小宝找不到机会偷钥匙，好不容易等到祖父上厕所，他们小心翼翼，打开抽屉，找到蓝色房子的钥匙，再悄无声息地从后门离开。

二人很快来到蓝色房子前。本来停在房子前的车子不在，他们更肯定那个男人不在家里。

珍珍掏出钥匙，紧张地插进匙孔转动，门锁应声打开。她和小宝走进房子里，把门关上，锁好，再打开手电筒，往大厅的四方照过去。

大厅的摆设没有什么特别，墙边有两个柜子，另一侧有一张饭桌，客厅中央有一张沙发，沙发前放了一个小茶几。乍看之下，和一般普通人的家没有不同。

"姐姐，我到房间里找，你找客厅。"

"该找些什么？化妆盒吗？"

"'贼仓'一定是放在包包里！又或者放在架子的暗格……"

珍珍点点头，二人分头行事。小宝走进睡房，打开衣橱，把身子探进去查看。珍珍则拉开厅中柜子的抽屉，检查着里面的物件，不过她看到的都是普通不过的日常用品，以及一些银行单据记录、广告传单之类。

在关上第三个抽屉时，珍珍觉得抽屉有点古怪。跟前两个抽屉相比，这个抽屉好像特别短。她把沉重的抽屉整个拉出来，然后用手电筒往里面一照，看到一个黑色的长方形盒子。盒子不算大，只有五六厘米厚，她把它取出来，心想这大概收藏了博物馆凶案的赃物。

可是，她错了。

盒子打开，里面有一把手枪。珍珍不知道这把手枪的型号，甚至不知道这是一柄半自动的曲尺手枪，但她确信，这屋主一定不是好人。

他是个杀手。

"小妹妹,别碰这么危险的东西喔。"

冰冷的声音从背后响起,珍珍刹那间僵住。她头皮发麻,难以置信地缓缓向后望,只见那男人一手抓住正在挣扎的小宝,一手捂着小宝的嘴巴,在手电筒的微弱灯光下犹如鬼魅,以冷峻的眼神瞪着自己。

"小宝!"

珍珍没有多想,抓起手枪,指向对方。她不懂得用枪,不过她知道,这样做或许可以拯救自己和弟弟的性命。

"哎,我就说,别碰这么危险的东西,你偏不听。"男人一步步逼近。

"别过来!我会开枪!"珍珍大嚷。

"你不怕伤害到你的宝贝弟弟吗?"男人没有停下来。

"别……别过来!"

珍珍费尽九牛二虎之力,狠狠扣下扳机。

"咔。"

没有子弹从枪管发出。

"哦,想不到你真的有胆开枪。"男人松开捂住小宝嘴巴的手,抓住枪膛用力一扯,把手枪夺过来,再顺势以枪柄打向珍珍的脸颊。珍珍跌坐地上,左边脸红了一大片。

"我不准你打我姐姐!"小宝怒吼。

"呵,我已打了,你又能怎样?"男人单手把子弹匣退出,说,"我老早把子弹取出,放到另一处了。我其实不爱用枪,这东西也是偶然之下到手的。"

珍珍按住火辣灼痛的脸庞，回头望向玄关。大门仍然紧闭，男人不是在她专心找证据时回来的。

"别想逃走啊，你的弟弟在我手上。"男人误会了珍珍望向玄关的动机。

"你……什么时候回来的？"珍珍不忿地问道。

"回来？我根本没外出。"男人露出嘲讽的笑容。

"没有……外出？"珍珍怔住。

"我把车子驶到路口，然后回来躲在寝室门后等着。我本来以为这次不会钓到你们，没想到如此顺利，嘿。"

"钓我们？"珍珍和小宝惊讶地反问。

"小鬼，我早就知道你们不怀好意。"男人把手枪丢到地上，说，"你们偷听到我和那家伙的对话，知道我干了什么吧？刚才你们说要找'贼仓''化妆盒'，我就确定我的猜测没错。"

"你……你怎会猜到我们知道你是谁？"珍珍追问。

"你们真是笨蛋，我们昨天碰面时，你们已经露出马脚了。你记得我跟你们说了什么？"

"你叫我们不要打扰你……"

"不，是那之后。"

"你……叫我们不要叫你叔叔，要叫你阿诚哥哥。"

"你们怎知道我叫阿诚的？"

"就……就是爷爷告诉——"

"我在房东老头面前，用的是另一个假名啊。"男人露出不屑的笑容。

珍珍和小宝这时才发觉自己早犯了大错。那天小宝冲口而出，说出"阿诚"这名字，对方还特意引导珍珍重复一次，确认有没有听错。珍珍和小宝惊觉这个对手并不是两个小孩子能对付的。

"我之后在屋后找到脚印，我就知道，前天我没有听错，在窗子下作声的不是野猫，而是你们这两只小老鼠。"男人用力抓住珍珍的胳臂，"昨天开始，我就想办法要对付你们两只小鬼。本来以为今天早上可以先解决一只，结果落空，枉费我一番心机。"

"今……今早？"珍珍骇然地问。

"今早我看到这小鬼在监视我，于是我想引他到山丘，在没有人的地方把他干掉。没料到他跟到一半跑掉了。"

珍珍和小宝闻言，冷汗直冒。他们不知道，原来那时继续跟下去，找到的不是贼赃，而是对方布下的死亡陷阱。只要在山丘树林里死亡，尸体很可能过很久才被发现，身上的证据也会消失。

"这……这是你引我们来你家找赃物，特意布的第二个陷阱？"珍珍感到绝望，问道。

"对啊。我跑到你们家，拜托你们的爷爷代收邮包，是为了让你们知道我不在,好让你们来我家找那些不存在的化妆盒。"

"'不存在'的化妆盒?"

"我手上根本没有什么贼赃。"

"没有?"小宝诧异地说。

"拜托,如果我有门路出售那些几千万元的贼赃,我就不用当杀手,只要干一票就行啦。"男人失笑道,"这是一宗杀人的委托,博物馆馆长跟情妇秘密投资,在股票市场上亏了一大笔,情妇又威胁他要把丑事抖出来,他就委托我杀人。当天那个情妇是其中一名参观者,我是为了杀死她才把其他人解决,用来掩饰真正的目标。"

"主谋是馆长?"

"对,所以他老早就把那些化妆盒藏好,我那天连半件财物都没带走。保险公司会赔偿物主的损失,而馆长又可以在黑市卖掉赃物换钱,来填补他在股票市场上的亏损,以及支付我的酬劳。他是馆长,说展品被盗,难道还有人怀疑吗?"

珍珍和小宝感到后悔。他们觉得自己太小看现实中的罪案,社会里黑暗的面貌,不像卡通漫画描绘的,名侦探跳出来表演一番,就能把坏人绳之以法。

"废话说完了,你们是时候遇上'意外'而死了。"男人说。

"我……"珍珍感到一阵晕眩,努力思考脱身的方法,"你在这儿动手,会留下很多证据!"

"没错,所以我会先把你们绑起来,用车子把你们载到没人找到的地方再杀死。虽然我擅长让人意外致死,但在不得已的时候,我也能让人消失在地盘、深山或大海之中。"男人一边说,一边取出麻绳,捆绑珍珍和小宝。

珍珍和小宝都有逃走的机会,可是,对方早已看穿他们的弱点——他们不会丢弃亲人,独个儿逃跑。就在他们犹豫的时候,两人已被紧紧绑住,嘴巴被贴上胶布。

"珍珍!小宝!"

屋外传来祖父的声音。

珍珍和小宝听到时激动起来,奈何动弹不得,嘴巴被封,只能在地上挣扎,流着泪发出"唔,唔"的叫声。

"哦,看来今晚还要多解决一个人。真可恶,我挺喜欢这房子的,干掉房东后,不得不搬家了。"

珍珍和小宝大惊,比起自己的性命,这时他们更担心爷爷会不会遭毒手。男人打开大门,离开昏暗的客厅,往外面走去。

"房东先生,怎么了?"男人装出愉快的表情,离开房子。

"咦,你不是说会晚归的吗?"祖父诧异地问。

"事情解决了,所以就提早回来了。"男人笑道,"我刚打电话给快递,我会自己收邮件了,刚打算去您家跟您说声。"

"对了,你有没有见到我的孙儿?"

"有啊。"

"在哪儿?"

"就在屋前，昨天中午我见过他们。"男人装出无知的表情。

"不是呐，我是说现在啊。我以为他们在房间，怎知刚才发觉他们都不在，不知道他们会不会跑出来玩耍。"

"现在时间也不是太晚，或许过一会儿就回家了吧。"

"唔……我觉得有点不对劲，他们这两天好像都有点心事。"祖父表情一沉。

"啊，"男人装出一个忽然想起的表情，说，"刚才我回来时，发觉我家对面的空屋有点声音，他们会不会走进去玩探险游戏了？"

"喔？也可能喔。我去看看。"

"房东先生，您有钥匙吗？"

"为防万一，我带出来了。"祖父从口袋掏出一串钥匙。

祖父和男人一前一后，踏进黄色房子的庭园。祖父抽出钥匙，打开大门，屋子里一片漆黑，只靠着窗子射进的路灯灯光，勉强看到室内的情景。

"看来没有人……"祖父说。

"爷爷！"

珍珍竭尽全力的呼喊，从蓝色房子的玄关传出。她在杀手离开后，努力爬到大门前，从大门旁的窗子看到祖父与男人交谈。她不理会脸颊的刺痛，以脸蛋不断刮着窗框，慢慢把胶布一点一点地蹭掉。当她成功蹭开半张胶布，她对着室外发出凄厉的警告。

不过这一声警告，不及男人的动作那么快。

就在祖父回头的一瞬，他被身后的家伙用力一推，脸孔朝下扑倒。男人一下子冲前，跪在祖父背上，按住双手，再用脚把大门关上。

"房东先生，您太大意喽。"

"你……"

"您的宝贝孙子在我手上，我正打算干掉他们。为什么爷爷那么内敛，孙儿却如此多管闲事呢？他们没听过'好奇心会害死猫'吗？"男人用力掐住祖父的脖子。

"你对他们干了什么！"祖父脸孔贴在地上，大声骂道。

"没什么，只是绑起来罢了，我不会在自己家动手这么笨，留下证据，很容易惹祸。"

祖父突然沉默不语。

"您放心，我会让你们爷孙三人死在一起，在黄泉路上有个伴儿。"

"我这就放心了。"祖父淡然地说。

"哦？"

"你还没动手伤害他们，我就放心了。"

"有什么……"

男人话没说完，祖父突然奋力而起，男人往后跌坐。他讶异于自己竟然无法压住一个老头，但刹那间，他发觉并不是因为对方力量大，而是自己的四肢剧痛，完全使不上力。

祖父站起来，拍掉身上的尘埃，说："真是讽刺啊，又是这间屋子。"

"你……你干了什么？什么又是这间屋子？"男人忍住痛，说道。

祖父微微一笑，说："我没想过，我又要在这房子里干掉一个杀手。四十年前，我就在这儿解决了一个想对付我的家伙……那家伙叫什么来着？好像是凯文还是卡文的，不过也没关系吧，反正是假名。"

"妈的！你对我做了什么！"男人倒在地上，痛苦地挣扎，但手脚不听使唤。

"没什么，我只是输入了一个令你手脚肌肉扭曲的指令而已。"祖父笑道。

"什……什么鬼指令？"

"你没听过吗？那个传说中能隔空杀人的家伙喔。"

"气……气球人？那……那个流传了二三十年……骗小孩的都市传说？"

"容我自我介绍一下，老夫就是那个骗小孩的气球人。"祖父蹲下身子，盯着倒地的男人说。

"那……那个是真的？"

"当然是真的，而且我杀过的人一定比你还要多。"祖父回望四周一下，说，"说起来，这儿真是受某些人欢迎啊，当杀手的、潜逃的、躲黑道的，都喜欢来这儿隐居。三十年前，这儿的老房东兼地主病逝，我舍不得这个优美恬静的环境，就花钱跟他的儿子买下所有土地和房子，当起房东来。我以前就是住你的房子呢，某种意义上，你可以说是我的接班人吧？"

"那、那把手枪是你留在厨房的墙洞的？"

"原来我把手枪留在厨房啊！"祖父拍一下额头，说，"我搬到房东的家时，还烦恼了好一阵子呢！心想到底把枪藏到哪儿去了……不过顺带一提，我不用枪的，那枪本来属于那个凯文或是卡文，就算被警察发现也没有关系。"

"我……我还以为你是个什么都不知道的老头……"男人辛苦地喘着气，愤愤地说。

"干这一行，当然要懂得伪装嘛，不然会死得很早喔。就像我刚才已经知道你是个杀手，还是先引你进来才对付你。"

"你……已经知道了？"

"老实说，我以前就猜你是个有双重身份的家伙，不过只要你准时交租，我才不管你是杀人的还是卖毒品的。"祖父突然换了个认真的表情，"可是，你要对我的孙儿甚至我本人下手，我就不能不管了。小宝在他的图画簿里画了一堆没人看懂的'侦查步骤'，我却猜到，他画的是早几天博物馆命案的事情，也猜想他画的那个青面獠牙的家伙就是你。"

在祖父发觉珍珍和小宝不在房间的时候，他看到桌上的画簿，于是把孙儿这几天的异常行为联想起来。当他看到树林中猫狗尸体的涂鸦时,不由得眉头一皱,他就是不想孩子看到那情境,才不准他们独自上山的。

"自从二十几年前退休,我就甚少杀人了,只偶尔上山宰些猫猫狗狗,确认自己的异能没有消失,同时也当作锻炼,以防遇上像今天的情况,被你这种笨蛋杀个措手不及。"

"不过,就算你在这儿干掉我,你也逃不掉条子的追查……"男人痛苦地笑着说,"你一动手,就会留下证据,你的身份就会曝光!"

"你说得对,为了解决这难题,我只好用上一些较极端的手段了。"祖父站起身,步向玄关,说:"我刚才下的指令,并不是只有扭痛你的手脚这么简单。我输入的是'手臂和大腿肌肉水平扭转三百六十度,五分钟后眼窝充气,再三十秒后胃袋充气并在零点一秒之内膨胀十万倍'。"

男人愕然地盯着祖父,搞不懂他说的复杂指令是什么,不过他只呆住五秒,眼球突然从眼窝挤出来,像两颗高尔夫球挂在脸上。

"哇!"男人痛苦地在地上滚动。

"这么说,半分钟后你便要爆炸喽。"

祖父打开大门,装作狼狈地连滚带爬走出庭园,再冲到蓝色房子前,假装颤抖地打开大门。

"爷爷!"珍珍从窗子看到祖父无事跑出来,不禁欢呼,可是祖父冲进屋子后,一把抱住她和小宝,伏在地上。

"轰！"

一声巨响，让珍珍和小宝吓一大跳，窗子的玻璃被震碎。震动过后，珍珍和小宝透过窗户的破洞，看到黄色的房子塌了一半，庭园的矮树被震波撞歪了，有几盏路灯破掉。

"那家伙藏了炸弹……说要把我们连房子一起炸掉……"祖父一边说，一边解开捆绑孙儿的麻绳。

"爷爷好厉害！你怎么逃脱的？"小宝拥抱着祖父问。

"我趁他没留意把他撞倒，他一定是小看我，以为老人家好对付喽！我逃出来的时候听到他说什么同归于尽，就怕他引爆炸弹了。到底那家伙是什么人哪？恐怖分子吗？"

十分钟后，消防员和警察来到，对于这么严重的事件感到震惊。从珍珍和小宝的证言，他们找到博物馆馆长路博士的犯罪证据，确认在爆炸中粉身碎骨的死者是馆长雇用的杀手。在死者的房子里，警方找到大量特制的毒药，其中有类似氰化氢等能令吸入者即时死亡的有毒气体，相信杀手是用这个方法杀害博物馆命案中的五人。另外，珍珍指出杀手杀害的中间人也被警方查出，那个胡须男在与杀手见面当天晚上因急性中毒入院，抢救后不治。医生估计，死者是从饮品中服用了某种生物碱神经毒素，珍珍猜毒是下在咖啡之中，因为她看到杀手在胡须男离开后，收拾咖啡杯。

"珍珍！小宝！"事隔两天，珍珍和小宝的父母收到消息，中断工作回来。看到珍珍的脸包着绷带，他们都很心痛。相反，珍珍对这些小伤不以为意，她对爷爷和弟弟能逃过毒手，更感到畅快。

"爸，怎么会发生这种事情啊？"珍珍的父亲不禁责怪自己的老爸。

"不是爷爷的错！是我们太胡来了！"珍珍连忙替祖父说话。

"对呀，爷爷好威风喔！他救了我们喔！"

看到儿女的维护，珍珍的父亲就没再说下去。

"爸爸，既然我们已经回来，就接珍珍和小宝回家……"

"不，我要在这里陪爷爷！"珍珍嚷道。

"我也要！"小宝跟着姐姐一起说。

珍珍的父亲搔搔头，说："爸爸，你一向喜欢独居，他们一定让你很为难吧……"

"别胡说，"老祖父亮出一个深邃的微笑，"我一向最喜欢小孩子了，我很久很久以前，还指导过一个惹人嫌的小鬼，教他养仓鼠的技巧……"

/ 8. 与你常在 /

"小朋友,怎么一个人待在这儿,不去跟其他小孩子玩耍吗?"

"对,大叔,我不是本地人。哈哈,我以为我的伪装很成功,您怎么能一眼识穿呢?"

"大人们都看不穿,小孩子反而能看破真相呢……成年人老是误会我是坏蛋,可是我真的不是喔。我可能很容易招来误会吧。"

"我没有故乡,也没有家,没有目的地,就是四处漂泊……这样的生活也蛮惬意的啦。"

"对对对,就是自由。我嘲笑那些穷尽一生追求某事物的人,在我眼中,他们都很愚蠢。他们追求的成就,对其他人来说很可能不值一提,假如他们发觉这一点,一定会绝望得想自杀呢。"

"以前我认识一个蛮有学问的家伙,他就是这种笨蛋。初相识时我俩挺投缘的，我足足当了他二十四年室友哩……本来以为他是个有趣的人物，但我帮他追求到原来的目标后，他的欲望一再膨胀，渐渐依赖我替他干一堆下三烂的勾当，像权力啦，女人啦……啊，这话题对你来说太早了。"

"我之后就决定不再跟他人深入交往、建立长期关系，只四处结交朋友，偶然碰面聊几句便继续旅程。我知道我在他们眼中是个难能可贵的泛泛之交，即使相处时间短暂，他们都可以从我身上获得好处，或是受我启发……小朋友，今天你我有缘，我们也来交个朋友好不好？"

"名字？我有很多个名字啊……嗯，你可以叫我提姆。我最近用的名字是提姆·休普，前阵子用的是密斯特·霍伯，也用过史密斯·波伊。"

"有几个名字有什么好奇怪的？名字只是一个代号，跟事物的本质毫无关联。太阳不叫太阳便不会发光发热吗？麻雀不叫麻雀就不会飞翔吗？所以有很多名字，或者没有名字，都改变不了人和事的本质。"

"我来历不明？哎哟，这句话太教我伤心了。"

"我说过跟我交朋友的人都有好处吧？我可以送你一件东西喔。"

"不，不是那些有名字的东西，我送你的，是一种无法以语言或文字代表的事物……或者可以说是一种'能力'吧……"

"既然你要结婚退休,我也不阻止你了。"坐在驾驶座的中介人对我说,"毕竟这十多年来你替我赚了这么多,我劝你继续工作未免太贪得无厌了吧。我们这些地下业者,能平安退休可不容易啊。"

这天中介人约我出来,本来是给我委托,但我才跟他碰面便告诉他退休的决定。我原以为他会反对,意外地他回答得爽快——我是有想过,假如他诸多刁难的话,我就让他活不过明天。

"你同意就最好。"

我实在厌倦那种刀口舐血的生活了。"气球人"的传说愈来愈广为人知,我每次行动便愈多顾虑,明明简单的工作也变得复杂。也许只是我想太多,但小心驶得万年船,我的能力始终就只有一项,一旦被人识破,我跟一般人没分别……甚至比一般人更脆弱吧。

"我想你之后会改名换姓,搬离现在的住处吧?我俩以后就分道扬镳,后会无期。别指望我会送你结婚贺礼,你也别请我喝喜酒。"中介人笑道。

中介人不愧是业界老手,他完全不问我未婚妻的事——他应该很清楚,一个杀手打算归于沉寂,告别前半生,就不该打听他的下半生,彼此变成陌路人,便不会因为知道得太多而丧命。

当然,说不定耳听八方的他早对我的事情了如指掌,甚至知道我那个昵称叫丽塔的妻子的来历,只是装聋扮哑,保障自己的安全而已。在地下业界,聪明而话少的家伙活得最长久。

"那我们今天就此别过……"我瞄了瞄搁在他大腿上的公文袋,问道,"话说回来,你本来想委托我对付什么人?"

"嗨嗨,才刚说退休的家伙怎么忍不住了?人家演员歌星好歹退下几年才复出,你却不用三分钟便反悔了?"中介人大笑。

"不,只是好奇,你很少约我约得那么急。"

"因为对方指名要聘用你,还限定今天内回复。"中介人打开公文袋,"你说退休,我回去向委托人建议其他人选就好了……老实说,酬金没特别高,目标难度虽然算简单,但后续麻烦可能很多,是个烫手山芋。最理想的情况是所有人不愿意接手,我退回委托就行。"

"什么后续麻烦?"

"你自己看就了解。"中介人将目标的照片和个人档案递给我。

目标是个二十出头的年轻女生,乍看没有什么特别,我心想是半天可以搞定的对手,只要找个社交场所握一下手便成——可是,当我看到家庭背景一栏时,不由得倒抽一口凉气,再重新望向标注目标人物名字的一栏。

——葛蔚晴。

那个追踪我多年的葛幸一警官的女儿。

"家属遇害，条子们一定发飙，万一走漏风声我一定吃不完兜着走。"中介人以拇指在脖子前挥了挥，"你是我手上最有把握伪装意外死亡的从业者，所以假如你不接这委托的话，我想其他人也不敢接。"

"她是葛警官的女儿……"

"嗯，就是那个你很怕的家伙的女儿。"

"我才不怕他咧……"我故意嘴硬道，"委托人是什么身份？是跟葛警官有过节的黑道，想杀死他女儿来教训他吗？"

"应该不是。委托人找我时戴着墨镜、口罩和帽子，但一看就知道是年轻女生，结结巴巴地提出委托。凭我多年看人的经验，八成是争风吃醋，报复被人家抢男友之类的。"

那些照片中，有不少是葛蔚晴跟不同帅哥吃饭逛街的偷拍照。资料上说，她是个资优生，十六岁便破格获音乐大学录取，不到二十岁便毕业，出道成为钢琴家。在大学期间已拿过不少国际钢琴演奏比赛冠军，加上年轻貌美，难怪迷得一众公子哥儿拜倒石榴裙下。意料之中的是，获得无数爱意的同时，自然也会惹来强烈恨意，倒是部分人的恨意化成杀意，只能叹句是她命中注定的不幸。自古红颜多薄命，美女早死似乎是常态。

"嗯……或者我干这最后一票再退休吧。"我想了一会儿，对中介人说。

"哦？怎么改变主意了？想向姓葛的复仇，还是来个下马威？这不像你的作风吧？"

"虽然我想退休，但葛警官和他那个劳什子调查小组不见得会放过我。"我叹一口气，"万一他们从旧案子找到线索，追查到我身上，那我的退休生活就完蛋了。反过来说，让他的女儿死于非命，使他在私生活上充斥不安的情绪，那就能影响他的判断，妨碍他的工作。假如失去女儿能令他一蹶不振最好；即使他能挺过去，也得花些时间，几年后他退休，我就无后顾之忧了。"

"呵，好吧，那我回复委托人说你接下委托了？"

"没问题。"

"头款我今天会汇进你户头，尾款待完成委托收妥后再给你。"中介人伸出右手，"这就当是我们最后的合作，以后我们应该不会见面了，祝你好运。"

我打开车门，以公文袋拍了拍中介人的手掌，一边踏出车厢一边笑道："别给我来这装感触的一套，而且，你不会想跟我握手的，再见了。"

"什么？你不需要我送你东西？你没兴趣？唉唉，别那么绝情嘛，我保证送你的东西很有趣喔。"

"小朋友，你大概是我遇过最特别的人了……就算不是最特别，也是数一数二的吧，居然问我'有趣'是啥概念。有趣就是……嗯……似乎很难三言两语解释清楚……"

"想不到我会被你这小鬼头难倒了。我先问你，你没有想要得到的东西吗？没有想吃的美食吗？人就是有欲望，才会对事物产生兴趣，然后'有趣'这个概念才具备意义——"

"没有？什么也没有？你不想在学校受欢迎吗？或是有花不完的金钱？可以买很多玩具之类的。"

"想不到我会从一个孩子口中听到这个答案呢，很好，很好……或者就是年纪小，反而能够说出这答案吧。"

"小朋友，你蛮有意思的，我更中意你了。请忘掉我说的什么'有趣'，对，我是骗你的。"

"世上太多随波逐流的笨蛋了，毫无意义地诞生于这个世界，然后汲汲营营地像虫子般过活，最后莫名其妙地死去，化为尘土。纵使有人能达成某些成就，被称为'伟人'，但一切终究皆为虚无，有形的世界不过是人类自以为是弄出来的假象。开拓文明的科学家、作品被广为传颂的艺术家、改革思想观念的哲学家，其实跟一事无成的乞丐没有分别，毫无差异。"

"啊，这些内容对小孩子有点难懂吧。总之我想说，你跟其他人不一样，本质上更接近我这种家伙……上帝真爱开玩笑，竟然让我今天遇上你哩。"

"我决定了，就算你不跟我交朋友，我也要送礼物给你。这礼物会让你成为人外之人……不，你本已是人外之人，我只是让你跟我一样，可以在本质以外来观察这世界而已。"

"有形与无形、有趣和无趣，其实是相同的。"

"这个世界就是极端有趣地无趣，所以我才可以嘲笑一切、蔑视一切,哈哈哈。"

翌日我开车前往葛警官住所附近进行监视,开始准备功夫。葛蔚晴仍跟父母同住,这增加了盯梢的难度,毕竟我得注意她那个干练精明的老爸。雪上加霜的是我近日睡得不好,老是做奇怪的梦,万一行动中分心走神,身份曝光,我往后的第三段人生便会泡汤。

也许我就是因为太在意开展新生活,才会老是做梦,梦见一些小时候的模糊片段。

梦里好像有个叫史密斯还是什么霍伯的男人跟我说些什么,内容细节我都忘记了,但似乎我真的曾跟这家伙碰面,只是一直遗忘掉。大概因为我正打算舍弃这段担任杀手的第二人生,才会让再之前的那段黯淡回忆浮起,提醒我何谓活着。

我读过某些研究反社会人格的书籍——我想我也该归类为这些作者的研究对象吧——书中都声称"患者"的童年际遇对确立反社会的个性有着明显的关系,暗示小孩子假如没得到亲人关爱、缺乏同辈认同等等,便可能导致病态人格发展。虽然我的确在孤儿院长大,但我觉得这种说法完全是狗屁。

我小时候所住的孤儿院里,经营者没有虐待、劳役孩子,或是将孤儿当作性玩具贩卖给变态富翁之类,年长的院生们也没有霸凌、欺压不合群的小孩,就是一个一般人眼中很正常、很普通的慈善机构。院长和老师们受大部分孩子爱戴,他们也会追踪被领养小孩的个案，确保他们在新家庭中健康成长。孤儿院没有财政压力，金主是个从事餐饮业的商人慈善家，院舍的土地属于孤儿院，不怕地产商侵占。据我所知，从这所孤儿院出来的孩子，几乎全在社会各行业大展拳脚，有优秀的成就，符合院长和老师们的期待。

但很明显地，我不是其中之一。

自从我有记忆开始，我就对他们的关爱无感。院生们向我示好，我也无意回应。我不喜欢也不讨厌他们，对我而言，他们只是一个个"存在"而已，就像你不会觉得路边的石子对你有任何意义一样。

我在他们眼中是个孤僻的孩子，但我实在无意伪装合群，跟他人打成一片。

跟对自己没好处的家伙厮混，有何意义？

至少，我身边从来没有出现过任何能勾起我兴趣、牵动我情绪的人。我只在乎他们跟我有什么利害关系，他们会不会影响我的生存权利而已。

我第一段人生的头十年就是在这所孤儿院度过。我不是在十岁时离开孤儿院，而是孤儿院离开了我。

它被一场火烧掉了。

大概是我在公园被搭讪后数天的事吧。那天半夜我莫名其妙地从睡梦中惊醒，心里涌出一股无法压抑的不安感，驱使我违反门禁，偷偷窜到外面。我在公园大树下躺了半晚，结果清晨回去时却看到一片颓垣败瓦，以及一具具从废墟抬出来的尸体。当时我在现场听说起火原因有些可疑，五天后纵火的犯人便被警察抓到，那家伙刚刚出狱不到一个月。据说他出狱后光顾一间餐厅时因为衣衫不整被拒于门外，于是存心报复——孤儿院的赞助者便是那间餐厅的东主。

我知道事实后没有半分惊讶，反而觉得心安理得。这世界就是如此荒谬不合理，这才是常态，是现实的本质。我没有为丧命的老师和同伴流下半滴眼泪，我们都是只是过客，活着只是处理麻烦的过程。好人、坏人、善人、恶人，殊途同归，统统躲不过同一个终点。

之后我辗转在不同的院舍生活，见识过很多恶意、贪婪、野心、欲望与谎言，渐渐适应这社会的生存法则，也让我愈来愈觉得世事可笑。文明、制度、信仰、阶级，诸如此类都不过是人类为了自我利益创造出来的冠冕堂皇的借口，现实就是一个垃圾堆，而世人在里面打滚，明明活在地狱却硬拗自己活在天国。这不是十分可笑吗？

在模糊杂乱的记忆中，我小时候常去的那个公园里，某个小丑打扮的男人不时现身逗孩子玩耍。他的表演十分无聊，唯独他用气球扭出的种种动物紧紧抓住我的视线。我不了解那是什么原因，也许它们表现了我对生命的看法——所有事物本质上都是相同的，任你扭曲、变化成不同的模样，骨子里都是一样的一条长气球。而且最可笑的是它们都同样脆弱，轻轻一刺，有形的事物便在刹那间消失，只剩下一片小小的、不起眼的橡皮残骸。

终有一天我也会变成那种残骸，但在那天来临之前，就让我继续披着一般人的外皮，嘲笑这个世界吧。

"咔。"

葛警官住所车库电闸门打开的声音让我从沉思中惊醒过来。早上八点，葛幸一警官开车上班，接下来一个多小时也没有动静，只见到他妻子接过快递送来的邮件。到晚上九点葛警官回家，葛蔚晴也没有现身，只有偶尔从屋内传出的钢琴声。首天的监视，可说是一无所获。

我发现我低估了这委托的难度。葛蔚晴是个钢琴家，她不用上班，没有外出规律。我盯梢的头三天她只离家一次，而且她是开车到市中心的音乐厅跟乐团总监见面，大概是商谈表演细节，会面后直接开车回家，我没有半刻接近的机会。其余时间她都留在家里，要神不知鬼不觉地解决这种深居简出的目标可说是相当棘手。

我翻查了她的公开表演行程，她未来两个月都没有活动，最近的一次在三个月后。我相信随着表演日期临近，为了跟乐团排练她离家外出会愈来愈频繁，但假如她仍是开车"点对点"地来往住宅与演练会场，那我也没有什么可以下手的时机。而且，在我研究她的背景资料时，发现了最最最麻烦的一个关键。

在某杂志的访问里，她透露自己有轻微的强迫行为——为了保护手指，她在日常生活中无时无刻不戴着手套。乐评家称葛蔚晴拥有纤细而灵巧的弹奏技巧,她在访谈里却苦笑说自己粗心大意,连翻书也很容易被纸边割伤,因为小时候一次手指割伤影响比赛表现的阴影,她立志当钢琴家后就老戴着手套,只有练习和表演时才脱下。

这叫我十分头痛。

我原本想葛蔚晴是公众人物,只要假装成粉丝,请她握手,我便能完成任务。可是我现在要另觅办法。我当然可以在她的演奏会上抓住完结的一刹那,借献花为名碰一碰她,但我一来不想等到三个月后,二来我抗拒在众目睽睽下接近对方——我不只害怕被摄影机拍下我的样子,更要担心她老爸会认得我的背影,毕竟数年前我差点被他抓过一次,天晓得他的"刑警直觉"有多强。

这一筹莫展的困局持续了五天,直至周末才露出转机。

星期六下午五点,葛蔚晴开车离家。我尾随她的车子来到西区柏杨广场的停车场,只见她提着一个硕大的肩包离开车厢,走进停车场旁的大型购物商场。为了防止她离开我的视线,我只好下车跟踪,而她登上商场的手扶梯后,笔直往二楼的洗手间走过去。我以为她人有三急,于是站在角落假装浏览橱窗,眼角紧盯着洗手间出入口,等候她出来——没想到我差点大意犯错。

她变装了。

葛蔚晴出门时,穿的是一袭黑色的连衣裙,跟她平日与乐团中人见面的装束差不多,然而十五分钟后她从洗手间出来,身上的衣服全数换掉，上半身变成荧光绿色的背心和粉红色的外套，下半身换上一条紧身黑色迷你裙和黑白条纹的过膝袜，鞋子也从原来的女装布鞋换成鞋底足有五厘米高的粉色短靴。她那头黑色长直发被浅灰色的双马尾假发盖过，脸上由原来的淡妆变成辣妹独有的银色眼影和蓝紫色唇彩，脖子上还围了颈圈，耳朵挂着心形的耳环，右腕戴着闪耀着蓝色磷光的手环。假如我没有留意到她背着的肩包和手上的手套，我一定会以为是别人。

我以为她换衣服后会开车往下一个目的地，但她回到车子，只将肩包放进车厢，再次锁上车门，回头往停车场出口的方向走去。我不晓得她变装的理由，但我知道就连她老爸老妈也不可能认得她现在的样子。这是天才钢琴家葛蔚晴不为人知的另一面吗？

接下来看到的一幕更令我感到讶异。

站在停车场后方一条小路旁，葛蔚晴一边玩手机，一边望向两旁车道。因为她站在路边，我猜她是在等车，于是我坐回自己的车子，准备继续跟踪监视。这时天已黑，加上她的装扮令我想起一些在路边招客的廉价妓女，虽然我认为以她的身世和才能不会需要靠卖淫来赚钱，但这世上就是有性成瘾的家伙，或者她追求的是另一种满足。假如这是事实的话，对我来说更是好消息，只要当一晚她的恩客，就铁定能触碰她的身体，输入指令完成委托。

当我寄望皮条开车来接她或是她主动向驶过的司机招生意

时，却没想到接她的车子跟我预想的完全相反。

一辆红色的货柜车在对面的车道停下来了。

开车的司机没啥特别，跟一般常见的职业司机差不多，倒是坐在旁边的人和葛蔚晴一样，穿着色调夸张的荧光衣，头发染成绿色。他下车跟越过车道的葛蔚晴像熟朋友般拥抱一下，再打开货柜门，让她登上去。因为货柜车迎面而来，我看不到货柜里的样子，但我瞧见葛蔚晴上车时挥手并露齿而笑，似乎货柜里还有其他人，她向他们打招呼。

啥鬼？

看到那货柜我只想到人口贩卖，可是我没见过"卖家"跟"货物"如此友好，后者看到货柜时更一脸欢喜。绿发男登车后货柜车便离开，我除了继续尾随外别无选择，车子一路往西区海岸驶去，最终目的地和我预测的一样，是西区货运码头。

我没有通行证，无法驶进码头货柜起卸区，只能停在外围，透过铁丝网观察情况。货柜车驶至一个泊位停下，接着码头工人们熟练地让吊臂扣上那二十英尺①长的红色货柜，将它吊起，移到旁边一艘已经放着两个货柜的接驳船上。绿发男上船后便开航，我无法继续跟踪，只好眼巴巴看着它向漆黑的海洋驶去。

坐在车厢中的我一脸憬然，搞不懂葫芦里卖的什么药，幸好我有抄下红色货柜上的标志和号码，费了一点工夫，在网路上找到答案。

---

① 1英尺相当于30.48厘米。

O2派对：潮流尖端、全城启动！海洋中心的狂野舞会，独一无二的超凡体验！

一家叫"有机海洋 Organic Ocean"——简称O2——的派对公司早年买下一艘800TEU级的退役货柜船，将它改装成派对场地，定期举办派对，每次招待约一千人。O2派对和一般的电音派对差不多，聘请一流DJ刷碟混音，让客人们狂欢通宵达旦，倒是这家公司很聪明，将场地移师到远离人烟的海上，一来不用担心噪声和灯光影响居民，招来投诉；二来参与者可以更肆无忌惮地享用酒精和迷幻药品。一般宾客只要在指定时间于西区或南区的码头登上接驳渡轮，便可以在半个钟头内到达派对场地"O2号"，而主办单位更设有VIP名额，让一众贵宾享受独特的派对体验——货柜接送。

根据网页说明，O2用来接送VIP的货柜经过改装，里面就像夜店的贵宾房，不但有沙发、空调和音响，更有冰箱和小酒吧等等，部分VIP货柜甚至有调酒师和DJ，每个可以容纳约十人。贵宾只要通知主办公司接送地点，货柜车便会按时驶至，接过所有人后抵达西区货运码头，直接由接驳船将货柜运送至O2号上。"走出家门开始派对，派对完结直接到家"是O2的行销卖点，也就是说，贵宾离开会场时也是登上货柜，再由接驳船和货柜车送回家，务求直至到家前一刻都能狂欢尽兴。O2说他们有十二个这种VIP货柜，行驶不同路线，接载各区的贵宾往返。

所以纵然葛蔚晴不是特种行业的工作者，也是个有着不为人知一面的"双面人"：一面是气质高贵的天才钢琴家，另一面是爱玩、放任的派对辣妹。回想起委托人送上的偷拍照，葛蔚晴跟不少帅哥约会，可见她本来就是个擅长钓男生的"玩咖"，所以她的"另一面"也不见得很意外。O2网页指出，预订VIP货柜名额不是光有钱便行，必须是O2的长期顾客，集满参加点数才能从一般会员升级为贵宾。从葛蔚晴跟应该是O2员工的绿发男的亲昵举动看来，她的VIP身份可是货真价实。

不晓得葛警官知道女儿这秘密后有何感想？葛蔚晴特意到商场换装，便代表她瞒着家人参加派对；考虑到她的年纪和成为VIP所需的年资，她很可能在未成年时已偷偷跑去玩。假如我能接近她下手，我该不该让她不光彩地死在派对上，让葛警官责怪自己一直没好好认识女儿呢？说不定他还会发现女儿跟一堆毒虫有关系，死前嗑了药，极乐至死……

不，正所谓盗亦有道，委托人没要求，我就姑且让葛蔚晴于睡梦中"急病猝死"好了。我是个很有职业道德的善良杀手嘛。

默读着网页的资料，我灵机一动，忽然察觉这个海上派对就是委托的突破口。

虽然葛蔚晴换了衣服仍戴着手套，但这是我最佳的下手机会。在一般的社交场合，除握手外要触碰一个女生的身体并不容易，但在派对上机会多的是，像是借跳舞碰一下肩膀、背部、腰间等等，也可以胡扯自己懂看手相，要对方脱下手套让我看掌之类，说不定甚至能借酒醉跟对方亲热时上下其手，输入指令。

当然，我还要先解决好些困难。

最大的困难在于我没有把握在一个灯光闪烁、音乐震耳欲聋、有着接近一千个衣着大同小异的男女混乱起舞的环境里找出葛蔚晴。但只要克服这一点，其余事情都好办。

"喂，是我。"我打开手机，拨了一通电话给中介人，"我需要支援。"

"嗯唔……没问题，要准备什么？"中介人似乎在吃饭，说话有点含糊。

"我想取得一家叫'O2派对公司'过往所有海上派对的顾客名单和付款记录。"

"'O2派对'和海上派对……我记下了。我请黑客拿到后再寄给你，费用会在尾款扣除。"

我挂了电话，继续坐在停在码头外的车子里。我猜派对应该没这么快结束吧？姑且在车上小睡一会儿，看看我能不能抓到那个红色货柜回程的一刻吧。

"我说远了，言归正传吧。我要送你的礼物是一种能力。对，像天方夜谭似的，但我可没骗你。只是能力的内容是什么，我也不知道……我说过无法用文字或语言表示嘛。"

"嗯……用例子来形容就像'种子'吧。你拿到一颗无名的种子，种在泥土里，直到发芽成长你也不晓得会长出哪种植物。有些种子的发芽期很长，有些很短，所以我也不知道送你的东西你何时才能运用、对你有何改变。"

"对，我也控制不了，一切都看命运。我这颗种子很奇妙的，成果只依据土壤的性质而定，你的想法决定了你会得到什么能力。就像生物学，所有DNA都是由腺嘌呤、胸腺嘧啶、胞嘧啶和鸟嘌呤组成，却因为组合编排不同而诞生了成千上万个不同的物种。"

"很久以前我有朋友因为接受这礼物而能在一晚之内撰写出涵盖人类所有知识的书，也有朋友获得治愈百病的能力，甚至有朋友能够从欧洲大陆瞬间移动回到冰岛。能力的强弱、特质全视乎你本身。"

"我没有撒谎啦……虽然听起来蛮荒唐的，但我保证是真事。别问我为什么有这些'种子'，我想，这是上帝故意跟我开的玩笑。"

"代价？我就说不用嘛，你愿意跟我交朋友就最好，不愿意也无妨。"

"你问的是能力本身造成的代价？我就说我不晓得喔。我以前结交的朋友之中，有好些人很迷信，以为代价是什么'失去灵魂'之类的，我费尽唇舌也解释不清……世上太多人拘泥于用前世今生、死后来世之类来解释命运，那根本是多此一举！要顾虑得失因果，着眼于当下已足够了。得与失本来就是无形的，你得到一件宝物，放进箱子里，你便失去了箱子里被宝物占据的空间。对一个重视空间多于宝物的人来说，这便是失多于得了。"

"哈哈，你终于认同我了吧！你和我以往遇过的大部分家伙不一样。来，跟我握手，那就完成了。当然我无法保证你那颗种子何时发芽，但我相信，终有一天会开花结果。"

"你如何运用那能力由你自己决定，我不会也不能干涉，只会从远方留意，以局外人的身份来冷眼旁观我朋友们的一举一动。对我来说，这个世界就是如此无趣地有趣，让我继续躲在角落嘲笑着人世间那些无聊的爱恨情仇来打发时间吧。我的时间有很多很多啊。"

"有请我们今晚的特别嘉宾——DJ Kozz！"

那个戴着银色墨镜、一头及肩散发的大叔随着音乐节奏舞动，双手在混音台上飞舞，台下众人狂热地跳跃着，忘形地扭动身躯。

我发现葛蔚晴的秘密后的第二个周末，O2再次举办海上派对，我很轻易地混进这场派对之中——毕竟只要付钱就行——倒是打扮颇令我为难。我的确擅长伪装，但要我穿上荧光橙色的T恤、艳红的紧身裤、接上LED闪灯的鞋子等等，就有点教我吃不消。我还染了一头橘色的头发，在左边面颊涂上两笔荧光涂料，希望不会让人记得我本来的样子。

"O2号"船上比我想象中更豪华、更庞大。由于它原来是货柜船，船身大部分空间都用来载货，O2公司就把本来的载货空间改建分隔成上下两层，连接甲板的上层是派对区，下层则是餐饮区，派对参加者饿了的话可以到下层光顾各式餐厅。派对区除了DJ台和台前的舞池外，还设有泳池和池畔酒吧，好些穿比基尼的女生在那边尽情展露美好身段，甚至有豪放的辣妹干脆扯掉上截让在场男士眼睛大吃"冰淇淋"。DJ台旁有不少性感美女站在高台上跳舞，另一边则有工作人员操作泡沫枪，不时发射白色泡沫让台前的客人沉浸在奇妙的泡沫海之中。强劲的电子音乐和特效灯光此起彼落，在场男男女女疯狂地随节奏扭抱摇摆，就像忘掉理性，任由本能与欲望支配自己的身体。

在这个广阔的场地里要找出一个人实在太困难，尤其我不知道葛蔚晴今天的装束为何。我无法购买VIP的门票，也没有VIP友人邀请我同行，只能以一般人的身份购票。我在南区码头等候上船期间，葛蔚晴应该正在行驶至西区某处的"贵宾室货柜"中享乐狂欢。我有想过请中介人替我进行监视，拍下目标人物今天的样子，但一来他有可能跟丢对方，无功而回；二来即使我收到照片，也不敢保证能在灯光忽明忽暗的派对上找到她。既然如此，我还是依照我本来的计划行事就行了。

我托中介人找来的派对顾客名单很有用，除了让我确认葛蔚晴从没缺席这海上派对外，也让我更了解VIP的确切人数和货柜分布。今晚的派对参与者共有一千零二十六人，其中八十四人是VIP，葛蔚晴在西区三号货柜名单之内，跟她同房的贵宾有六人。

我下手的机会,是在回程的货柜之内。

我瞧了瞧我右腕上的白色手环。O2派对以手环代替门票,不同颜色代表不同身份——白色是一般参加者,红色的是购入套票的顾客,凭手环可以任饮啤酒或鸡尾酒,而蓝色的便是VIP。我现在的首要任务,便是偷一只蓝色手环。

"嗨,帅哥,可以给我买杯酒嘛?"

我靠在池畔酒吧的吧台旁,不时有女生跟我搭讪。她们都是戴白色手环的家伙,对我的计划毫无帮助,我自然不多理会。假如她们身边有VIP级的朋友,便不会寒酸地跑过来骗酒喝。我不断留意在我眼前经过的人,注视他们的手环颜色——可惜的是,我等了快两个钟头仍只看到白色,红色的只见过六个,蓝色的从没遇上。我开始怀疑VIP们聚在派对现场的另一边,我必须转移阵地寻找猎物。

"啊,抱歉。"我往DJ台的方向走去时,跟一个身材瘦削的男人差点撞上,他对我的道歉不置可否,只继续跟身旁的女生热络地聊天。

然后我看到他手上的蓝色手环。

太好了。

我尾随对方,只见他走进人群之中,跟不同的圈子搭话,和男男女女勾肩搭背,状甚熟稔。他似乎在派对中有不错的人脉,而当我看到他和一个站在高桌旁落单的辣妹谈话时,我便发现原因。

他从口袋掏出一个小包,暗中塞进辣妹的手里。

这家伙是卖迷幻药的药头,刚才跟他聊天的,很可能都是他的顾客。本来我还在盘算我这个陌生人该如何接近对方才不会引起注意,但既然他是个"商人",那便不用多想了。

"嗨,Daisy叫我来找你买货的。"我趁着辣妹离开高桌,抓住机会过去跟那男人说。

"Daisy?"

"不是这个名字吗?她说她叫Daisy。"我随便胡扯。

"是Dizzy吧?"男人笑着反问。

我猜他说的那个女生大概人如其名,整天嗑药嗑到头晕目眩。

"应该是啦。"我从口袋掏出几张刚才折好的纸钞,藏在手心向男人递过去。"这价钱可以买到多少?"

男人假装跟我握手,接过钞票,低头瞄了一眼,亮出笑容。我似乎付了一个比一般派对玩家高很多的价钱,但我倒不在意,反正从刚才的握手我已输入了计划中的指令。

"这足够买光我身上所有存货——呕呜——"男人脸色忽然一变,伸手掩着嘴巴,发出作呕的声音。

"唉,你没事吧!我带你到洗手间!"我装模作样地嚷道。我身旁的人都以为他喝多了要呕吐,我则是扶着他离开现场的朋友。

我们走到位于派对区边缘的洗手间外,但我没进去,反而扶着他走到洗手间后的一个阴暗角落。洗手间后方不远处便是船尾甲板,扶手围栏外是漆黑的海洋。

"呕——呜呀!"男人扶着围栏,向海呕吐数秒后,忽然辛苦地掩着胸口倒在地上,挣扎十数秒后,便躺在甲板上一动不动。

他自然是死了。

我刚才输入的是我擅长的复合指令,先令他胃袋持续缓慢充气,让他呕吐大作,第二道指令便是三分钟后冠状动脉冒出气泡,使他心脏衰竭而死。

我解下他的蓝色手环,拿走他的皮夹和手机,用他的手指为手机解除指纹锁,再将他从围栏的空隙间踹进大海。在船上杀人真的很方便,要毁尸灭迹简直易如反掌,就算他的尸体被发现,法医也只会以为他是心脏病发坠海淹死而已。

"贺登翰……"在洗手间的厕格里,我拿着从男人皮夹搜出的驾照,确认他的名字,再打开手机,核对他在VIP名单上哪一条货柜路线,祈求他不会碰巧跟葛蔚晴同货柜——O2容许VIP临时更改搭乘的货柜,方便在派对上新结识的贵宾们在回程中继续尽兴,我只要将这个姓贺的家伙的名额改到西区三号名单上,便能冒充他接近葛蔚晴。假如他本来跟葛蔚晴相同货柜反而有麻烦,因为那个绿发男员工会认得他,一旦核查名单便会察觉我的身份有异。

"东区一号货柜。"看来我获幸运之神眷顾。假如他和葛蔚晴同柜,那我只好再找一个VIP下手,重复一次刚才的作业。

我使用姓贺的手机打开O2的APP,更改回程路线,不消一分钟便完成。O2号虽然远离岸边,但它配备了独立的无线电信号转换系统与强力天线,派对参加者仍能使用手机上网及通话,而且信号不弱,让我的计划第一步顺利完成。我曾想过另一方案——事前按图索骥,凭着中介人给我的顾客名单随便找一个VIP杀掉,冒充其身份到西区乘车接触葛蔚晴;问题是杀掉那个被冒充的家伙后要暂时藏起尸体,不让他人发现有一定难度,那倒不如采用回程方案较保险。

我换上蓝色手环,离开洗手间,四处溜达,尝试找寻葛蔚晴的身影——假如幸运之神再度眷顾,我便不用执行那麻烦计划的第二步——可惜遍寻不着。蓝色手环威力惊人,我回到泳池旁边便有不少家伙主动搭讪,其中不乏那些穿比基尼的辣妹,有些更借故以丰满的胸脯磨蹭我的手臂来献殷勤,我不由得暗想假如她们是委托目标,我便能轻松输入指令让她们横死当场了。

凌晨三点派对结束,是时候执行计划第二步。一般参加者陆续登上渡轮分批离开,而我们这些VIP则前往船头的货柜起卸点,准备进入货柜让工作人员使用船上的吊臂将它们逐一放到接驳船上。

"啦啦——啦啦啦——"在红色货柜外的甲板上,喝得酩酊大醉的三个男人正钩着手臂,在唱不成调的歌;两个穿得花枝招展的女生则待在他们身旁笑成一团，还有一个女的躺在货柜里的沙发上，不晓得是被大麻还是酒精弄得不省人事。

"您是贺先生吗？"绿发男拿着手机向我问道。我装作半醉地点点头，他接着问我打算在哪儿下车，我便口齿不清地报上路线图上随便一个地点。看来绿发男跟姓贺的不相识，省去我随机应变。我倒不担心他日后会发现我不是那个卖药的家伙，因为他明天便会一命呜呼，其余那六个男女也会在这个月内一一意外暴毙。

待我在货柜里对葛蔚晴输入指令、确保她死期将至之后，我便会执行计划的最后一步，将所有见过我的人解决掉。跟老戴着手套的葛蔚晴相比，要触碰那些家伙不难，回程时间有三十分钟以上，我下手的机会多的是。绿发男大概会随货柜出发，下车时他会负责开门，到时我就可以跟他握手或拥抱话别。五人死于心肌梗死，两人死于脑溢血，就能瞒天过海。

我待在红色货柜入口旁，等待葛蔚晴出现。我未必认得她，但戴手套的女生我一个也没看到。

一个个货柜分别给吊到几艘小船上，然而绿发男久久没指示我们进入货柜待机，反而跟好几个跑来跑去、貌似工作人员的女生交头接耳。我渐渐觉得事有蹊跷，正想再装醉问一下绿发男发生什么事，他却主动走过来跟我们这些VIP说话。

"各位，请进'贵宾室'，我们要出发了。"他口中的贵宾室自然是指装潢豪华的货柜。

"等等啊，Vincy还没到。"一个女生说。我相信她口中的Vincy便是葛蔚晴。

"我们的工作人员也正在找她，不晓得她是不是醉倒在某处了。不过我们不能再等下去，其他VIP正在等我们。"绿发男指了指泊在船边、载着另外两个货柜的接驳船，"我们找到她后，会安排她搭乘其他船只回去。"

糟糕，我没预料到这种情况。我该放弃今天的计划，跟这些家伙一起回市区，待下次再下杀手吗？

"呃……呃，不好意思，我的手机好像掉了。"思前想后，我决定兵行险着。

"请问是什么型号？我们同事发现后会通知您。"绿发男有礼地说，虽然我猜他心里应该正骂着怎么一口气发生这么多突发事件。

"我明天有重要的工作，我现在一定要去找。"我指了指货柜，"你们可以先出发，刚才你说还有其他船只，我找到手机后再搭那个回去就行了。"

绿发男一脸无奈，但似乎只要不阻碍他的货柜行程他就没有意见。他和载着其余六人的红色货柜登上接驳船，而我则往派对区跑过去。确认船上的工作人员看不到我后，我便躲在角落，留意着货柜区的动静。五分钟后，我看到一个女生扶着另一个女生疾步前来。被扶的女生光着脚，顶着一头粉红色的长发，上半身穿着露脐的黑色胸衣，下半身穿着一条包覆不了浑圆臀部的牛仔热裤。工作人员替她拿着一件紫色外套和一双金色凉鞋，假如我没看到她腕上那只蓝色手环和双手上那格格不入的手套，我可认不出她便是葛蔚晴。

看样子，葛蔚晴似乎酒醉未醒，步履凌乱，不过不至于完全醉倒。

眼见她们走进货柜区，我立即从后赶至。

"先生，找到手机了吗？"一名守在那儿的人员问道。

"找到了。"我晃了晃刚才从姓贺的身上偷来的那部手机。"还好它防水，它给埋到DJ台前的泡沫里了。"

我说话时不时瞄向不远处的葛蔚晴。扶着她的人员正和货柜区的另外一人在谈话，似乎是在说明情况。

现在只要我跟她同船，我就有充裕的下手机会，反正没有人在意派对后饥渴的男人向酒醉的女生搭讪占便宜。

"我现在怎么回市区？"我问道。

对方微笑着请我留步，然后跟葛蔚晴那边的同僚谈了几句，再恭敬地对我说："因为刚好有另一位贵宾错过了回程班次，两位又是相同路线的，我们准备了后备贵宾室送两位回去。"

"后备？"

"房间的设备不及您平日使用的那么完善，但我们保证舒适。"我循着他视线望过去，才发现货柜区尚有一个打开了门的二十英尺的货柜，里面一样有沙发和酒吧桌，但地上没有铺地毯，墙身也没有特别装潢，一如那员工所说，这贵宾室处处呈现着"备用"的特质。我回头望向船边,看到一艘小小的接驳船在等候。

葛蔚晴被扶着她的女生送进货柜后,我不由得打从心底笑了出来。没有比这个更理想的情景了。我踏进货柜,工作人员从外面关上门,然后我感到一阵摇晃,货柜被移放到接驳船上。

"嗨,你好啊——"葛蔚晴半闭着眼,倚在房间尽头靠近酒吧的沙发上,醉醺醺地对我说。她双颊潮红,胸衣左边肩带掉落,一双长腿搁在茶几旁,露出诱人的媚态。这副无防备的姿态着实让我兴奋——当然,我想我对"无防备"这三个字的考虑,和派对上那些男人的着眼点可不一样。

"你好,"我压抑着笑意,慢慢靠近,坐在她身旁,"我姓贺——"

"哈,哪有人在派对上用姓氏来自我介绍的?"葛蔚晴打断我的话,蛊媚地笑道。

"我知道你叫Vincy。"我再坐近一点。

"咦?"葛蔚晴张开眼,直盯着我,仿佛对我知道她的名字感到诧异,"你是听法兰还是海蒂说的?"

我笑而不语。葛蔚晴的手臂就在眼前,我只要借势摸一下便完事,反正她半醉,对男性的亲昵举止不会抗拒吧?

"你要不要喝点什么?"就在我要碰上她的肩膀时她突然站起来,径自走到吧台后,拿出两个杯子和一瓶伏特加,斟了两小杯,将其中一杯一饮而尽。

"我不喝了,刚才已经喝了很多,再喝我就要醉了。"我站起来笑着说。我是个很有职业道德的杀手,不会在工作中喝酒的。

"是吗?那就让我替你干杯吧……"葛蔚晴举起余下的一杯酒。

然而接下来她的一句话让我的笑容僵住。

"……来杀我的气球人先生。"

"好,我们握过手,你之后身上会起什么变化,我们只好拭目以待喽。即使我们不再相见,我仍会关注你的,因为我们之间已经有一条无形的纽带了。"

"这个世界就是由无数的这种无形线纠缠而成,有人称为命运,有人称为因缘,我嘛,喜欢叫它作混沌。只有彻底离开这团混沌才可以获得真正的自由。"

"对啊,自由……你让我想起一位朋友呢,我遇见他时他也是个小孩子,不过当时他比你年长。他和你一样独特,爱憎喜恶异于凡人,内心就像无底洞似的。"

"不过他跟你有一点很不同,你的眼眸比他更纯粹。他冷眼旁观周遭一切,唯独一件有形之物能引起他的注意——我是不知道我扭出来的那些气球动物有什么特别啦,但他就是会注视它们,仿佛生来就注定跟气球有不可解的缘分。"

"那是十二年前的事了……我今天重游故地,没料到在这个我遇见他的公园里碰上你这个小女孩。"

"或许有天两位也会碰面呢。和我握过手的朋友们都是人外之人，彼此的命运有着无形的牵绊……"

葛蔚晴将第二杯伏特加喝光，空杯子在桌面敲出清脆的声响，我仍无法反应过来。

"你……你说什么气球？"我勉强装出镇静的表情。

"气球人先生啊，你别勉强自己吧。"葛蔚晴放下酒杯，"我很清楚你的事喔。"

"我不知道你在说什么。"我继续强装，"你醉了。"

葛蔚晴轻轻一笑，表情却随着笑容消失渐渐改变——纵使她脸上依然泛红，双眼却炯炯有神，双手放在吧台上，腰板挺直，完全没有半分醉意。她的一双眼眸就像能够看穿我似的——比起她的父亲葛警官，她现在发出的气势更让我感到畏惧，是出于本能的畏惧。

"我对你的所作所为了如指掌啊。你想我从哪儿谈起呢？你和我父亲在饭店交手那一役已经广为流传，我能说出来也不见得有意义吧……那么，我们或者可以聊一下那个在羁留病房像扭麻花般死去的银行劫匪，或是当年地下统治者洛氏家族意外没落的经过？"

我听得冷汗直冒。当年我有点少不更事，加上吃了那银行劫匪的亏，心有不甘，故意用那种整人似的方式解决他，事后已料到这案子可能会被注意,但洛氏的事件可是无迹可寻,就算知道我参与了那个劳什子甄选,也断断不可能推论出我是让家族消失的元凶。

"我不知道你——"

"你别继续装啦,我连老金的事也知道啊。"

"谁?"

"啧啧,怎么连你自己也忘了?你的异能所制造的第一个牺牲者呀。"

犹如打雷般的一击直刺我的心脏。对,我真的忘了,那个猥琐如猪、老是用手指戳我额头的混账老板。

"想起来了吗?那个派对公司的老板。"葛蔚晴笑道,"之后便是一个专替黑道改头换面的黑市整容医生,你要我说出他的名字来证明我是真材实料吗?"

"够了。"我收起那拙劣的演技,从沙发站起来,和葛蔚晴相隔着三米,警戒着对方,"是葛警官设的陷阱吗?没想到他连家人也用上,我太失策了。"

"不,不,不,"葛蔚晴摇摇头,"跟他无关,我从没跟第三者提过你的事,一切都只是我个人的兴趣而已。"

我无法理解。

"我还知道你杀人的方法,你的能力是只要接触到生物的肌肤,便能输入指令,使对方身体局部变成'气球'吧。"葛蔚晴直视我双眼,就像能看穿我的灵魂般说道,"而且你能够让指令延迟发动，制造完美的杀人意外——唯一弱点，是无法覆盖或取消已输入的指令。"

我好不容易才压抑下发自内心的抖颤。

这女人知道一切。

"你……不可能，你不可能知道……即使你发现我的身份，也不可能知道我的异能……"

"我跟你一样，小时候在公园曾见过那个有很多名字的男人喔。"

公园？很多名字的男人？

记忆中那个叫史密斯什么的男人再度浮现。

"我也和他握过手。"葛蔚晴摊开右手手掌。

"什么意思？"

"你不知道吗？你的异能是他给你的呀。"

什么？

小时候跟那个男人碰面的记忆一口气涌现。对，那个人便是化装成小丑的男人，我从他手上拿过好些气球动物……某天，卸了妆的他跟我聊天，说了一堆我完全听不明白的鬼话，最后要我跟他"交朋友"，和我握手。

我从来没有将我的异能跟那男人联结起来，毕竟我发现异能时，已经年过二十，而和那小丑握手是我十岁的事。

"你从他那儿获得将生物变成气球的异能，"葛蔚晴没理会我愣住，继续说，"我也差不多，不过我的能力不像你那么神奇——我只是能够理清这世上的'混沌'罢了。"

"混沌?"

"那是提姆——就是那个你见过的男人——的说法,一般人会叫作'命运'吧。我遇见他之后,隔天能力便'发芽'了……你花了十多年能力才出现,我却只需一天,真是难以理解。"葛蔚晴把玩着吧台上的酒杯,眼睛却没从我身上移开,"我的异能是能够看穿所有人的命运,只要看到一件事物、获知一项情报,就能推理出跟它相关的人的过去,甚至能预见未来。"

"这是什么鬼话?那你不就等同于'全知神'?"我反击道。

"'全知'吗?对,差不多,对我来说世上万物就像一本本打开的书,即使我不想知道,书页的内容也会映进我的眼帘,强迫我看。像我父亲过去所查的每一起案子、你的中介人所接受的每一项委托,我都知悉所有细节。就连刚才派对上的一千多人,我也能准确告诉你他们每人的姓名、年纪、住处、性格、人际关系、过去的经历,甚至是藏在内心深处不可告人的黑暗秘密。"

"那你一定知道谁委托我杀你吧?"我不晓得她是不是在胡扯,或许这也是她对付我的计策的一部分。

"当然。"

"那你为什么不先下手为强,制止我来杀你?"

"哈,气球人先生,你似乎误会了。"葛蔚晴靠在酒吧桌上,眼神露出异常的笑意,"没有人想杀我,那个戴墨镜、口罩和帽子，跟中介人洽谈的女性委托人就是我。我对派对也没有兴趣，这一切都是我布的局。"

我哑口无言，只能惊讶地瞧着她。

"气球人先生，你知道吗，那男人欺骗了我们。我们得到的异能并不是'礼物'，而是'诅咒'。"葛蔚晴幽幽地说。

"诅咒？"

"我小时候从来不对周遭的事物感兴趣，同学朋友钟情的玩具、游戏、努力争取长辈的赞赏之类，我都觉得索然无味，我就像汪洋中的一片浮木，随水漂流。然而，十六年前我获得异能时，首次感到发自内心地兴奋，因为我进入了一个'非常识'的世界——可是往后便发现这其实是'诅咒'，因为所有世事都像剧本上的文字，一切变得毫无意义。我每天伪装成普通人，在父母面前装作一般的女生，就像囚犯一样……演奏音乐让我能放空自我，暂时逃离这些烦恼，可是世人的标准太低了，只要准确地依乐谱弹奏，他们就觉得我的造诣高超。"

葛蔚晴顿了一顿。她在谈及音乐时表情稍微变化，但那变化转瞬即逝。

"我本来打算自杀，因为只有死后的世界我无法看透，只要跨到那边，我便能离开这片无意义的海洋，踏上未知的旅程。当然我也有点担心，万一死后的世界一如现世那般无聊，那我不过是从一个监狱逃进另一个牢笼而已……幸好，我后来发现，原来我的能力有一个缺陷，这燃起我一丝求生欲望。"

"缺陷？"

"纵使我能洞察世间万物，就是有一种人看不穿——那些跟我同类的家伙，和提姆握过手的'人外之人'。"葛蔚晴轻轻指了指我，"我们都处于混沌之外，跳脱于因果律。我发现世上有着跟我同类的人，我无法看穿他们的过去与未来，让我重拾生趣。"

"嘿，别骗我，你的说法自相矛盾。"我硬挤出一个笑容，"假如你无法看穿我的过去，你又如何查出我的身份和能力？"

"你的过去和能力，是我利用你所制造的死者们推理出来的——就像那个银行劫匪，我无法看出他的死因，找不到杀死他的凶手，就确定他的'意外'背后有着你这个同类的存在。"葛蔚晴露出无邪的笑容，使我想到那些拿到糖果的馋嘴小孩，"就像抽扑克牌，假如要猜中你手上拿着哪一张牌，正确的概率只有五十四分之一，可是我能够看穿其余凡人所抽走的五十三张牌。只要用排除法，便能'推理'出你藏着的是黑桃J还是红心Q。老金和整容医生也是我逐年检查旧新闻才注意到的，只要一一归纳那些我看不到犯人、动机、手法的案件，花数年整理推敲，就足以揪出'都市传说气球人'的正体。"

老天，这异能也太他妈的犯规了吧？为什么我的杀人异能有一堆限制，这家伙的能力却只有一个微不足道的弱点？

"所以你设局的目的是要让我们能见面？"我按捺着不安，努力保持冷静。

"见面？"葛蔚晴朗声大笑，"光是见面闲聊犯不着花这么多工夫呀。或者你该先问一下，这'局'到底有多大。"

她一语惊醒梦中人。

"你……串通了O2的人让我们独处？"

"我就是'O2的人'，我是幕后老板。"葛蔚晴露出恶魔般的微笑，"六年前我成立这派对公司的目的，就是为了今天。"

"六年？你哪来的资金？六年前你还在念书——"

"你忘了我的能力吗？弄个假名字、开几家空壳公司，透过网路在投资市场上赚钱，对我来说轻而易举啊……对了，你还欠我一句谢谢吧，假如当年我没在科创中心经营加密货币交易，警方事后要调查的对象会大大减少，搞不好你已经完蛋了。"

"你……你知道科创……"我呆住三秒，才想起当年科创中心那件吃力不讨好的委托。

"当然知道，纵使不确定你的行踪，但也能凭他人的行为推论出部分未来结果。假如没有涉及我们这些'人外之人'，我便能够百分百预视事件的未来；可是一旦跟你扯上关系，未来便出现不确定性，我会看到数个可能——假如当天警察们成功锁定你，我父亲被你杀死的概率大概有百分之七十，为了不影响我的计划，姑且卖你一个人情。"

"你为了保住葛警官一命所以插手？"

"不，你弄错了，我在意的是剩下的百分之三十——那是你被我父亲拘捕或杀死的概率。我可不容许我多年的部署泡汤。"

"部署？"

"跟你同归于尽的部署。"

葛蔚晴说出这句话时，脸上流露着小孩子的烂漫纯真。

"你要杀我？"

"别说得那么负面嘛。"葛蔚晴双眼眯成一条线，笑着说，"你不觉得厌倦吗？没感到自己跟这世界格格不入吗？我们这类人不属于这里，要获得彻底的自由，就只有舍弃庸俗的生命。我很感激你，你的出现让我感到这世界不至于索然无味，但我实在厌倦了，想开展新的旅程，既然如此，我想不妨找你当个旅伴。万一我在死后的世界仍能看穿一切，陷进无止境的枯燥，我想到时我的能力一样无法施展在你身上，那我在那边至少有一丁点安慰。"

天啊，这家伙太不正常了。

"你忘了我的异能吗？"我挤出一个笑容，这时候显出紧张便输定了，"在你动手对付我之前，我只要碰到你，你便会立即脑出血而死。还是说，你现在要穿上包覆全身的衣服？我肯定你来不及。"

"我动手之前？我已经动手了啊。"

循着葛蔚晴的视线向下望，我惊觉脚边已经开始淹水，与此同时货柜传来一下强烈震动，地面向着吧台的方向微微倾斜。

"我费这么多工夫，就是为了困住你啊。"葛蔚晴再度露出邪恶而甜美的笑容，"这货柜是无法从里面打开的，而载着我们的这艘接驳船没有人手操作，它离开O2号三分钟后机关便发动，会在船底打开一个洞让它下沉。这是我们的棺木、我们的坟墓，让我们一起沉没在海底吧。"

看着水位不断上升，我不由得方寸大乱，往出口冲过去，可是一如葛蔚晴所言，货柜门纹丝不动。

"你——"我回头望向葛蔚晴，考虑如何威胁对方阻止货柜继续下沉，却看到她坐回沙发上，拿着一个针筒，准备往右手打进去。

"这是氯胺酮，一般人知道它的毒品名称'K他命'，却往往不晓得它本来的用途是麻醉剂。"葛蔚晴一边注射一边说，"这货柜不用三分钟便会完全淹水，虽然我不怕死，但我这副可悲的皮囊还是会做出本能反应，只好让自己先失去知觉了。这是我送你的礼物，你现在有两个选择，我裤袋里有另一份氯胺酮，你可以跟着注射，和我一起上路，也可以考虑将我变成气球炸弹，试试能否炸开货柜门逃生——不过在这个狭小的空间，你有办法控制适当的爆炸威力吗？我劝你快点决定，因为……在水中爆炸的话，人体所受的冲击波……破坏力远大于……大于在空气之中……"

葛蔚晴说完最后一句便软瘫在沙发上，我跑到她身旁，只见她昏迷不醒。我本来以为她只是吓唬我，说不定这一切都是她的计谋，可是这一刻我不再怀疑她是玩真的。水位急促上升，不一会儿已淹至我大腿，我连忙拖着葛蔚晴往货柜出口，思考是否如她所说，将她变成炸弹炸飞货柜门。

如何制造有方向性的局部爆炸？搬动沙发当成掩体，让爆炸威力集中在货柜门吗？可是在水压之下，不见得一定成功……货柜门的构造如何？门闩的位置是？能否只炸断门闩？不，我刚才没留意货柜的结构，而且葛蔚晴有心布局，货柜门不一定和一般的相同——

水淹至胸口，我仍无法拿定主意。我还得暂时保住葛蔚晴的性命，她一死，我便连制造炸弹的材料都失去了。当我从后抱住她时，一个盒子突然在我面前浮出水面，打开一看，发现里面有个针筒，那是她口袋中的第二剂氯胺酮。

气球人的生涯从杀死一个派对公司老板开始，结束于被一个派对公司老板所杀，也许这就是所谓的命运？

看着上升的水位和针筒，我似乎没有选择了。

该死的，真是混账的人生啊。

"再见了，我的小小朋友。"

"我想我们很难再相遇了，毕竟你我本质上相似，终究还是不一样。我只是一个传说，活在你们口中的传说。"

"只有传说能诞生传说，当有形化作无形，才能蜕变成形而上的存在……"

"葛小姐，早安。"

葛蔚晴睁开双眼时，我正坐在她床边的椅子上读报。她对我的呼唤没有反应，只是环顾着四方，看来是想搞清楚身在何处。

"你在医院，一间专门为地下业者提供服务的私人医院。"我说，"你昏睡了接近三十个钟头，我几乎以为你变成植物人了。"

"我们……没死？"她一脸疑惑，从床上坐起，仍在张望。时间是早上九点多，窗外的阳光射进病房，微风吹拂着窗帘。从旁人的角度看来，她和我只像病患和探病的亲人，没有人会想到不久之前我们是互相追杀的对象吧。

"很可惜，是的。"

"怎么可能？"

"我打电话求救了。"我从口袋掏出一部手机，"幸好那部我从药贩子身上偷来的手机防水，我发信息给中介人求援。只能说你百密一疏，假如你设定沉船的位置距离O2号再远一点我便没辙了，你动手的地点还能收到O2号的天线信号。"

我由衷感激现代科技，卫星定位让我能告诉中介人地点，使他调动潜水员破开货柜门救我逃出生天。不过这回我可真是颜面全无，三个礼拜前我们才说过后会无期，结果不到一个月我便要他出手拯救，真窝囊。

"不可能……"葛蔚晴不住摇头，困惑地说，"时间上这不可行——我在货柜门动了手脚，关上后就算使用瓦斯切割，也得花上半小时才能打开,更别提从岸上出发要另外花半个钟头……拯救队不可能来得及营救……"

"本来来不及的,但我没选你给我的那两个选择,选了最冒险的第三项。"

"第三项?"

"我在自己身上输入了指令。"我淡然地说,"每隔四秒,肺部每一个肺泡充气四百万立方微米。如此一来,在水里便能呼吸。"

葛蔚晴瞪大双眼,一脸不可置信。

"你的异能可以在自己身上发动?"

"我也不知道能不能,姑且一试。结果成功了。"

"但你为什么要救我?"葛蔚晴皱眉问道。

"我没有故意要救你,我是拿你来做实验。"我凑近她的脸庞,对她说,"我不确定肺泡的容量,万一我记错了,肺部便会即时爆炸。我先在你身上输入指令,确认你能自发呼吸,我才在自己身上输入相同的指令。"

"但你从没试过对自己输入指令吧?"

"当然没有。"

"那你如何知道能成功?"

"不知道,那只是一场赌博。"我耸耸肩,"不过,无论我赌赢赌输,我也能破坏你的计划,令你无法如愿。我成功的话就变成现在这情景,万一我失败,那你舍弃生命、展开新旅程的愿望也不能达成，只能眼巴巴看着我比你早'获得自由'，到'新世界'冒险。"

葛蔚晴先是一脸惊诧，再徐徐换上一副复杂的表情，就像是输掉游戏、不服气的小孩。她大概没想到我会做到这种地步……事实上我也对自己感到不可思议，毕竟我十分爱惜自己的生命，没想到在那一刻，居然被这个女生影响，做出这种赌气的决定。

"你在这里等我苏醒，就是为了让我认栽吧？"葛蔚晴冷冷地说，"我知道你的所有秘密，留我一命对你很不利，现在我承认失败，你可以杀我了。"

"我杀不到你。"

"哈，地下业界最强杀手气球人也有杀不死的目标？"

"因为指令无法覆盖。"

葛蔚晴愣住，而我只能苦笑一下。

"你和我现在不是由身体控制呼吸，每隔四秒，我们身体里三亿个肺泡便会自动充气，持续到永远。就算死亡，我们的尸体在坟墓里仍会持续呼气，直至腐烂为止。"

我无法预计中介人要多久才能救我们离开，所以输入了一道永久延续的指令。假如我早知道他只花大半天便能完成救援工作，我就不会这么笨了。

"我虽然是个杀手，但我只懂一种杀人方法。"我搔搔那头仍是橘色的头发，"假如要我用刀用枪下毒药，我一定会遗留堆积如山的证据，我更不懂得毁尸灭迹，确保警察不能从尸体找上我。我可以委托中介人聘用其他同业对付你，可是那些家伙都是凡人，你的异能让你在他们下手前就已知悉一切，我不会冒证据曝光、让麻烦回到我这个委托人身上的风险。所以，我对你可是束手无策。"

"哈……多年部署，还是敌不过你啊……你就是不让我如愿以偿……"葛蔚晴发出笑声，可是我也知道那是苦笑。

我想，这是上天故意跟我们开的一个玩笑。想杀的人杀不了，想死的人也死不了，而我更莫名其妙地赌上一向重视的性命，只是为了一场毫无意义的胜负。

明明没有意义，为什么我的情绪会被牵动？

"提姆，你现在一定在某处暗中嘲笑我吧？我要继续被困在这无聊的人生之中吗？"葛蔚晴望向窗外，喃喃自语。

"其实你怎么不一走了之？"我问，"既然你对原来的生活没有留恋，那为什么不干脆消失，开展另一段人生？以你的能力，走到天底下任何地方都能好好活下去吧？"

"一走了之？这个世界每个人的命运我也清楚，会发生的事情全是预料之内，跑到哪儿不都是相同的囚牢吗？"

"不，这儿就有一段你看不清的命运。"我指着自己。

葛蔚晴以不可思议的表情瞧着我。

"我不能让你回去，虽然你没有动机，但假如你向你老爸透露我的身份或能力，我的平静生活就完蛋了。然而我也杀不了你，这让我陷入两难……"我缓缓地说出在她昏睡中我反复思考的怪异结论，"反过来想，其实你不是一心寻死，也不是对我有什么仇恨，只是想获得自由，逃避命运束缚。那很简单，你跟我一起住就好了。我家的房东老头不久前病逝，我向他儿子买下所有土地和房子，打算退休改行当房东，空房子多的是。就连中介人也以为我退休后会搬家，没想到我只是搬到隔壁……对了，你不知道我打算退休吧？"

葛蔚晴摇摇头，一脸讶异。

"看，这种小事已超过你的能力范围了，哈。"我苦笑一下，"这提议如何？我想我能为你的人生提供一点趣味吧？"

葛蔚晴垂下视线，再抬头瞧瞧我，轻轻咬唇，微微点头。

"那……好吧。但如果我觉得沉闷，还是会再找机会跟你同归于尽。"

"好，好，我一向认同'亲近朋友，但更要亲近敌人'这句名言，葛小姐。"我笑道，"不过反过来说，假如你能饶我一命，让我平静地过活，我就替你免费杀人，这叫一命换一命。"

"我可以考虑一下。"葛蔚晴意味深长地笑了笑。我好像做了多余的承诺？

中午医生检查过后，葛蔚晴便出院。她坐上我的车子，准备展开她无法看透的新生活。她换回那件性感的黑色胸衣和热裤，纵使她已经没戴假发，我猜葛警官现在看到她也不能认出自己的女儿。女儿突然人间蒸发，销声匿迹，应该大大打击他们夫妇吧？那正好，他没空追捕我就行了。倒是天才钢琴家葛蔚晴失踪，很可能引起国际轰动……

"实在很难相信，神出鬼没的杀手气球人居然会退休当房东。"坐上副驾驶座的葛蔚晴说。

"很出奇吗？我从来杀人只是为了讨生活，赚够钱便不用干那些鸟事了。你老爸是个难缠的对手啦。"我边说边发动引擎，"我还准备结婚，过过看平静悠闲的生活……"

"你未婚妻知道你的身份吗？"

"嘿！这个啊……"我伸手打开她面前的储物箱，将一本中美洲某岛国的护照抛给她。

"玛加丽塔·冈萨雷斯……"她打开护照，瞧了瞧资料页。"这是你太太？"

"嗯。她昵称丽塔。"

"你的未婚妻是外国人？"

"我的未婚妻从来不存在，那是花钱买来的户籍。为了退休，我创造了一个新身份，而为了将来省减税款，我便一并弄个虚构的老婆出来。这社会的愚民认为已婚男人比单身汉更可靠，这比较方便我日后的生活。"看着跟我印象中判若两人的葛蔚晴，我问道，"对了，你也需要换一个新身份吧？虽然我相信你也有门路，但我可以替你弄一个。"

"那不如干脆让我用这个吧？"葛蔚晴扬了扬手上的护照。

"嗳，那身份是我的虚构妻子啦，况且你外表也不像拉丁美裔吧？"

"不打紧,名字或身份什么的,不过是虚像。"葛蔚晴咧嘴而笑,"反正有很多名字,或没有名字,都改变不了人和事的本质。"

这句话我似乎从某人口中听过。

我不知道和一个想跟我同归于尽的伪装妻子共同生活,会不会令我有所改变,不过,看来我的第三段人生不会如我想象中平静吧?

(全书完)

后记

这部作品既是旧作，亦是新作。

我刚投身全职写作不久，乱枪打鸟般参加一堆比赛后，有编辑主动联络邀稿，写一些在便利商店贩售、以高中生为读者对象的通俗流行小说，类型主要为恐怖灵异、奇幻刺激之类，总之不求高深只求过瘾。那年是二〇一〇年。当时的企划案中有一个短篇合集，找不同作者以相同主题创作，字数要求只有一万。那企划的主题是"超能力"，我猜想同书其他作者很可能会撰写超级英雄（当时电影"X战警"系列正要重启），我便决定开玩笑似的，以黑色幽默来写超能坏蛋。那篇作品便是本书第0章《气球人》。

作品出来后，编辑提出以相同角色撰写单本的要求，于是我便再写了四篇短篇，出版名为《气球人》的单本小说作品，该四篇分别是《这样的一个麻烦》《十面埋伏》《谋情害命》和《最后派对》。因为书系对象是年轻的恐怖小说读者（只卖新台币四十九元！便当价！），所以纵使我认为作品该归类为"奇幻推理"，也不得不披上"恐怖悬疑"的外衣来行销——对当年的目标读者来说，"血腥"二字远比"推理"有吸引力，所以我亦有意无意地让主角杀人的手段凶残一点、恶心一点。我想，既然书以"Pulp小说"的形式发售，我在内容上也该写成"Pulp小说"的样子。

出版两个月后，我幸运地获得岛田庄司推理小说奖，在这头衔加持下，我终于"师出有名"，可以写"名正言顺"的推理小说，不用再将推理作品伪装成其他类型小说来行销。我当初有打算写《气球人》的续集，甚至写下了一些概念和大纲，不过后来一直拖着没排进写作计划里，毕竟我想写的东西实在很多。

坊间对《气球人》的反应蛮不错，甚至有朋友说："比起《遗忘‧刑警》，我更喜欢你这本《气球人》。"不时追问会否有续篇；另外有懂中文的日本朋友将最初的短篇《气球人》翻译，在相熟的圈子中私下分享。数年前，奇幻基地的编辑主动邀请我合作，我们讨论之下，决定重新推出这部作品——只是，即使加上短篇《气球人》，五篇合起来也只有六万余字，直接出版未免过于单薄。于是我向编辑提出追加新篇的想法（反正已有部分点子），计划便按此进行。

自从出版《山羊狞笑的刹那》后，我一直在写不同的短篇和中篇，其中就有本书追加的四个篇章（《远在咫尺》《傅科摆》《Shall We Talk》和《与你常在》——这是撰写次序）。因为不是一口气写——中间插了好多在其他媒体发表的短篇——所以时间变得非常长，首篇和尾篇的完成时间相差超过两年，跟之前的五篇更是相差了九年。本书跟拙作《第欧根尼变奏曲》有点相似，读者有可能在各故事间看到一些微妙的变化与差异，毕竟九年前的我和今天的我在写作风格上已有所不同，我甚至有一种和昔日的自己在玩接龙小说的错觉。嗯，或者最大的变化是篇幅吧，人年纪一大便变啰唆了，旧的篇幅都在一万字上下，新加的却全在两万字左右。

我近年被很多读者当成社会派推理作家，我固然有写社会派的故事，但那只是我这个作者的个别面向。本书的背景是架空的，除了角色有华人名字外，放诸任一国度也可以。我亦无意在作品中说什么人生道理、社会责任，本作纯粹是一部以娱乐主导的斗智黑色幽默讽刺剧，个别篇章或者有些思想内容，但那不是创作意图，只是我这个作者的某种内心投影而已。请各位别尝试在故事中找寻教诲或中心思想，勉强要说的话，本作的核心大概就是建基于"诸行无常"这四个字之上。

本作可能有续集，只是故事发生在气球人杀手生涯中哪一个时间点暂时不明确，我何时有空动笔就更不明确了。我那些"续集空头支票"已开得够多了。

最后谢谢企划编辑雪莉和责编何宁。我因为太忙碌，编校工作拖得好晚，实在辛苦编辑了。这本书能送到您手上，编辑和行销的功劳好大，若您喜欢本作，请记得这本小说背后还有这些默默耕耘的幕后功臣。

期待下次再与您见面。

陈浩基
二〇二〇年三月十五日